本书为国家社科基金重大项目"我国网络文学评价体系的理论与实践研究"结项成果，项目号：16ZDA193

文学网站
评————价
研究报告

陈定家　郑薇
孙金琛　赵明　著

中国社会科学出版社

图书在版编目(CIP)数据

文学网站评价研究报告/陈定家等著. —北京：中国社会科学
出版社，2024.4（2024.6 重印）
（网络文学评价研究丛书）
ISBN 978 - 7 - 5227 - 3197 - 1

Ⅰ.①文…　Ⅱ.①陈…　Ⅲ.①网络文学—网站—研究报告—中国—
现代　Ⅳ.①F426.67

中国国家版本馆 CIP 数据核字（2024）第 049407 号

出 版 人　赵剑英
责任编辑　郭晓鸿
特约编辑　杜若佳
责任校对　师敏革
责任印制　戴　宽

出　　　版　中国社会科学出版社
社　　　址　北京鼓楼西大街甲 158 号
邮　　　编　100720
网　　　址　http://www.csspw.cn
发 行 部　010 - 84083685
门 市 部　010 - 84029450
经　　　销　新华书店及其他书店

印　　　刷　北京明恒达印务有限公司
装　　　订　廊坊市广阳区广增装订厂
版　　　次　2024 年 4 月第 1 版
印　　　次　2024 年 6 月第 2 次印刷

开　　　本　710×1000　1/16
印　　　张　16.25
插　　　页　2
字　　　数　236 千字
定　　　价　89.00 元

总序　寻找那条"阿里阿德涅之线"

　　我国网络文学的"横空出世"超乎所有人的预料，也让解读这一现象成为一个"现象级"热门话题——网络文学"长"得太猛！1991年汉语文学才开始"联姻"网络，不经意间便以燎原之势覆盖赛博空间，从写手阵容到作品数量，从受众族群到市场反响，无不姿貌卓荦，让人惊异连连，迅速成为当代文坛的"风信子"和"弄潮儿"。与此同时，网络文学又因起于"山野草根"、不着文学"道南正脉"而言人人殊，臧否无定——"网生一族"视它为"杀时间"的利器和自娱式消费的"精神快餐"，而在"正统"的文学观念中，这些"野路子"文学可以"来快钱"，但能不能称之为"文学"似可存疑，或许，它们离真正的文学还"隔着好几条街"！

　　网络文学算不算"文学"，什么样的网络文学才是好的网络文学，这里的"好"与"不好"的标准是什么？是基于传统文学的持论之评，还是源于网络文学自身价值的独立判断……诸如此类的疑点很多，而支撑这些疑问背后的观念逻辑其实是一个批评标准和评价体系问题，这些年我们面对网络文学的许多质疑和争论，往往与之相关。比如，网络作家大多比较年轻，"Z时代"已渐成主力，人生阅历的短暂和生命沉淀的有限性并未阻遏他们迸发出天马行空的想象力，许多高产写手动辄数千万字的创作体量，不仅突破了"捻须"行文的写作方式，也不时颠覆我们对"作家"职业的身份界定。再如，网络类型小说大多型制超长、桥段密集，读起来常常欲罢不能却又营养稀释，其"废柴逆袭""扮猪吃虎""金手指""玛丽苏"之类的套路叙事，究竟是文化资本在巧设"藏局"还是文学赋魅的艺术探新？抑或是，网络小说的大众化与可读性是古代通俗文学传统、港台武侠言情小说或西幻故事的网络复兴，还是人类文学在 21 世纪宿命般的复归"劳者歌其事、饥者歌其食"生命本原，而所谓"纯文学"不过是人类社会分工期的阶段性"异化"？如果此说能够成立，能有文艺美学为其提供充分的理论佐证么？再从文学功能上看，网络文学试图摆脱"经邦治国"或"寓教于乐"的"工具论"槽模，致力于打造"读—写"适配的快乐帝国，建立以"爽感"为基石、以消费市场为标的的功能范式，这究竟是"数码环境"的必然产物或"读者中心"的绩效之选，还是文学向"新民间文学"历史回望中对其自身娱乐本根的坚守和对其商业元素的技术开发？

如果我们追溯上述变数与质疑的根源，无不取决于我们对网络文学的认知及其理论观念的构建，特别是评价标准与价值体系的建立。如果说基础理论构建是开启网络文学"问题之门"的锁钥，那么，批评标准与评价体系的建立将是引领我们走出网络文学迷宫的那条"阿里阿德涅之线"[①]。

历史给了我们探索这一问题的理论机遇。2015 年，国家社科规划办征集重大招标项目选题，此时恰值我完成国家社科基金重点项目的空窗期，便申报了"我国网络文学评价体系的理论与实践研究"的选题一试，竟然成功列入年度招标选题，然后在团队成员的积极支持与协助下，作为首席专家参与了 2016 年度的国家社科基金重大项目的该选题竞标，并侥幸中标，经过项目组同人五年多的不懈努力，终以 110 多万字的篇幅，完成了这套"网络文学评价研究丛书"（1 套 4 本）。项目于 2022 年深秋顺利结项，评审鉴定专家给予成果以"优秀"评

---

① "阿里阿德涅之线"（The thread of Ariadne）源自希腊神话：克瑞忒国王米诺斯设了一个让人难以找到出口的迷宫，欲加害于阿提刻王子忒修斯。但米诺斯之女阿里阿德涅公主爱上了忒修斯而偷偷给了他一团彩线，让他在进入迷宫时把线的一端拴在迷宫入口，终于引导忒修斯安全走出迷宫。后常用来比喻为引路的线索、认识和解决复杂问题的方法。

价，给了我莫大的鼓励。

这套丛书拟探讨和回答的是以下四个方面的问题。

其一，《网络文学评价体系论》试图从基础学理上构建网络文学的评价体系与批评标准。首先切入网络文学现场，提出建立网络文学评价标准的必要与可能，然后在揭示网络文学评价的艺术哲学前提、主体身份、建构原则、关联要素、维度选择、对象区隔的基础上，正面阐释了网络文学评价体系的逻辑层级、指标体系和要素倚重，原创性提出了网络文学"评价树"构想，进而对网络作家、网络作品、文学网站平台给出了系统且具有针对性的评价体系和批评标准。

其二，《网络作家作品评价实践》在阐明网络作家作品评价理论原则的基础上，分别评介了八名知名网络作家（沧月、蒋胜男、管平潮、阿菩、蒋离子、天下霸唱、曹三公子、流潋紫）、8部网络作品名篇（《翻译官》《大清首富》《浩荡》《诡秘之主》《长宁帝军》《无缝地带》《老妈有喜》《鬼吹灯》），并对五位知名网络作家（蒋离子、管平潮、阿菩、何常在、六六）做了创作访谈。

其三，《文学网站评价研究报告》对网络文学网站平台的产生发展过程进行历史描述，分析了文学网站的文化属性、文学属性、传媒属性和企业属性，对文学网站的评价维度、评价标准、指标体系、评价模型做了有针对性阐发，并对起点中文网、晋江文学城、潇湘书院等10个不同类型文学网站的现状进行了梳理和评价。

其四，《中国网络文学十大批评家》采取"以人带史、以史引论"的方式，选取国内10位最具代表性的网络文学理论批评家（黄鸣奋、欧阳友权、陈定家、单小曦、周志雄、马季、邵燕君、夏烈、许苗苗、肖惊鸿），对他们网络文学理论批评成果进行梳理和分析，展现其学术贡献，由点到线、由线到面地阐明我国网络文学理论批评的发展脉络和学术成就，揭示了30年来我国网络文学理论批评的历程、基本面貌和重要意义。

四部著述即重大项目的四个子课题，分别由欧阳友权、周志雄、陈定家、禹建湘负责完成。其中提出的网络文学评价体系"树状"结构、网络作家作品评价标准与实操过程、以"价值网"为目标的文学网站平台的"双效合一"评价指标，以及评价体系和批评标准面对不同对象时的适恰性倚重等，均属学界首次提出，它们是不是那根带人走出迷宫的"阿里阿德涅之线"不敢断言，但至少可以算作筚路蓝缕后的"抛砖"之举吧！

痞子蔡曾形容初创期的网络文学就像是一个山野间"赤脚奔跑的孩子"，动作不怎么雅观，却速度很快、活力满满。是的，对于这样一个不确定性与可成长性并存的研究对象，任何试图用某种固定模式（标准、体系）去定格和评价它的企图，都将是一次历险，甚或是一种徒劳，但这并不意味着所有的探赜均无以认知、不可方物。只要我们对未知的领域始终保持一份好奇心和探索欲，并一直向着那个"真问题"的方向持续发力，"真理的颗粒"就有可能在那座学术的"奥林匹斯山"淬炼涅槃，彰显出自己的天光姿彩。我们这些永远"在路上"的学人纵然做不了一个真理的"盗火者"，也不妨让自己成为一名学术的探路人，用无限的追求去追求那个无限的可能，让主观的合目的性与客观的合规律性产生"量子纠缠"，并最终抓住那条"阿里阿德涅之线"的线头！

欧阳友权

2022 年 12 月 18 日于三亚海滨

目　　录

第一章 文学网站的诞生与发展

　　网络文学的产生和发展，是一个极为复杂的命题，若要进行更深入的研究，必须对文学网站的产生和发展情况有所了解。英国学者巴雷特的《赛伯族状态：因特网的文化、政治和经济》（以下简称《赛伯族状态》）一书中有一个广为流传的比喻：写因特网发展方面的书，有点像用弓箭去射高速飞行的子弹。正当你双手敲击键盘时，又有了新的发展。网络就如一头进化中的野兽，它以令人惊骇的步伐狂奔，为我们大家创造了新的机遇，也向我们提出了新的挑战。一方面，它为几乎每一件事提供了在线通道，而另一方面，它也可能令我们大失所望、沮丧万分，因为它如此缓慢、杂乱和不顺手。巴雷特所说的这个令人沮丧的悖论，对网络文学史的写作也完全适用。事实上，这个悖论，存在于一切有关网络的著述之中。但是，我们也应该看到，这种弓箭与子弹的差距，正好表明了网络技术所具有的革命性意义，当我们彻底放弃"弓箭"，这就如同考克润所说的："有朝一日，它（互联网）就可能是我们所拥有的全部。"① 这让我们联想到了"入网"很早的传统作家陈村的一句红遍网络的名言——"以后所有的文学都是网络文学！"若果真如此，我们又有什么可担忧的呢？让子弹飞得更快一些吧，如今的文学研究，在互联网的武装下，不是已经"弓箭"

---

① ［英］巴雷特：《赛伯族状态：因特网的文化、政治和经济》，李新玲译，河北大学出版社 1998 年版，"序言"。

换"大炮"了吗？

第一节 互联网的昨天与今天

面对像子弹一样高速飞行的网络文学，我们若仍旧试图用弓箭一样古朴的传统文论与批评方法，去追踪和评析其生存状态和发展前景，那必定是一件具有反讽意义的徒劳之举。当数以万计的著名或非著名写手以日更数万言的速度创作时，传统文论家和批评家中至今还有人坚守"笔耕"的"古老习俗"，在工具更新方面的惰性如此根深蒂固，在思想观念更新方面的惰性则更是有过之而无不及。即便是那些能够熟练使用语音输入的"70后"或"80后"批评家，只要他们仍然固守传统文论话语系统，其理论研究和学术批评，在新生网络文学领域也常常会有如方枘圆凿，或近似隔靴搔痒。那些被传统批评奉为法宝的众多古代或西方的方式方法，一遇到超文本小说和多媒体诗歌，顿时变得结结巴巴，甚至无话可说，因为网络时代的变化速度之快、范围之广、影响之巨，远远超出了传统文论理论家们的想象。有鉴于此，我们撰写网络文学史，不能仅仅把注意力放在文学史方面，网络文学的技术之维，也必须给予足够的重视。

一 从"阿帕网"到"因特网"

在勾勒网络文学发展史的基本轮廓之前，简要地介绍一下网络发展史似乎并不显得多余。就这一点而言，巴雷特的《赛伯族状态》就是一部概括性地介绍因特网发展历史和基本状况的著作，这本书为我们了解网络发展史提供了大量可资借鉴的信息。据介绍，作者是最早的计算机黑客群体中的怪才，在获得计算机博士学位之后，成为英国最年轻的计算机科学讲师。在他撰写《赛伯族状态》的时候，因特网作为一种复杂的、不现实的、充满未知的虚拟媒介已经度过了其早期磕磕绊绊的岁月，对于目睹了这一历程的人们而言，因特网目前正处于令人异常兴奋的发展时期。

根据巴雷特的描述，因特网最初设立在美国、英国和其他国家的大学中，其都是被用来作为学术研究工具使用的。从最初的内部网，发展成为后来的一种文化现象，因特网慢慢具备了特殊价值和特殊挑战，这使网络的进展蕴含了深不可测的潜力。"从纯粹技术的角度看，因特网，可以被定义为一套标准、规范和系统，它可以使得全世界范围的计算机互相影响，共享软件和数据。当然，电视也同样发展成了一套广播标准，但因特网的发展远远超过了这些。因特网可以定义如下：因特网：可借助在本地执行的界面软件而接入一个全球性的信息库与服务源（a global pool of information and service）。"①

在这个著名的定义之后，巴雷特特别强调了信息库与服务源的无限性，这个大而无外的"赛伯族"，包含电子邮件、新闻组、讨论组和许多有关教育、娱乐或是商业的有用的数据和应用程序。尤为值得注意的是"赛伯族"（cybernation）这个词语。作者在解释这个词语时指出："因特网在一个非物理的王国内可以为人们提供服务、通讯和贸易活动。人们用'赛伯空间'（cyberspace）这个新造的词来描述计算机通讯领域，指物理意义上的国家边界将消失的世界。在这样的世界里，利用一间狭小而背街的店铺就可以把商品销往全球各地。在这样一个虚拟世界里，沿用了几个世纪的法律条款和规章制度，实施起来变得十分困难、甚至无法应用。因特网造就了自己的国际性群体，即赛伯族（cybernation）。"②

如前所述，因特网（Internet）的历史要从冷战说起。美国与苏联的军备竞赛是其最初的直接动因。早在 1969 年美国军方就意识到，分布在世界各地的一组计算机提供的信息具有极为重要的战略价值。为了防止它们因遭核打击导致指挥控制系统全面崩溃，美国国防部建立了一个实验型的网络架构，即所谓的"阿帕网"（ARPANET）

---

① ［英］巴雷特：《赛伯族状态：因特网的文化、政治和经济》，李新玲译，河北大学出版社 1998 年版，"序言"第 2 页。

② ［英］巴雷特：《赛伯族状态：因特网的文化、政治和经济》，李新玲译，河北大学出版社 1998 年版，第 2 页。

关于"阿帕网"的来历，郭良在《网络创世纪——从阿帕网到互联网》（下文简称《网络创世纪》）一书中写道：

> 翻开美国人写的关于互联网发展历史的书，或者从互联网上查找这方面的资料，都少不了提起 1957 年 10 月 4 日苏联发射的第一颗人造地球卫星："Sputnik I"。这颗卫星重约 80 公斤，差不多每天都要在美国人的头顶上飞过一次。……1958 年 1 月 7 日，在美国的"山药蛋"被抛上天之前不到一个月，艾森豪威尔总统正式向国会提出要建立国防高级研究计划署"DARPA"（Defense Advanced Research Projects Agency，这个机构在开始的时候也经常被称为"ARPA"）。希望通过这个机构的努力，确保不再发生毫无准备地看着苏联的卫星上天，这种让美国人尴尬的事。①

建立"高级研究计划署"（ARPA，中文读音"阿帕"）是互联网前身"阿帕网"最初的动议。到了 1980 年阿帕网已快速膨胀，随后被分成了两个子网络，一个仍然称为阿帕网，另一个是 MILNET（美国军事通信网）。两者彼此独立，但他们之间需要通信往来。为此，美国国防部高级研究计划署（DARPA）设计了一种很实用、很简单的方案。这种连接当时被称为"ARPA"互联网，它最终演变成了因特网。

1964 年 9 月，在弗吉尼亚州召开了第二届信息系统科学大会。会议期间，拉里·罗伯茨（Larry Roberts）和利克里德尔（Licklider）、费尔南多·科尔巴托（Fernando Corbato）以及艾伦·佩利（Alan Perlis）进行了非正式的交谈，确认了这样一个基本原则："我们目前在计算机领域面临的最重要的问题是网络，这也就是指能够方便地、经济地从一台电脑连接到另一台电脑上，实现资源共享。"②

1983 年 1 月 1 日，阿帕网开始采用 TCP/IP（传输控制和网际通信

---

① 郭良：《网络创世纪——从阿帕网到互联网》，中国人民大学出版社 1998 年版，第 5 页。
② 王东辉：《网络与新媒体概论》，辽宁美术出版社 2020 年版，第 22 页。

协议）作为网络通用语言，让载有不同软件及硬件的电脑互相连接，成为互联网发展的基石。因此，这一天被视为现代互联网诞生纪念日。互联网无疑是一个极为复杂的事物，要认识其本质特征，最好的办法或许是从其基本定义入手。1995 年 10 月 24 日，"联合网络委员会"（FNC：The Federal Networking Council）通过了一项关于"互联网定义"的决议：

联合网络委员会认为，下述语言反映了我们对"互联网"这个词的定义。"互联网"指的是全球性的信息系统——1. 通过全球性的唯一的地址逻辑地链接在一起。这个地址是建立在"互联网协议"（IP）或今后其他协议基础之上的。2. 可以通过"传输控制协议"和"互联网协议"（TCP/IP），或者今后其他接替的协议或与"互联网协议"（IP）兼容的协议来进行通信。3. 可以让公共用户或者私人用户使用高水平的服务。这种服务是建立在上述通信及相关的基础设施之上的。①

在这里，"链接""协议""公用"这样一些关键词值得注意。它们的确较好地体现了互联网的精神内涵。郭良在《网络创世纪》一书中，提出了"网络就是传媒"的概念。他从语义学的角度，对英文的"传媒"（Communication）一词进行了有趣的剖析：当我们谈到消息、新闻的时候，这个词指的是传播和传达；当我们说起运输的时候，这个词指的是交通；而当我们讨论人际关系的时候，这个词又和交往、交流有关。当年利克里德尔强调电脑的作用在于"交流"，就是用的就是这个词。有趣的是，"电脑"（Computer）和"交流"（Communication），都有一个共同的词根："com"（共、全、合、与等）。古英语的"Communicate"，就有"参与"的意思。在美国大学里，一般学习的不是新闻学，而是大众传播学（mass communication）。在这个意义上，"communicate"与宣传和被宣传无关，而是和大家共同"参与"的"交流"紧密相关。② 郭良强调"网络就是传媒"，其用意无非是强

---

① 王东辉：《网络与新媒体概论》，辽宁美术出版社 2020 年版，第 17 页。
② 郭良：《网络创世纪——从阿帕网到互联网》，中国人民大学出版社 1998 年版，第 16 页。

调网络在人类交流和传播中的重要作用。在美国的大学里，新闻学常常被融入大众传播学之中，在中国则出现了文学院被融入新闻传播学院的趋势，古老的中文系纷纷更名为文学与新闻传播学院，相信潜力巨大的互联网在一定程度上起到了幕后推手的作用。

二 网络发展史上的三块里程碑

网络的诞生和发展，固然与美国的国防战略有关，但想要具体地实现这种战略目标，始终都没有离开作为科研机构的大学。事实上，最初的网络只局限于几个著名大学院校、研究机构和军事设备承包商等单位。阿帕网的建立虽然是出于军事上的目的，但在和平时期，这一网络的真正的贡献者和受益者却是各大学和科研机构的研究人员。20 世纪 80 年代中期，美国国家科学基金会（National Science Foundation，简称 NSFnet）又建立了一个更加庞大的网络架构 NSFnet。阿帕网中止了与非军事有关的营运活动（1990 年），随即 NSFnet 便成为国际互联网初期的主干网。即便如此，NSFnet 还是对大学院校及公共研究机构免费开放，主干网限制传输的也只是与商业活动有关的数据信息。不久之后，NSFnet 就像众多其他网络一样，悄无声息地消逝在数字化大潮奔涌的历史长河里。根据大量回顾互联网发展史的书籍和网络提供的资料可知，至少有如下几件大事在互联网发展过程中具有里程碑式的重大意义。

第一块里程碑——"包交换技术"。1961 年，MIT 的克兰洛克（Kleinrock）教授在其发表的一篇论文中提出了包交换思想，并在理论上证明了"包交换技术"（packet switching）相对于电路交换技术在网络信息交换方面更具可行性。不久，包交换技术就获得了大多数研究人员的认同，当时 ARPANET 采用的就是这种信息交换技术。包交换思想的确立在国际互联网的发展史上是第一个具有里程碑意义的事件，因为包交换技术使网络上的信息传输不仅在技术上更为便捷，而且在经济上更为可行。

国际互联网发展中的第二个里程碑是信息传输协议（TCP/IP）的

制定。TCP/IP 传输协议标准的制定是协议的核心，1972 年，DARPA 研究人员卡恩（Kahn）提出了开放式网络架构思想，并根据这一思想设计出沿用至今的 TCP/IP 传输协议标准。在 TCP/IP 中，"网络"是一个高度抽象的概念，即任何一个能传输数据分组的通信系统都可以被视为网络。这样，只要采用包交换技术，任何类型的数据传输网络都可相互对接。由于兼容性是技术上一个重要的特征，因而标准的制定对于国际互联网的顺利发展具有重要的意义。同时，TCP/IP 标准中的开放性理念也是网络能够发展成为如今的"网中网"——Internet 的一个决定性因素。

第三个里程碑——互联网页（World Wide Web，万维网）技术。1991 年，瑞士高能物理研究实验室（CERN）的程序设计员蒂姆·伯纳斯－李（Tim Berners-Lee）最先开发万维网技术，它的主要功能是采用一种超文本（hypertext）格式把分布在网上的文件链接在一起。这样，用户可以很方便地在大量排列无序的文件中调用自己所需的文件。1993 年，位于美国伊利诺伊大学的国家超级计算机应用中心（NCSA）设计出了一个采用"WWW 技术"的应用软件 Mosaic，这也是国际互联网史上第一个网页浏览器软件。该软件除了具有方便人们在网上查询资料的功能，还有一个重要功能，即支持呈现图像，从而使网页的浏览更具直观性和人性化。[1]毫无疑问，国际互联网仍将以一种不可预见的飞快速度向前发展，以网络为依托的网络文学究竟会何去何从，对于文学艺术日薄西山的前代帝国来说，当下迅猛崛起的网络技术，究竟是屠城灭族的终结者还是更新万象的大救星，我们姑且把答案交给未来。在此，我们不妨看看中国互联网的发展历程和最新动态。

三 中国互联网发展的三个阶段

要想描述中国互联网的发展历程，即便是勾勒出一个大致的轮廓，

---

[1] 王东辉：《网络与新媒体概论》，辽宁美术出版社 2020 年版，第 9 页。

也得写一部厚重的著作。这里且为这部未来必将出现的著作做一个几百字的"内容提要"。

中国互联网的发展历程可以大略地划分为三个阶段：

A. 1986 年 6 月至 1993 年 3 月，研究试验阶段；

B. 1994 年 4 月至 1996 年，起步阶段；

C. 1997 年至今，快速增长阶段。

在中国互联网发展历程的实验阶段至起步阶段的一些具有决定性意义的大事叙述如下。

1986 年，北京市计算机应用技术研究所实施的国际联网项目——中国学术网（Chinese Academic Network，简称 CANET）启动，其合作伙伴是德国卡尔斯鲁厄大学（University of Karlsruhe）。

1987 年 9 月，CANET 在北京计算机应用技术研究所内正式建成中国第一个国际互联网电子邮件节点，并于 9 月 20 日发出了中国第一封电子邮件："Across the Great Wall we can reach every corner in the world."（越过长城，走向世界），揭开了中国人使用互联网的序幕。

1988 年，中国科学院高能物理研究所采用 X. 25 协议使该单位的 DECnet 成为西欧中心 DECnet 的延伸，实现了计算机国际远程联网以及与欧洲和北美地区的电子邮件通信。

1990 年 11 月 28 日，钱天白教授代表中国正式在 SRI-NIC（Stanford Research Institute's Network Information Center）注册登记了中国的顶级域名 CN，并且从此开通了使用中国顶级域名 CN 的国际电子邮件服务，从此中国的网络有了自己的身份标识。

1994 年国务院颁布《中华人民共和国计算机信息系统安全保护条例》。同年 4 月，成立国务院信息化工作领导小组，邹家华副总理任组长，原国家经济信息化联席会议办公室改为国务院信息化工作领导小组办公室。4 月，中关村地区教育与科研示范网络（NCFC）完成了与 Internet 的全功能 IP 连接，中国从此正式被国际上承认为 Internet 接入国家。1994 年 5 月，在法国的许榕生、在美国的樊岗和在北京的安德海通过 Internet 共同建立了中国第一个网站。

1997 年至今，被公认为中国互联网的高速发展时期，其中既有大事小情，也不乏趣人趣事，但更多的还是些乏味的统计数据，且大多与文学网站关系不够密切，此处姑且省去一些枯燥的表格和数据，只简略看看最新的互联网发展状况统计报告。

2022 年 2 月 25 日，中国互联网络信息中心（CNNIC）在北京发布第 49 次《中国互联网络发展状况统计报告》（以下简称《报告》）。《报告》显示，截至 2021 年 12 月，中国网民规模达 10.32 亿，互联网普及率为 73.0%。我国农村网民规模已达 2.84 亿，农村地区互联网普及率为 57.6%。同时，老年群体加速融入网络社会。手机网民规模的持续增长促进了手机端的各类应用发展，成为 2021 年中国互联网发展的一大亮点。

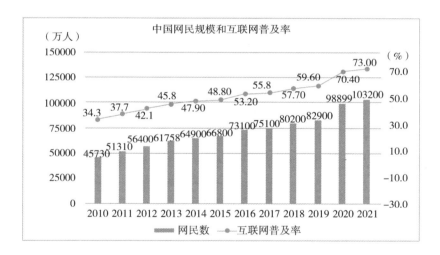

图 1-1 中国网民规模和互联网普及率

资料来源：CNNIC 中国互联网络发展状况统计调查 2022 年 2 月。

在这个由专业机构定期发布的《报告》中，统计调研人员对整个网络发展态势进行了详细分析，从《报告》的大量数据对比中读者可以准确直观地看到这些年来互联网飞速发展的踪迹。网站的这些变化对网络文学的生存和发展具有以下几个方面的意义，这才是我们应该关注的问题。

第一，网民规模增长进入平台期　发展主题从"量变"转向"质变"。网络文学读者增长速度趋缓，读者对作品质量的预期却在快速提升。如前所述，截至 2021 年 12 月，中国网民规模达 10.32 亿，这个已然超出欧洲人口总数的庞大群体，即便只有微小比例的网络文学消费者，也将是一个令人瞠目结舌的超级大市场。尽管互联网普及率仍然有一定提升空间，但综合近年来网民规模数据及其他相关统计看，中国互联网普及率逐渐饱和，互联网发展主题从"数量"向"质量"转换，中国互联网的发展具备了互联网在经济社会中地位提升、与传统经济结合紧密、各类互联网应用对网民生活形态影响力度加深等特点。就网络文学来说，这种"数量"向"质量"转换也是大势所趋。

第二，手机网民数量持续增长　高流量手机应用成亮点。相应地，移动阅读成为网络文学消费主流。各网站纷纷在如何更好地适应手机阅读方面做足了文章。《报告》指出，截至 2021 年 12 月，中国手机网民规模达到 10.29 亿，与 2020 年中国手机网民规模相比，2021 年我国手机网民总量增长了 4373 万人，继续保持上网第一大终端的地位。网民中使用手机上网的人群比例由 2020 年底的 99.26% 提升至 99.7%，远高于使用其他设备上网的网民比例，手机依然是中国网民增长的主要驱动力。移动阅读已经成为网络文学消费的主流，我们有理由相信，随着语音输入的普及和终端同步技术的日趋完善，移动写作的主流化进程也正在不断加快。

第三，社交类综合平台持续升温　网络游戏终端竞争加剧。《报告》显示，2021 年微博、微信、社交网站、论坛等互联网应用的使用率较 2020 年有所下降。类似即时通信等以社交元素为基础的平台应用则发展稳定，2021 年中国即时通信用户规模为 10.07 亿；网络视频（含短视频）用户规模为 9.75 亿；短视频用户规模为 9.34 亿；网络支付用户规模为 9.04 亿；网络购物用户规模为 8.42 亿；搜索引擎用户规模为 8.29 亿；网络新闻用户规模为 7.71 亿。与传统即时通信工具、社交网站相比，以社交为基础的综合平台不仅拥有更强的通信功能，还增加了信息分享等社交类应用，最大限度地增加了用户黏性，保证了用户规模的持续增长。另一个值得注意的趋向是，传统的 PC 端网络游戏增长乏力，面临手机网络游戏高速增长的挑战。

《报告》所描述的这些变化究竟对网络文学有多大程度的影响和冲击，还有待进一步观察和分析。但在网络文学和网络文学网站相关的发展过程中，有许多历史性事件值得网络文学研究者密切关注：例如，2021 年为庆祝中国共产党成立 100 周年，由中国作协网络文学中心组织的网络文学"百年百部"系列活动于 2021 年 3 月在北京正式启动。为充分展示网络文学"建党百年"主题创作成果，中国作协网络文学中心于 2021 年 3 月举行重点网站优秀网络文学作品联展启动仪式，从国内 30 余家重点网站遴选产生的 564 部优秀网络文学作品将通过线上向读者免费开放。

第二节　中国文学网站概览

网络、网站、网刊和网页等是一些比较容易混淆的概念，弄清这些概念之间的关系十分必要。按照《网络文学词典》的定义："网络是指用通信线路和通信设备将分布在不同地点的多台自治计算机系统互相连接起来，按照共同的网络协议，共享硬件、软件和数据资源的系统。"[①] 而网站（英文：Website），根据维基百科的定义，是指在互联网上，根据一定的规则，使用 HTML 等工具制作的用于展示特定内容的相关网页的集合。简单地说，网站是一种通信工具，就像布告栏一样，人们可以通过网站发布自己想要公开的信息，或者利用网站提供相关的网络服务。同时，人们可以通过网页浏览器访问网站，获取自己需要的信息或者享受相应的网络服务。

网站作为发布信息的特定页面集合体，网址是其存在的标志。通常网站地址的表现形式为由一连串"."符号所分隔的字母，即"域

---

① 欧阳友权主编：《网络文学词典》，世界图书出版公司 2012 年版，第 2 页。

名"。网络用户在网络浏览器的窗口中输入相应域名，即可访问对应的网站，并获取自己所需的咨询或服务。网站是互联网上信息集合的基本单元，而构成网站本身的基本元素是"网页"。

一 网页、网站与文学网站

对早期的因特网而言，网站还只是一些单一的文本文件，一页页的文本便构成其主要内容，因此有"网页"之称呼。不同的网页通过"超链接"实现互相关联和访问。随着互联网的发展，网页的内容也不再局限于纯文字文本，而是演化成了集图像、音频、视频于一身的超文本集合体。如今的网站，实际上就是一个图文并茂、音画俱全的巨型"超文本"。词典编撰者形象地说，"网站就是网络上的一个可寻址的空间，它的域名就如同房屋的门牌号码，可以让用户通过浏览器进行访问。而网站的内容就是其创建者想要提供给用户的信息、服务与咨询。从 1989 年首个网站出现，到如今全球网站总数已突破 2 亿，其发展与互联网普及的迅猛趋势同步。从类型上来看，也从一开始的单一网站分化出了官方网站、个人网站、综合门户网站、论坛社区等众多分支。可以说，正是各色纷呈、五花八门的网站，构成了互联网欣欣向荣的基石"[①]。

明白了网站的含义，对何为"文学网站"就不难理解了。欧阳友权是最早探讨文学网站的专家之一，他主编的《网络文学词典》对"文学网站"进行了如下定义：

文学网站 文学网站是专门收揽、贮藏、传播与发布文学信息的网络节点，一般由文学机构、文学社团、文化公司或文学网民个人建立，是文学在网络虚拟空间的聚散地，也是网络文学作品的承载体。文学网站是集原创作品征集、文学资讯和评论、图书编著出版、新书发布以及互动交流等为

① 风君：《网络新新词典》，新世界出版社 2012 年版，第 3 页。

一体的文学专业网站。按其内容，大致分为综合性文学网站和专门性文学网站。综合性文学网站登载小说、诗歌、散文、戏剧、文学评论等各类体裁作品，满足各类文学爱好者的需求，因此拥有较大的读者群，如"榕树下"等。专门性文学网站则是以打造某一体裁为主的文学网站，或诗歌、或小说、或戏剧，代表性的网站，如中国诗歌网、小说阅读网等。国内的文学网站从最早的"榕树下"发展至今已有十几年的历史，在众多文学网站中，起点、晋江、红袖、幻剑、榕树下、猫扑、天涯、清韵等文学网站更为引人关注。个人文学主页与文学网站的区别在于，文学主页自己不具有网络服务器，而需要以特定 IP 地址在某一网站申请网络空间；文学网站则自带服务器，只需用自己的域名接通互联网，无需向他人申请空间，因而文学网站的储存与传送空间比个人文学主页要大得多。①

在欧阳友权主编的《网络文学发展史——汉语网络文学调查纪实》一书中，作者开篇就对汉语网络文学发展十多年来的文学网站进行广泛调查和系统梳理，以丰富的第一手资料描述了我国网络网站的发展现状和存在的问题。这本 2008 年出版的著作对网站的本质属性的描述，已经使用了收藏、储存并发布文学作品的"网络节点""聚散地""承载体"等关键词。在这本书中，作者对文学网站和网络文学主页进行了辨析。在后来的词典编撰过程中，编撰者显然沿袭了这些说法。值得注意的是，在《网络文学发展史——汉语网络文学调查纪实》中，作者进一步将文学网站和文学的网络载体进行了区分。作者指出："互联网的文学载体除了文学网站和文学主页以外，还有非文学网站、特别是门户网站的文学（文化）频道、文学栏目、文学社区、文学论坛，以及 BBS 公告板、网络聊天室，还有 ICQ、OICQ、电

---

① 欧阳友权主编：《网络文学词典》，世界图书出版公司 2012 年版，第 56 页。

子邮箱、个人博客，以及由各类网络软件形成的交往空间（如 MSN、Skype 交流软件）等。近年来迅速普及的手机用户及其越来越受到关注的'手机文学'（或'短信文学'），它们存在于数字媒体的网络终端，这里虽然不是纯粹的文学空间，但它们中无疑存在诸多的文学内容或文学要素，因而也可以算作是广义的网络文学载体。"①

有关中国文学网站的发展情况，马季的《读屏时代的写作——网络文学十年史》、欧阳友权主编的《网络文学发展史——汉语网络文学调查纪实》、周志雄的《网络空间的文学风景》、蒙星宇的《网里花落知多少——北美华文网络文学二十年研究（1988—2008）》等，都有比较具体的描述。这里结合百度百科和知网上所能检索到的相关资料，结合网络作家作品以网站为主线，对中国网络文学 20 多年的发展史，进行一个大写意式的勾画。

中文网络文学的发展大致可以分为以下三个阶段：（1）海外网络文学期（1991—1994），这个时期的创作主体是海外的中国留学生及一些海外文学爱好者，他们很多有较好的文学素养，因为海外的中文报刊较少，网络的出现为他们提供了很好的文学传播载体，对于他们来说网络只是一个传播途径，网络上的文学与报刊上的文学差别不大，他们中的很多人此前在传统文学媒体上发表或出版过作品；（2）萌发期（1995—2000），这个时期中国大陆的网络基础设施建设开始全面铺开，BBS 论坛、文学网站开始大量出现，中国有了第一批文学网民，网上出现了一些业余文学作者创作的具备一定影响力的文学作品，涌现了一批网络人气作者，他们的作品从网上走红到纸质出版，成为图书市场火爆的热点，引起了人们的强烈关注。这个时期的代表文学网站是"榕树下"，代表性文学作者是蔡智恒、李寻欢、安妮宝贝、宁财神、邢育森等，他们的作品与传统文学作品有明显的差别，但总体上相对比较粗糙，并没有形成稳定的风格；（3）发展期（2001 年至今），中国

---

① 欧阳友权主编：《网络文学发展史——汉语网络文学调查纪实》，中国广播电视出版社 2008 年版，第 1 页。

网民数量呈直线上升，至 2008 年中国网民数量已居世界第一，网络普及率已接近世界平均水平，这个时期网络推出了很多有分量的文学作品，通过网络发表作品的高素质文学作者越来越多，主要门户网站推出的"博客"服务使个人网站得以广泛普及开来，文学网站的 VIP 运营模式尝试成功，网络文学的通俗化倾向开始形成，玄幻、武侠、悬疑、言情、盗墓、历史等通俗题材火爆网络，网络成为通俗文学繁荣的新平台。

要想具体直观地了解文学网站的基本情况，互联网上所发布的各种文学网站的排行榜无疑是一个快捷便利的窗口。例如 2008 年出版的《网络文学发展史——汉语网络文学调查纪实》中收集的"最近最有影响的栏目"描述了当时文学网站的概括，给人高屋建瓴、一目了然之感。

2008 年前后，最有影响的"小说网站"主要有：起点中文网、小说阅读网、红袖添香、世纪文学、新浪读书、幻剑书盟、榕树下、啃书网、江原创网、潇湘书院、万卷松风、翠微居、凤鸣轩言情小说、小说吧、四月天言情原创网、白马书院、逐浪文学网、爬爬书库、17K 文学网、异侠小说网、去看书、白鹿书院、小说读一读、思源中文网、君子堂、今日小说排行榜、天下书盟、烟雨红尘原创文学、连城读书等。这些文学网站在数字化生存浪潮中沉浮无定，有的是"风流已被雨打风吹去"，但也有的仍旧"万紫千红春满园"。

还有不少大型门户网站或"文化文学"网站，曾经或依旧给网络文学留出了重要位置，例如：腾讯读书、搜狐读书、西陆文学、且听风吟、萌芽、故事会、百度国学、好心情美文站、读者、青年文摘、中华网——读书频道、公益书库、超星数字图书馆、爱诗词、国家图书馆等。

在网络文学发轫之初，"文学论坛"是最早的铁杆网友们谈文论艺的主要场所，如今，众多"文学论坛"依然还是网络文学大有作为的广阔天地，例如：我不知道中文论坛、新浪读书论坛、百度小说吧、读书社区——搜狐、豆瓣读书——书评、啃书论坛、舞文弄墨——天涯社区、

莲蓬鬼话—天涯社区、小说阅读网 BBS、红袖论坛……①

这里的排序看似有点随意，但大多数排序是综合了大量统计数据、经过极为精确的计算得出的结果。我们注意到，起点中文网、小说阅读网、红袖添香、新浪读书、幻剑书盟、榕树下、潇湘书院、17K 文学网等，这些至今声名煊赫的网站都排在相对靠前的位置，从一定意义上说，这也算得上是此类排行榜单的合理性和公正性的一种体现。据中国文学网站不完全统计，目前，以文学命名的文学网站有 1000 多家。这个数字与"牛华网"等媒体所说的 300 多家有较大差距。这个差距的主要原因有如下两点。第一，统计范围的差异。中国文学网的统计范围并不局限于中国大陆，北美和港澳台等地的中华文学网都被计算在内，而"牛华网"等媒体的统计主要局限于中国大陆。第二，统计时段上的差异。中国文学网将《华夏文摘》这些基本远离文学的网刊和"花招"等基本退出历史舞台的网站也统计在内，而这类将被写进网络"考古学"的网站显然不在"牛华网"的统计范围之内。

二 形形色色的 "文学网站排名"

文学网站的排名有助于我们直观地把握网络文学的发展和时兴的潮流，文学网站的兴废也在一定程度上反映了网络文学的进程，但是，各种各样的文学网站排名背后其实是不同的评价准则，所反映的便是不同时期下社会对网络文学的需求。我们将着重分析"牛华网"、中国互联网指数系统（CIIS，China Internet Index System）、"站长之家"小说网站排行等三组数据。

首先，"牛华网"的编辑们曾为风头正健的一些著名文学网站所做的一个排行榜，在网上颇有影响。以下是"牛华网"编辑依据权威的流量监测网站 Alexa 的统计报告显示所列出的名目②。

---

① 欧阳友权主编：《网络文学发展史——汉语网络文学调查纪实》，中国广播电视出版社 2008 年版，第 3—4 页。

② 宿倩倩：《国内十大文学网站排名 盛大文学独占半边天》，牛华网 2012 年 2 月 17 日，http：//www. newhua. com/2012/0217/146083. shtml，2021 年 10 月 20 日访问。

（一）起点中文网（www.qidian.com）

起点中文网在 Alexa 上全球综合排名第 601 位，国内排名第 100 位。起点中文网创立于 2001 年 11 月，是一家以发布娱乐文学为主的原创文学网站。改编自"起点女生网"人气小说《步步惊心》的同名电视连续剧播出以来，得到火热评论。起点白金作家天蚕土豆的《斗破苍穹》总字数高达 530 多万，该作目前已经被改编成网络游戏。该网站于 2004 年被盛大收购。

（二）幻剑书盟（www.hjsm.tom.com）

幻剑书盟在 Alexa 上全球排名第 665 位，国内排名第 112 位。幻剑书盟创立于 2001 年 5 月，由书情小筑、石头书城、小书亭等网络文学爱好者所创立的文学书站合并而成。创站伊始，致力于网络文学的发展。广聚网络写手，开创网络奇幻、武侠盛世。奇幻武侠方面在国内文学网站中独占鳌头，幻剑书盟目前收录作品主要以武侠和奇幻为主。

（三）纵横中文网（www.zongheng.com）

纵横中文网在 Alexa 上全球综合排名第 2677 位，国内排名第 350 位。纵横中文网创办于 2008 年 9 月，完美时空投资成立，网站此前只是无名小卒，但在 2010 年强势崛起。纵横在作者待遇方面是最为慷慨的，这是任何一个网站都无法比拟的。该小说阅读网主要提供原创小说和网友自荐，该网站风格简洁，没有眩杂广告，深受无广告小说爱好者的喜爱。

（四）小说阅读网（www.readnovel.com）

小说阅读网在 Alexa 上全球综合排名第 3339 位，国内排名第 404 位。成立于 2004 年 5 月，成立之初，就以其独特的风格和丰富的内容受到广大文学小说爱好者的推崇，靠广大会员自发的推荐等，目前日访问量近 6000 万次，每天在线用户 200 万，原创作品达 280 万。读者年龄普遍偏低，小白文遍布，适合新人发展。该网站 2010 年被盛大收购。

（五）晋江原创网（www. jjwxc. net）

晋江原创网在 Alexa 上全球综合排名第 3488 位，中国排名第 493 位。网站创立于 2003 年 8 月 1 日，是全球最大女性文学基地。

晋江原创网具备完善的投稿系统、个人文集系统、媒体联络发表系统及高创作水平的原创书库。2008 年被盛大收购。

（六）潇湘书院（www. xxsy. net）

潇湘书院在 Alexa 上全球综合排名第 4966 位，国内排名第 666 位。网站创办于 2001 年，目前潇湘书院已经发展成为集原创、武侠、言情、古典、当代、科幻、侦探等门类齐全的公益性综合小说阅读网站。该网站 2010 年被盛大收购。

（七）17K 文学网（www. 17k. com）

17K 文学网在 Alexa 上全球综合排名第 6423 位，国内排名第 683 位。成立于 2006 年 5 月，17K 小说网是中国数字出版领跑者——中文在线旗下的国内知名文学品牌，是一家集网络文学版权收集、版权交易、版权推广等服务为一体，具有文学专业性的网站平台，17K 小说网日均访问量超 3000 万次，手机平台网日均访问量超 5000 万次。目前像《鸿门宴》《钱多多嫁人记》《后宫——甄嬛传》《建党伟业》《非诚勿扰》《李春天的春天》《诡案组》等众多同名影视热播的作品也均授权在 17K 小说网上连载。

（八）红袖添香（www. hongxiu. com）

红袖添香在 Alexa 上全球综合排名第 6672 位，国内排名第 933 位。网站创办于 1999 年 8 月，是目前国内最具影响力的纯文学网站，已经形成了以女性为阅读受众、言情小说为特色的原创氛围，深受白领女性喜爱，该网站 2007 年被盛大收购。

（九）逐浪网（www. zhulang. com）

逐浪网在 Alexa 上全球综合排名第 11696 位，国内排名第 1092 位。逐浪网成立于 2003 年 10 月，前身为国内著名的文学站点——文学殿堂，曾经获得电脑报编辑选择奖和二十大个人站称号。2006 年 6 月，逐浪网归入大众书局旗下，被收购后的逐浪网发展迅猛。六道的《坏蛋是怎样炼成的》连载以来得到读者火热追捧，《坏蛋是怎样炼成的 2》单章订阅突破 2 万人次。

（十）榕树下（www. rongshuxia. com）

榕树下在 Alexa 上全球排名第 17876 位，国内排名第 2755 位。"榕树下全球中文原创作品网"源于 1997 年 12 月 25 日美籍华人朱威廉创作的一个个人主页。榕树下作为网络中的最早文学网络，其影响是不言而喻的。它的综合影响力，在万千文学青年心里，它就是一座文学圣殿，几乎所有的网络写手都在那里发过作品。时至今日，榕树下已经成为网络文学的代名词了。该网站 2009 年被盛大收购。[1]

除此之外，早在 2014 年 9 月"站长之家"[2] 提供了一个文学网站排行榜，根据 Alexa 全球网站排名、PR 排名以及"百度权重"等因素进行综合评分，然后根据得分多寡，列举了一个 148 家文学网站的名单。这些网站的概况，是一份了解当下文学网站生存状况和发展态势的重要资料，与前面的"排行榜"稍作比较，我们不难看出在"十年大盘点"之后的五六年间网络文学网站所发生的一些微妙

---

① 2020 年 8 月 25 日，榕树下网站被查封，这个华语网络文学的鼻祖网站正式关闭服务器。

② 站长之家（中国站长站）创建于 2002 年 3 月，是一家专门针对中文站点提供资讯、技术、资源、服务的网站，网站现有上百万用户，拥有最专业的行业资讯频道、国内最大的建站源码下载中心、站长聚集的交流社区、最大的建站素材库、最实用的站长工具，除此之外，该网站还提供了很多专门针对网站建设的特色服务。

变化。上述"站长之家"小说网站排行榜中所列举的 148 家网站见表 1 – 1。

表 1 – 1 　　　　　　　　"站长之家"小说网站排行榜

1. 起点中文网	31. 派派小说论坛	61. 请看小说网
2. 纵横中文网	32. 磨铁中文网	62. E 书吧
3. 17K 小说网	33. 卡努努	63. 书香门第
4. 晋江文学城	34. 榕树下	64. 雨后池塘
5. 小说阅读网	35. 塔读文学网	65. 一起写网
6. 新浪读书	36. 散文吧	66. 伍九文学
7. 潇湘书院	37. 九九文章网	67. 新笔下文学
8. 顶点小说	38. 天天小说网	68. 汉王书城
9. 书包网	39. 烟雨红尘	69. 89 文学网
10. 逐浪网	40. 亲亲小说网	70. 八一中文网
11. 豆瓣读书	41. TXT 小说网	71. 轻小说文库
12. 起点女生网	42. 墨坛文学	72. 美文网
13. 红袖添香	43. 飞库网	73. 畅想听吧
14. 看书网	44. 半壁江中文网	74. 豆丁中文网
15. 凤凰读书	45. 爱 TXT 电子书论坛	75. 官术网
16. 飞卢中文网	46. 好心情原创文学	76. 四月天言情小说网
17. 言情小说吧	47. 轻之国度	77. 九六城堡小说论坛
18. 六九中文网	48. 起点文学网	78. 博看网
19. 搜狐读书	49. 就爱读书网	79. 耽美中文网
20. 腾讯读书	50. 随梦小说网	80. 江苏发行网
21. TXT 小说下载网站	51. 78 小说网	81. 书旗小说网
22. 散文网	52. 书生读吧	82. 笔趣阁
23. 找小说网	53. 龙的天空	83. 世纪文学
24. 3G 书城	54. 搜娱中文网	84. 言情小说大全
25. 书书网	55. 八月居	85. 58 小说网
26. 超星网	56. 幻剑书盟	86. 惠天听书网
27. 短文学网	57. 浩扬电子书城	87. 读读窝小说网
28. 书香电子书	58. 天下书盟网	88. 超星读书
29. 文章阅读网	59. 豆豆小说阅读网	89. 阿巴达小说下载网
30. 凤鸣轩	60. 之梦 txt 电子书	90. 翠微居小说网

续表

91. 无限小说网	111. 品味吧	131. 百书斋
92. mp3 小说散文	112. 内在空间	132. 好心情网
93. 一千零一页小说网	113. 爱情故事网	133. 123 读小说网
94. 白鹿书院	114. 一品故事网	134. 飞翔下载
95. 博群 E 书吧	115. 墨斋小说网	135. 燃文小说
96. 每日一文	116. 天天中文	136. 读客网
97. 全本小说网	117. 九月网	137. 凤舞文学网
98. 北京爱书	118. 冰火中文网	138. SAE 天空
99. 大家读书院	119. 溜达 TXT 电子书论坛	139. 中国文学网
100. 我爱电子书	120. 追客小说阅读网	140. 星云搜盟
101. 比奇中文网	121. 33 小说网	141. 读看看小说网
102. 77119 电子书下载	122. 阿甘小说网	142. 3k 小说
103. 掌上书苑	123. 字节社	143. 笔下中文小说网
104. 800 小说网	124. 好读	144. 一流小说
105. 书旗网	125. 落秋中文网	145. 汇想卡盟
106. 哈十八	126. 无名小说网	146. 骨头船
107. 零点书屋	127. 114 中文网	147. 若雨中文网
108. 我心依旧心情驿站	128. 书朋电子书	148. 大文学小说网
109. 龙若中文网	129. 中国文学论坛	
110. 读一读小说网	130. 爱读屋	

来源：站长之家，https：//top.chinaz.com/。

值得注意的是，这只是一个按照综合得分为序的排名。统一排名表中，还包含其他三种排序。如 Alexa 排序，在这一排序表中，前十名网站分别是：

1. 起点中文网、2. 晋江文学城、3. 17K 小说网、4. 看书网、5. 顶点小说、6. 纵横中文网、7. 潇湘书院、8. 笔趣阁、9. 言情小说吧、10. 起点女生网。

"百度权重"的排名前十名则是：

1. 起点中文网、2. 纵横中文网、3. 17K 小说网、4. 晋江文学城、5. 小说阅读网、6. 顶点小说、7. 书包网、8. 潇湘书院、9. 逐浪网、10. 起点女生网。

著名的"PR 排行榜单"① 排出的前十名则是：

1. 新浪读书、2. 起点中文网、3. 纵横中文网、4.17K 小说网、5. 潇湘书院、6. 豆瓣读书、7. 红袖添香、8. 凤凰读书、9. 搜狐读书、10. 腾讯读书。

上述排名结果，与"牛华网"2013 年 8 月发布《2013 年 7 月网络文学网站访问排行榜》的结果基本吻合：1. 起点中文网、2. 小说阅读网、3. 新浪读书、4.17K 文学网、5. 纵横中文网、6. 晋江文学城、7. 凤凰网读书、8. 红袖添香、9. 言情小说吧、10. 潇湘书院。

虽然近些年有各方机构、研究者通过调研、访问整理得到网络文学网站的排名数据，但值得注意的是，随着互联网进入了"云计算"时代，互联网上究竟有多少文学网站和文学网页，这显然是一个难以精确统计的数据，各类统计数据，具有很大的伸缩性，文学网站的统计数据就像股票市场上起伏不定的股指一样，几乎每时每刻都会有变化。例如，就在"牛华网"发布文学网站排行榜单的同时，《出版发行研究》杂志提供了一个很不同的统计数据："原创文学网站全面迅猛发展。根据 iResearch 推出的 iUser Tracker 2014 年 1 月数据显示，文学网站日均覆盖人数 1284.5 万人。其中，起点中文网日均覆盖人数达 174 万人，位居第一。晋江文学城紧随其后。"② 这里又牵扯到另一个概念——"文学原创网站"。

众所周知，文学网站草创之初，文学网站通过电子化处理把文学名著搬上网络，目的是提升网站的艺术品位，吸引更多网民点击，增加访问量。而遍观今天的起点中文网、榕树下、幻剑书盟、红袖添香、晋江文学城等多家著名文学网站，几乎找不到经典名著的踪影了，取而代之的是清一色的原创文学作品。③

---

① 网站的 PR 值（全称为 Page Rank），是 google 搜索排名算法中的一个组成部分，级别从 1 到 10 级，10 级为满分，PR 值越高说明该网页在搜索排名中的地位越重要，也就是说，在其他条件相同的情况下，PR 值高的网站在 google 搜索结果中的排名中有优先权。

② 孙国钰：《论原创文学网站 VIP 付费阅读制度的生存环境》，《出版发行研究》2014 年第 6 期。

③ 吴华、段慧如：《文学网站的现状和走势——基于五家著名文学网站的实证考察》，《湘潭大学学报》2012 年第 6 期。

此外，中国社会科学院发布了《2021 中国网络文学发展研究报告》。报告指出，截至 2021 年 12 月底，我国网络文学用户总规模达到5.02 亿人，较上年同期增加 4145 万人，占网民总数的 48.6%，读者数量达到了史上最高水平。《2021 年国内主要网文平台业绩统计》中显示，我国文学网站 Top8 市场份额统计如表 1-2 所示。

表 1-2 　　　　　　2021 年国内主要网文平台业绩统计①

单位：亿元（人民币）

序号	平台	市值	2021 营收	增减幅度	2021 净利润	增减幅度
1	阅文集团	266.30 亿	86.68	1.6%	12.3	34.1%
2	中文在线	63.35 亿	11.89	21.8%	0.99	101.9%
3	掌阅科技	57.98 亿	20.71	0.5%	1.51	-43.0%
4	平治信息	52.34 亿	36.01	49.6%	2.44	15.7%
5	AB 新媒体	6.96 亿	0.88	-3.8%	0.58	14.1%
6	趣头条	2.08 亿	43.4	-17.9%	-12.4	-12.2%
7	触宝	5831 万	2.7	-38.0%	-0.66	75.7%
8	恺兴文化	/	1.24	38.2%	0.39	57.1%

从最基本的营收及净利润来看，2021 年上述八家公司共计实现营收 218.36 亿元，实现净利润 5.15 亿元，其中营收方面 5 涨 3 跌，净利方面 6 涨 2 跌，总体情况并不算差。尽管 2021 年至今疫情反复对下游影视动漫制作有一定影响，各家公司也都有各自的问题，但受国家"数字经济"政策助力、数字阅读大环境形成、网文 IP 改编繁荣、知识产权保护体系有所完善等多重有利因素影响，行业发展基本面整体向好。

在研究了繁多的相似排行之后，我们发现，无论排行榜的参照因素如何变化，排行结果也基本上大同小异，从其正面意义说，排行榜具有一定的科学性和代表意义，从其他方面意义说，排行榜千篇一律，缺少创新意义。值得注意的是，在各类网络文学排行榜中，基本上看不到中华网络文学早期的那些具有开创之功的一些重要网站的影子，

---

① 雷报：《8 家网文公司营收 218.4 亿，净赚 5.1 亿》，《界面新闻》2022 年 5 月 8 日。

譬如"新语丝""橄榄树""花招"等。更令人遗憾的是，迄今为止，网络文学网站基本上还是一个文学学术研究视野之外的领域。在汗牛充栋的网络文学研究著述中，至今没有一本以文学网站为研究对象的专著，甚至连篇幅稍长些的论文也不多见。排行榜这类令人望而生厌的表格或统计资料，一直是人文学者们避之唯恐不及的东西，仅此一点，就足以使那些原本打算一窥文学网站之壶奥的学者退避三舍，当然，网站毕竟是一个技术含量较高的话题，有些人或因力有不逮而无从置喙，更多人或因兴味索然而嗤之以鼻。但是，文学网站无疑是网络文学得以生长的土壤。研究网络文学评价标准，不能不研究网络文学史，研究网络文学史，不能不研究网站，尤其是要研究那些最早的汉语言文学网站，即最早出现在北美的那些华文文学网站。

三 海外华文文学网站及其影响

北美华文文学网站拥有中华网络文学之"发源地"的重要地位。但对早期网站的研究，目前还没有得到学术界应有的重视。在为数不多的研究成果中，有两篇博士学位论文极为引人瞩目，为相关研究提供了极为宝贵的资料，它们是蒙星宇的《北美华文网络文学二十年研究（1988—2008）》和施雨的《论北美华文网络文学的第一个十年》。蒙星宇的学位论文，对北美华文网络文学网站进行了比较细致的梳理和分析。

如 1993 年 4 月创建的"窗口"、1993 年 6 月创建的"枫华园"、1994 年 1 月创建的"未名"、1995 年 3 月创建的"橄榄树"、1996 年 1 月创建的"花招"、1996 年 11 月创建的"涩桔子的世界"、1997 年 4 月创建的"文学城"、1997 年 12 月创建的"一角"、1998 年 1 月创建的"晓风"、1998 年 3 月创建的"音像评论"、1998 年 6 月创建的"华人之声"、1999 年 1 月创建的"汉林书讯"、1999 年 6 月创建的"六朝评论"、1999 年 9 月创建的"青青草"、1999 年 12 月创建的"北美行"、2003 年创建的"文心社"、2004 年创建的"纵横大地"、

2005 年创建的"北美女人"、2006 年创建的"火凤凰"等。蒙星宇的博士学位论文后以《网里花落知多少——北美华文网络文学二十年研究（1988—2008）》为题出版。这个题目对众多昙花一现的网站、网刊和某些"影子倏尔一现，从此不再相见"的网络作者来说，堪称神来之笔。

作家施雨的学位论文以几家典型的、极具代表性的北美网络文学社群（论坛、网刊和网站）为研究对象，对发表在这些网络媒体上的文学作品和作家进行个案研究与文本分析，提供了许多宝贵资料。例如，作者不仅对《华夏文摘》、BBS—ACT 的诞生过程进行了学理化探讨，而且还对众多北美网刊如《枫华园》（1993 年）、《新语丝》（1994年）、《橄榄树》（1995 年）、《花招》（1996 年）、《国风》（1997 年）等的基本情况进行了力所能及的探索，作者还着重评介了"文学城""银河网""文心社"等"北美互联网三个大型文学网站"的兴衰成败。作为北美早期网络文学的参与者和见证人，施雨的研究成果具有很高的学术史价值。特别值得注意的是，上述两篇博士学位论文都对《华夏文摘》和《新语丝》等刊物有比较深入的研究，并归纳和总结了许多与网络文学发生发展密切相关的重要信息。

欧阳友权、黄鸣奋、马季、黄绍坚、李大玖、周志雄等也在相关文章中，对早期网络文学发表了不少真知灼见。周志雄在一篇博客文章中对早期网络文学发展过程中的一些大事件进行了学理化梳理，其文语言简练，线索明朗，对我们了解北美早期网站的情况具有重要参考价值。根据上述专家们提供的信息，我们可以简要地勾画出早期华文文学网站及其发展状况的一个基本轮廓。

1991 年 4 月 5 日，全球第一家中文电子周刊《华夏文摘》在美国诞生。这份电子周刊主要是从国内外的报刊上精选新闻作品，也发表一些文学原创作品。由于多数研究者认为，该网刊是最早的电子中文刊物，所以，网络文学史上的不少"第一"便顺理成章地被归结到该刊的名下。如张郎郎的《不愿做儿皇帝》被说成第一篇文学作品，于1991 年 4 月 16 日发表在该刊第 3 期上。马奇（即少君）的《奋斗与平等》被认为是第一篇原创网络小说，于 1991 年 4 月 26 日发表在该刊第 4 期上；也有人认为 1991 年 11 月 1 日发表在第 31 期的《鼠类文明》（佚名）是第一篇原创小小说。

除《华夏文摘》外，王笑飞的诗歌通讯网，魏亚桂等创办的新闻组（ACT），方舟子等创办的《新语丝》等，都是北美网络文学的重要发源地。黄鸣奋在《网络华文文学刍议》一文中指出："在网络华文文学发展史上，北美留学生扮演了拓荒者的角度，筚路蓝缕，功不可没。1991 年，王笑飞创办了海外中文诗歌通讯网，该网实际上是一个邮件订阅系统，以张贴古典诗词为主。次年，美国印第安那大学的魏亚桂请该校的系统管理员在 USENET 上开设了 alt. Chinese. text，简称 ACT。这是 Internet 上第一个采用中文张贴的新闻组。"①

ACT 的出现具有标志性意义，它是汉语言文学王国凿空国际互联网帝国的第一位使者，是当时网络上第一家可利用的中文网络交流平台。有学者指出，ACT 激发了身在异乡的国外留学生们对本土文化的热情，以及潜意识中对英语霸权的抵制，ACT 在 1994、1995 年前后进入繁盛时期，留学生们在 ACT 上发表了大量的汉语文学作品，包括小说、散文、诗歌等不同体裁的作品。图雅、百合的小说和散文，莲波、方舟子的散文，受到了网上文学爱好者的欢迎。ACT 的另一个贡献是当时网友们将很多经典文学书籍以打字录入的方式电子化，如《庄子》《离骚》《水浒传》《三国演义》《围城》《北方的河》《红楼梦》《唐诗三百首》《天龙八部》《倚天屠龙记》等，就是在这个时候第一次实现"数字化生存"的。在当时中文电子扫描识别技术还没有开发出来的情况下，这些海外文学爱好者，凭借敲打键盘的艰辛劳动为后来中文文学书籍电子化打下了基础。

1993 年 10 月，方舟子活跃于 ACT 内并发表了自己的作品《最后的预言》，但 ACT 毕竟是一个汉语新闻组而并非纯文学网站，于是方舟子与古平等于 1994 年 2 月创办了第一份网络中文纯文学刊物《新语

---

① 黄鸣奋：《网络华文文学刍议》，《华侨华人历史研究》2002 年第 1 期。

丝》，并且采取与 ACT 不同的方式，即以邮递目录的形式刊发诗歌和网络文学，这在某种程度上保留了"文学编辑部"的功能性。《新语丝》被公认是一份不隶属于任何机构、以远离时事政治为特色、自始至终百分之百刊登创作稿件的中文电子刊物，因其清新的风格吸引了纯文学创作者和爱好者。1996 年 10 月，"新语丝"的万维网主页建立，随着发展的需要"新语丝"服务器曾几次搬家，目前位于美国加利福尼亚。海外汉语网络文学刊物也陆续发行了不少，除《新语丝》外，影响较大的还有诗刊《橄榄树》，它是诗阳、鲁鸣等在 1995 年 3月成立的。

《橄榄树》是另一份具备相当影响力的纯文学网刊。最初的《橄榄树》只是一份单纯的诗歌刊物，1997 年起《橄榄树》改变了编辑方针，开始发表小说、评论、散文、诗歌，也发表翻译作品、社会评论、访问等，从单纯的诗刊走向多样化，这也是专业性文学网站逐渐走向综合性文学网站的一个缩影，《橄榄树》打破了创刊初期的封闭的文学小圈子，但其初创时期吸引的大批诗人、作家的加盟，如北岛、京不特、严力、翟永明、吴晨骏、陈希我、陈东东、虹影、何小竹、拉家渡等，在中国当代文学史上均产生了较大的影响。

1996 年，美国硅谷的花招公司创办了《花招》女性文学月刊，这是一个网络出版的刊物，其定位是大众娱乐性读物。后来相继出版《花絮》生活周刊、每日《花边》新闻、《花会》通俗小说选刊、《花雕》古典文学季刊。遗憾的是，早年众多热热闹闹的网站与网刊，在数字化的天空中渐渐销声匿迹。"任他当年花似锦绣，落红满地无人收。"例如，今天每个慕名搜索《花招》网址的读者，只能看到一则拍卖启示，这令那些曾经激赏该刊的读者，顿生"人面桃花"之叹。

1997 年 4 月，美国留学生陈茂等创办了"文学城"，据业内人士称，"文学城"是全球最早商业经营成功的中文文学网站。创办不久就成了海外最大的中华文学网站。该网站除了文学作品外，还建有经、史、子、集等大型电子文库。据蒙星宇考证，该网站不仅是最早实现网页直接跟帖的中文网站之一，而且还是最早运用 web2.0 互动理念运营成功的文学网站。网友自发参与的大量文摘、短信、跟帖等，极大地丰富了网站内容。"文学城"创办不到一年，累计访问量就高达17.4亿人次并在1999年春季被 Chinagate. Inc. 公司收购。1999年年初，汤大立等创办的"银河网"是始终坚持非商业化运作的大型中文网络文学网站。它被蒙星宇说成"当时全球中文网络写作规模最大、读者作者最为集中、活跃和高质量的网络平台之一"。最繁盛的时候曾推出160位海外中文网络作家的专栏。2002年与中国青年出版社合作出版了"银河网络丛书"。由于坚持非商业化理念，多次拒绝资本收购，2003年初，"银河网"结束，标志着大规模非营利模式的文学网站时代的结束。①

但是，北美坚持非营利模式的中文网络文学网站数量仍然很大，不过都是些规模相对较小的网站。如新《语丝》《橄榄树》继续定期发稿，新创建的《一角》（1997年12月）、《晓风》（1998年1月）、《音像评论》（1998年3月）、《华人之声》（1998年6月）、《汉林书讯》（1999年1月）、《六朝评论》（1999年6月）、《青青草》（1999年9月）、《北美行》（1999年12月）、《北美女人》（1998年）、《火凤凰》（2003年）、《纵横大地》（2004年11月）等，2000年创立的"文心社"至今仍有较大影响。②

如前所述，海外中文网络文学的编辑和写作成员主体是海外的留学生，他们在异国他乡留学，文学是他们寄托怀乡之情的一种方式，网络的出现为他们提供了一种很好的文学交流方式，可以不受版面和发行量的控制，可以快捷地交流他们在异国他乡的共同感受。由世界各地的中国学生、学者主办的电子杂志层出不穷，有美国的《华夏文摘》《威斯康星大学通讯》《布法罗人》《未名》，加拿大的《联谊通讯》《红河谷》《窗口》《枫华园》，德国的《真言》，英国的《利兹通讯》，瑞典的《北极光》《隆德华人》，丹麦的《美人鱼》，荷兰的

---

① 蒙星宇：《网络少君》，九州出版社2011年版，第31页。
② 蒙星宇：《网络少君》，九州出版社2011年版，第31页。

《郁金香》，日本的《东北风》，等等。这些刊物都在不同程度上成为网络文学的温床。中国大陆网络建设起步比发达国家要晚，与此相应的，大陆网络文学的诞生与发展，是和海外（特别是北美）汉语网络文学的影响分不开的。① 海外中文网络文学与后来兴起的国内网络文学的共同点是作者以理工科专业出身的业余作者居多，从体裁上说以散文和杂感类居多，整体上文学水平较高，也不乏深有影响的作品。散文、随笔、诗歌的成就超过了小说。文学成就较高的作者有图雅、少君、滴多、曾晓文等。国内对海外的网络文学介绍得并不多，也很少有人涉足这一领域的研究。目前国内出版的相关作品文集主要有：《在美国的一种成长——我们在美国》（丁文京主编，中国社会出版社1998年版）、《美利坚的天空下——在美留学生情爱故事》（当代留学生文丛编委会编，中国社会出版社1999年版）、《在橄榄树间走过》（祥子、京不特、三焦编选，河北人民出版社2000年版）、《谁的思绪比大地走得更远》（"橄榄树"网站编选，上海文艺出版社2000年版）、《偷来的午后》（《台港文学选刊》选编，九州出版社2005年版）。

少君曾撰文指出："中文电脑网络杂志已成为传播华文文学创作的最佳途径，其影响力远远超过报纸和文学杂志的作用，成为海外华人，特别是知识分子阶层汲取中华文化的主要渠道。"② 早期北美网络文学的积极意义是多方面的。首先，它宣告了中华网络文学的诞生；其次，它实现了包括北美、欧洲以及日本在内的全球华文圈内文学爱好者之间的快捷交流。此外，《新语丝》《橄榄树》《花招》等文学网刊为国内文学网站的经营运作树立了榜样。从一定意义上说，中华网络文学诞生在地球的另一边，这是一个史无前例的文学大事件。网络文学的问世，不仅仅源于天涯游子的精神寄托，不仅仅只是一种学子留洋的精神回归，甚至也不仅仅是中华文化输出的一种审美文化反哺，

---

① 黄鸣奋：《网络华文文学刍议》，《华侨华人历史研究》2002年第1期。

② 少君：《第X次浪潮——网络文学》，《深圳特区报》2000年5月3日。

而是一个全球化时代歌德和马克思所预言之"世界文学"的一次辉煌壮丽的日出！

1997年，美籍华人朱威廉创立"榕树下全球中文原创作品网站"及榕树下传媒公司。据称，"榕树下全球中文原创作品网"不仅是全球最大的中文文学网站，而且也是国内第一家专业的文学网站。"榕树下"所受到的海外中文文学网站的影响相当明显，例如，通过编辑的方式发稿，刊发的作品以随感类的散文、小段子居多，小说类作品以中短篇居多等。尤为值得注意的是，"榕树下"还是中国最早推出"博客"的网站。几年以后，在"榕树下"的带动下，一大批文学网站如雨后春笋般涌现出来，中国第一批网络写手相继在网络中出现，如李寻欢、邢育森、宁财神（三人被称作国内早期网络文学的"三驾马车"），加上俞白眉和安妮宝贝，被人称为内地网络文学的"五匹黑马"。

早期网络文学以消费性、娱乐性、民间性为主打特色，《橄榄树》的文学宣言是："橄榄树文学社致力于向主流文化消费渠道倾注非批量生产的、个人的当代文学艺术创作和批评，为独立的作者提供一个较少政治经济限制的多元包容的大众传播媒体。"这一办刊方针其实对于后来的文学网站都是适用的。海外中文网络文学充分体现了网络文学的本质——非功利性，早期的网络文学刊物都是非营利性的，网站的编辑都是义务工作，网站不为作者支付稿费，只愿作者和读者能从交流中获得乐趣。关于这方面的情况，蒙星宇和施雨等的博士学位论文和相关著作已有相当深入的研究。

1995—1997年，中国大陆和中国台湾的各大学出现了相互联通的BBS，聚集着一批热衷于舞文弄墨的理工科学生。1995年2月，台湾交通大学的研究生Plover完成了《往事追忆录》，作品以一个人的情感经历为蓝本，成为早期网络文学代表性作品之一。其后，Plover继续创作了《台北爱情故事》《风流手札》等小说、散文，被推为台湾最早也最优秀的网络作者。如痞子蔡等后起者，均曾受过他的影响。《台北爱情故事》更是于创作后不久便被转载到大陆以"水木清华"为先导的各BBS站，作为网络爱情小说的一部分被许多读者阅读。

1995年8月，我国大陆第一个互联网上的 BBS "水木清华"建站，随后国内其他高校相继建立了自己的 BBS。"水木清华"的读书、文学、武侠等版面人头攒动，气氛热烈。其网络原创作品主要是以自发性创作为主，产生较大影响的作品有 choujs（出剑笑江湖）的《人世间》等。1996年，北京在线"温馨港湾"网站集纳了2000篇网民创作的文学作品，这些作品以散文、随笔为主，包括很多海外留学生的作品。1997年，作家出版社和瀛海威信息通信公司合作，将青年作家王庆辉的长篇小说《钥匙》上网，《钥匙》成为我国国内第一本上国际互联网的小说。此外，还有人通过扫描将小说发到网上，引发了在网上传播文学作品的热潮，出现了书库类文学网站，如黄金书屋、书路、卧虎踞等。①

由此不难看出，很多学者把1998年说成中国网络文学"元年"，这个说法显然值得商榷。既然1995年中国网络上就诞生了《往事追忆录》《人世间》等作品，我们为什么提及网络文学史就一定要以《第一次亲密接触》为起点呢？相信不少人会有这样的疑问。例如秦宇慧早在2006年就开始盘点所谓的"十年网络文学史"了："1998年，互联网诞生已经几十年，中文网络平台的发展时间也已经超过四年，我们有理由相信，一定还有什么东西被忽略被掩盖在这甚嚣尘上的所谓'网络文学热'背后。今天，我们将去挖掘那些埋藏在喧哗下的潜流，给未来的文学史，留一点不同的声音。"② 秦宇慧认为，1995年2月上网的《往事追忆录》十几年后仍然为许多人所回忆的最早网络文学作品之一。1996年8月开始连载的武侠小说《人世间》长久地留在当时读者的记忆里。作者"出剑笑江湖"（choujs）生于1974年，北京邮电大学计算机应用专业硕士研究生，后为某通信公司技术总监。《人世间》于1996年张贴在北京邮电大学的鸿雁传书版，后转帖于"水木清华"武侠版，它凭借类似古龙风格的诗化语言与全篇略带惆怅的

31

---

① 周志雄：《网络空间的文学风景》，人民文学出版社2010年版，第6—11页。
② 秦宇慧：《喧哗下的潜流：回眸网络文学史》，《中国图书商报》2006年7月4日。

文字氛围，使小说的成就在相当长时间里不能被后起之作压倒。可惜作者由于工作的原因中断了作品的更新，使许多读者深感遗憾。

1997 年之后，网易率先发起的免费空间潮为大量个人网站的出现提供了条件，尤以书库类网站最为繁盛，其中"黄金书屋"以藏书博杂、更新迅速而独占鳌头。1998 年，率先注意到网络原创文学价值的"黄金书屋"设置了"网人原创"专栏，这应该是大陆网站中较早出现对网络原创作品进行编辑归类的栏目，也预示着网络原创文学自觉时代即将到来。网站，特别是一些著名网站，是网络文学之花得以盛开的土壤，在深入探讨网络文学的发生与发展之前，还是让我们先看看这些著名文学网站吧。

当下，海外华文文学网站又有了新的变化，从最早的海外华人建立网络文学交流平台，到现在海外华人或海外网络文学爱好者建立本土网站，海外华文文学网站进入了新的发展阶段。例如由 Goodguyperson（中文名孔雪松）在 2015 年创立的网站"gravity tales. cc/"，仅比 Wuxiaworld 晚一个月。据说创始人孔雪松当时才 16 岁，在网站上传了《斩龙》的翻译章节，吸引了一大批外国网民和译者的跟随，后来中文网络小说和韩国网络小说数量不断提升，并增加了"Original"栏目来支持英文原创小说。网站 Novel Updates（简称 NU），相当于一个小说目录（Directory of Asian translated novels），也可以把它看作不同网站翻译好的小说所做的章节链接，可以让读者据此自行选择点击链接进行阅读。还有网站 www. fanmily. org/，这个网站包含了大量中国、日本和韩国的网络小说，难能可贵的是网站提供了多数小说的不同翻译版本，读者可以任意选择自己喜欢的译本来阅读。读者也不需要去注册或成为会员来阅读最新的小说章节。

海外网络文学网站自计算机网络诞生以来经历了多个阶段，最早是海外华人自助建立新闻组、BBS 等维持社群联系的网络组织，随着海外华人文化圈的形成，开始出现在网络上书写的文学作品，同时孕育了独特的网络文学雏形。随着海外华人文学网站的壮大，北美、港澳、大陆相继出现了不同的网络文学网站，web2. 0 和 web3. 0 的技术发展为网络文学网站的发展提供了新的契机，网络文学网站的创立不再以文学创作者为主，开始出现专职经营网络文学网站的资本方和以翻译、传播网络文学作品为主的读者，可以说，文学创作者或作者已经在当下网络环境中彻底淡出了网络文学网站的管理层，他们成为依附在网络文学网站下的内容生产者或"文学工人"。

第二章　文学网站的属性分析

　　网络文学作为中国当代引人瞩目的文化现象，从被人视为洪水猛兽到被传统文学所接受，"登堂入室"后便引起众多学者的关注和讨论。文学网站作为承载网络文学的重要媒介，也被视为网络文化建制、传播、影响的重要一环，因此，文学网站的文化属性一方面得自于网络文学这一当下最大的社会文化现象之一，另一方面也得自于文学网站作为一个实存自为的网络场域，还在不断生产、输出、影响着文化的总体面貌。正如学者指出的"网络文学是网络文化的艺术形态，也是网络时代社会文化母体折射出的艺术镜像"①。那么文学网站作为承载网络文学作品的重要媒介，又是呈现网络文学作品的重要平台，还是集中反映网络文学作品价值的输出渠道，文学网站的文化属性便集中表现为生产性、功能性和社会意义三个方面。

　　文化生产性指的是文学网站作为网络文学作品书写、生产、销售的主要平台，其本身便不同于传统文学作品的生产方式，文学网站的组织者、写手及读者们生产着网络文学和网络文化，通常被称为"亚文化"从而区别于主流文化。首先，文学网站作为赛博空间被网络信息渗透，具有即时性、超容性以及超时空性和超文本性。其次，文学网站继承了赛博空间的虚拟性特征，网络文学与网络文化常常带有奇幻、玄幻、科幻的色彩，文本内容放飞想象、制造惊奇，能够满足读

---

　　①　欧阳友权：《网络文学本体论》，中国文联出版社 2004 年版，第 252 页。

者的猎奇心理和想象需求。最后，文学网站作为一个开放的互动空间，不仅文学作品的呈现即时即刻，对文学作品的鉴赏、批评、评价也是即时即刻的呈现出来，作者与读者之间的距离大幅缩小，读者甚至能够直接参与作品的创作。

文化功能性指的是文学网站作为文学作品及其周边衍生品的主要发行平台，文学网站具备商业性、服务性、娱乐性等功能。网络文学网站不同于网络文学本身，本质上讲，文学网站并不生产文学作品，文学作品是由网站签约的写手写就的，文学网站作为营利性机构首先具备商业性的特征，即将非功利性的精神生产产品转化为物质产品进一步以商品的形式出售，其商业性功能主要表现为两种，其一为文学网站通过打赏、付费阅读、植入广告的形式直接将文学作品以商品的方式出售，其二为文学网站与实体出版社合作，将线上的网络文学作品刊印出版为实体出版物出售。文学网站的服务性特征决定了文学网站的出发点是便民、利民，虽则文学网站是盈利性机构，但是这不妨碍文学网站服务好万千写手与读者，同时也是文学网站的文化社会意义的体现。

所谓文化社会意义就是文化的内容与导向要符合社会生活的需求、符合社会价值观的导向，杜绝一味的低俗、消极、悲观、丑化的审美趣味，要积极弘扬社会主义核心价值观，以服务好人民大众为根本出发点。

第一节　文学网站的文化属性

一　文化的社会意义及功能

如果想要讨论文学网站的文化属性就要先搞清楚"文化"是什么，又具备哪些属性、特征、性质，如何界定"文化"概念在中国当代语境中的意指是切入文学网站文化属性的关键。通常意义上的文化（culture）概念是一个舶来品，最早源自拉丁文 colere，原意为"栽种"或"照料"，例如西塞罗所使用的"cultura animi"（心灵的陶冶）。文化的历程则意味着个人生活或群体社会生活的整体变化，这一变化的历程在社会学研究中称为文明（civilization），在心理学研究中称为教化（education），而在人类学研究中则使用广泛意义上的文化（culture）。在中国传统语境中，对文化的论述则显现出多重意蕴，例如《礼记·乐记》中的"五色成文而不乱，八风从律而不奸"，这里的"文"指色彩交错的纹理，而《易传》中的"观乎天文，以察时变，观乎人文，以化成天下"指的是人情社会中的道德礼仪，"化"则是与"察"相对应的动态力量，《说苑》中的"凡武之兴，为不服也；文化不改，然后加诛"则更加凸显了文以教化的功能。

文化概念的当代言说则体现为地方性、意识性、多元性。文化的地方性特征则表现为一定地区、民族或共同体的习惯，泰勒就认为"从广义的人种论的意义上说，文化或文明是一个复杂的整体，它包括知识、信仰、艺术、道德、法律、风俗以及作为社会成员的人所具有的其他一切能力和习惯"①。泰勒对文化的定义曾统治西方文化研究百年之久，人类学、民族学甚至宗教学都奉为经典，但是其弊端在于没有区分文化与制度的差异，因此忽略了文化所反映出来的意识性问题。文化所反映出来的意识性问题在马克思那里得到了解决，首先，马克思对文化的理解是建立在劳动关系上的："劳动是一切财富和一切文化的源泉"②，能够创造文化的劳动包括物质劳动和精神劳动，因为"一切艺术和科学的产品，书籍、绘画、雕塑等等，只要它们表现为物，就都包括在这些物质产品中"③。所以"只有在这种基础（物质生产）上，才能够既理解统治阶级的意识形态组成部分，也理解一定社会形态下自由的精神生产。他没有能够超出泛泛的毫无内容的空谈。而且，这种关系本身也完全不像他原先设想的那样简单。例如资本主义生产就同某些精神生产部门如艺术和诗歌相敌对"④。由此可见，精神生产所带有的意识性决定了这样一组矛盾：作为物质的产品与作为精神的产品之间的矛盾。这自然可以追溯到马克思论及的"意识与存

---

① ［英］泰勒：《原始文化》，蔡江浓编译，浙江人民出版社 1988 年版，第 1 页。
② 《马克思恩格斯全集》第 19 卷，人民出版社 1972 年版，第 15 页。
③ 《马克思恩格斯全集》第 26 卷第 1 册，人民出版社 1972 年版，第 164—165 页。
④ 《马克思恩格斯全集》第 26 卷第 1 册，人民出版社 1972 年版，第 296 页。

在"问题，在意识与存在关系中又存在现实反映论、意识形态论、精神生产论三个维度，这为文艺作品的创作与生产问题提供了多样性的考察视角。例如雷蒙·威廉斯就提出"文化观念的问题在于，我们不得不一再扩展它的概念，最后文化几乎等同于我们整个的共同生活"[①]，与利维斯坚持文化应具备贵族特性不同，雷蒙·威廉斯提出文化唯物主义意味着文化属于大众而不是贵族，文化具备生产特性而不是机械的反映。因此，我们需要从以下五个方面重新思考文化所代表的社会意义及功能：（1）艺术和文化生产的机制。（2）文化生产的分类制度。（3）文化生产的物质手段、生产关系及显示形式。（4）文化的身份认同以及形式，包括文化产品的特性，它们的审美目的，以及生成和传达意义的特定形式。（5）时间和空间上的再生产、特定的意义和实践的再生产以及社会秩序和社会变革。

由此可见，在漫长的历史中"文化"在不同时期具备不同的社会意义及功能，并且文化的社会意义及功能还在不断扩大。随着网络时代的到来，文化也同样在赛博空间中发挥着社会意义及功能，其中就包括一切我们所熟悉的知识、语言、法律、礼仪、符号及制度的运用及意义，但不同的是，网络空间作为一个"超文本空间"，在承载转化了传统文化意义及功能的同时，必然诞生出了新颖鲜活的"亚文化"形态，这些亚文化又反过来影响、塑造着我们的现实生活。

二 作为文化现象的网络文学

文学网站的文化属性由作为文化现象的网络文学所决定。网络文学作为中国"土生土长"的文学种类之一，近些年来受到越来越多的关注，尤其是在传统纯文学影响力逐渐式微、创作活力逐渐减弱的当下，网络文学迸发出来的广阔前景得到越来越多的学者认可。网络文学以奇幻的题材，服务人民大众对阅读的要求，满足读者受众的精神

---

① ［英］雷蒙·威廉斯：《文化与社会：1780—1950》，高晓玲译，吉林出版集团有限责任公司 2011 年版，第 272 页。

世界需求为己任，截至 2020 年 12 月，我国网络文学用户规模为 4.6 亿，较 2020 年 3 月增长 475 万，占网民整体的 46.5%。① 如此庞大的网络文学读者群自然催生了巍巍壮观的网络文学网站和网络文学创作主体，有资料显示，我国 500 余家大小网站聚集了超千万网络文学作者，其中签约作者约 70 万人，各类网站平台储藏的原创作品达 2590 余万部。② 如此庞大的物质生产基础必然带来了丰富多样的精神文化现象，网络文学文化现象正是通过网络文学作品和网络文学网站得以实现的。

精彩纷呈的网络文学文化现象需要文学网站对其分类、整理甚至是编码，文学网站对网络文学题材的分类有数十种之多，以起点中文网为例，男生分类下就有玄幻、奇幻、武侠、仙侠、都市、现实、军事、历史、游戏、体育、科幻、悬疑、轻小说、短篇等 14 种，女生分类下又有古代言情、仙侠奇缘、现代言情、浪漫青春、玄幻言情、悬疑推理、短篇、科幻空间、游戏竞技、轻小说、现实生活等 11 种，不同题材又可以视为一个文化"亚种"，不同的文化亚种由写手和读者一同生产，一部成熟的网络文学作品往往包含多种文化亚种的题材。可以看出，虽然网络文学的题材新颖脱俗、众彩纷呈，但是细究起来仍然能够看出传统文化在其中的作用，像网络仙侠、玄幻、历史、言情这一类广受欢迎的大众化网络文学文本，在人物塑造、情节设计、心灵描绘上深受传统文化的熏陶，世情传统、仙道传统、侠儒传统是这类作品的"文化内核"。著名网络文学写手管平潮就坦言："仙侠文学，从广义上说涵盖了神仙志怪与武侠志异，《西游记》、《聊斋志异》说仙侠，《蜀山剑侠传》、《倚天屠龙记》也是仙侠，仙侠文学的传继与发展其实贯穿于整个华夏文化的历史长河之中。"③ 将武侠小说归为

---

① 《CNNIC 发布第 47 次〈中国互联网络发展状况统计报告〉》，网信办网站 2021 年 2 月 3 日，http://www.gov.cn/xinwen/2021-02/03/content_ 5584518.htm，2021 年 10 月 20 日访问。
② 欧阳友权：《最是一年春好处——2020 年网络文学述评》，《文艺报》2021 年 6 月 2 日。
③ 管平潮：《"长生久视，不必仙乡"——论仙侠文学》，起点中文网 2008 年 7 月 1 日，https://read.qidian.com/chapter/g3jq7nGTIko1/v-ov6oGaU3oex0RJOkJclQ2/，2021 年 10 月 21 日访问。

仙侠文学的子集虽有待商榷，但是其敏锐地发掘出仙侠文学所受中国传统文化的影响，甚至于我们发现一大批的仙侠文学作品中均有寻仙访道、江湖恩怨、炼丹求法、符咒灵怨、宝石仙器等文化符号。论及中华传统文化的影响，最为突出的题材莫过于历史演绎类，近几年热播的《琅琊榜》就是同名 IP 改编电视剧的网络文学作品，其背景取材自我国南北朝时期，而《上品寒士》的历史背景则取自我国魏晋时期，较《琅琊榜》稍早。这两部作品都发思古之幽情，表达了爱国主义的情怀和家国复兴的愿景。

作为文化现象的网络文学不仅已经具备丰富的物质文化基础，而且优秀作品展露出深厚的传统文化精神吸引了万千读者，这也是网络文学能够获得巨大成功的背后秘密。从中可以看出网络文学 20 多年的发展历程累积出了一个成熟、丰富、多样的网络文化现象，网络文学文化带有大众性、开放性、创新性的核心价值，大众性代表着网络文学文化来自人民大众，写手来自民间、读者来自民间，所谱写的也是大众喜闻乐见的故事，塑造着大众的文化观念和审美趣味；开放性体现在网络文学没有死板的金科玉律，因为网络的便捷、随性、自由使网络文学文化兼容并蓄，历史可以穿越，凡人可以修仙，妖魔可以遁形，凡此种种妙笔生花是开放性的可贵之处；创新性突出了网络文学文化对时代脉搏的把握，网络文学文化同样具备网络文化即时即刻性的特点，涌现了一批反映中国当代现实、当代精神、当代价值的作品，例如抗击新冠疫情的《共和国医者》，扶贫攻坚题材类则有代表作品《明月度关山》，以及颂扬中国改革开放的作品《复兴之路》。凡此种种，都能说明网络文学文化具备值得肯定的现实意义、文化意义、价值意义。

三 文学网站的社会文化功能

文学网站的文化属性还由作为发布、分类、收藏、传播文学作品的网站本身所决定。文学网站本身享有对网络文学作品管理、评论、出版、资讯发布、版权转让、活动交流等一系列权利，因此文学网站承担着相应的社会责任、社会义务及社会文化功能。我国的文学网站在服务功能上分为两类：一类是综合类网站，指的是以门户网站的读书频道为主要传播载体的水平类文学网站；另一类是专业类文学网站，指的是较早进入细分市场，突出网站文学性经营特色和服务内容的垂直类网站。从商业性类别上文学网站又分为两类：一类是非产业化、企业化的公益性文学网站；另一类则是产业化、企业化的营利性文学网站。文学网站的社会文化功能在公益性文学网站和营利性文学网站中各有体现，但是企业责任、企业义务、企业伦理的问题主要体现在营利性文学网站中。另外，我们还将在本章第四小节专门讨论营利性文学网站的企业属性。

公益性文学网站指的是不以发布、管理、出版、版权转让为营利手段的网络文学网站，公益性文学网站往往以文学团体或社团为基础并得到相关政策的支持，例如"中国文学网""中国作家网""香港中华网络作家协会网站"等。可以说，由于网络文学的特殊性在于文艺创作与资本运作紧密结合，这决定了公益性文学网站并不直接生产文学作品，公益性网站的社会文化功能在于引导、监督、维护、批评网络文学作品的文本生产、意义生产、价值生产。公益性文学网站的社会文化功能首先表现在对文化价值观的引导，文化价值观是一个社会、民族、国家核心价值观在文化方面的体现，我国文化价值观以爱国主义为核心、以人民利益为根本，这要求公益性文学网站引导符合人民利益、国家利益的文学创作。其次是监督语言文字的规范性使用，语言文字是承载文化内容的重要物质载体，也是传承文化精神的重要工具，公益性文学网站需要监督语言文字的规范性使用，同时促进语言文字的创新性发展。再次是维护优秀传统文化的继承与创新，优秀传统文化的继承与创新离不开正确价值方向的引导，也离不开具备良好文化素养、锐意创新精神的网络写手和读者，但更离不开具备文化担当精神的学者、文学批评家，这三方面的合力是促进优秀传统文化继承与发展的根本动力，缺一不可。最后是以批评的方式实现文化的多样性、包容性，批评作为文学活动的重要组成部分为揭示文学价值、指导文学创作、实现文学理念的多样性提供了理性交互的空间，因此公益性文学网站应充分发挥文学评价、文学批评的功能促进网络文学百花齐放、百家争鸣。

　　营利性文学网站作为一个企业，自然需要遵守社会对企业运营的规章制度，履行社会企业应尽的义务和责任。有的学者从理论的角度进行了总结：按照主体的性质特征来划分，企业的责任、义务及伦理导向有两个方向，一个是内向伦理，指的是企业关注内部个人的伦理问题，例如企业家、员工、消费者等；另一个是外向伦理，企业关注外部环境的变化，例如竞争、广告、宣传等。从企业行为的性质特征又可以分为消极伦理和积极伦理，消极伦理指的是企业利益优先、利润优先、资产增值优先；积极伦理则是以社会利益优先、企业形象优先、公益回报优先等。① 除了从理论的高度把握网络文学网站的社会文化功能外，在具体的行为准则和价值导向上更能体现一个盈利性企业的社会职责，首先是坚持平等原则，平等是社会主义核心价值观之一，指的是每一个参与网络的个体都享有相等的基本权利，主要表现为保证参与网络文学活动的写手、读者拥有平等的机会，在发表作品、阅读作品、评价作品等方面没有歧视对待、差别对待、优先对待等。其次是保证公正原则，公正是平等的保障也是平等的基本要求，指的是网络文学网站在运营管理中要对参与者一视同仁，尤其是在矛盾纠纷中不能因流量、排名、粉丝数、身份而偏袒、维护甚至徇私舞弊。再次是贯彻尊重原则，网络空间并非任意妄为之地，网络空间也要遵守基本的法律法规和道德礼仪，网络文学网站的管理者更应以身作则，打击违法乱纪引起不良社会影响的作品，杜绝扰乱市场制度破坏公平原则的盗版刊印，整顿肆意妄为出言污秽的网站用户。最后是坚守隐私原则，网络空间作为一个虚拟世界储存着每一位网络参与者的信息，这些信息涉及个人的身份、履历、财产甚至家庭关系，对个人信息隐私的保护决定着网络空间的法律底线和生态结构，网络文学网站应当严格遵循隐私保护条款，杜绝任何形式的泄露、买卖、公布他人隐私

---

① 李萍：《企业伦理：理论与实践》，首都经济贸易大学出版社2008年版，第101—122页。

信息的行为。

第二节 文学网站的文学属性

一 文学网站的不同分类

2001 年，欧阳友权发表的《互联网上的文学风景——我国网络文学现状调查与走势分析》一文指出：

> 据中国互联网络信息中心（CNNIC）公布的《中国互联网络发展状况统计报告》显示，截至 2001 年 6 月 30 日，我国的中文网络域名数为 128362 个，WWW 站点数约 242739 个，上网计算机约 1002 万台，网民已达 2650 万人。笔者通过网站搜索软件得知，全球有中文文学网站 3720 个，中国大陆有以"文学"命名的综合性文学网站约 300 个，以"网络文学"命名的文学网站 241 个，发表网络原创文学作品的文学网站 268 个，小说网站 486 个，诗歌网站 249 个，散文网站 358 个，发布剧本的 75 个，发布杂文的 31 个，发布影视作品的 529 个。其他各类非文学网站中设有文学平台或栏目的网站共有 3000 多个。[①]

根据第 33 次中国互联网络发展状况统计报告，截至 2013 年底，我国文学网站总数已经达到 1.4 万，综合性网站数 7150 个。在文学网站的驱动下，出现了一系列按文体分类的专门性网站，其中小说网站 5500 余个。点击率较高的文学网站有起点中文网、创世中文网、中文在线、红袖添香、言情小说吧、晋江文学城、榕树下、小说阅读网、潇湘书院等。共有诗歌网站 187 个，点击率较高的有诗歌 365 网、中华诗词网等；散文网站 223 个，点击率较高的有中国散文网、散文在

---

① 欧阳友权：《互联网上的文学风景——我国网络文学现状调查与走势分析》，《三峡大学学报》2001 年第 6 期。

线等。

　　汉语文学网站发展很快，但在不断有新的文学网站上线的同时，也不断有旧的文学网站因各种原因而被迫关停，这与其他各类网站的新生与消亡状况基本一致。2013 年底，互联网追踪机构 Netcraft 的最新统计报告数据显示，全球 5 亿网站中，真正处于活动状态的只有1512 万个，占总量的 30.0%，看来网站数量与互联网繁荣度似乎无法成正比。虽然互联网发展带来网站增长，但垃圾网站，尤其是盗版的文学网站所占增长比例远远大于真正有活力的文学网站数量。随着各类建站程序的推出以及域名主机价格的走低，现在建立一个文学网站已经不是难事，这应该是促成网站数量持续增长的主要原因。互联网的发展让互联网行业不断细分、增加新的功能和服务，不仅个人创业有了新的平台，传统行业营销也有了新的渠道。互联网市场有潜力也相对存在饱和，网站数量的不断膨胀也促成了各行业市场秩序不断重组规范，优胜劣汰一些不具备创新活力的网站已是常态，文学网站的此消彼长当然也是这样。①

　　诗歌网站的数量也相当可观。据李霞在《汉诗网站众生榜》中的统计，截至 2004 年 8 月 30 日，大陆范围内现代汉诗网站论坛有 427 个，扣除已死亡的 100 个左右，当年活跃的诗歌网站至今还存活 300 多个。由于网络的快速发展，诗歌网站也风起云涌，十分活跃。《中国网络文学发展》收录的当时的十大诗词网站分别是：1. 唐诗宋词、2. 中华诗词站、3. 八斗诗词大库、4. 诗词总汇、5. 词曲精华、6. 全唐诗（网络版）、7. 全宋词（网络版）、8. 中华诗词、9. 幻水晶殿（古典诗词）、10. 学诗经。除此外，作者还另列举了 50 个中国诗歌网站：中国情诗、中国诗歌、城之城、荒诞诗人、诗先锋、诗江湖、诗歌月刊、诗选刊、扬子江、诗生活、诗歌报、诗部落、中国青年诗歌网、四季诗歌论坛、北方诗歌阵线、牧野诗歌报、汉诗评论、中坚诗

---

① 欧阳友权主编：《网络文学五年普查（2009—2013）》，中央编译出版社 2014 年版，第1 页。

社、出路诗刊、清华诗论坛、顶点诗歌、星星、诗中国、短歌行、南方诗歌、新诗歌、诗昆网、诗风论坛、诗三明、青年诗歌、诗歌城市、自由诗篇、江南论坛、无名指、采纳诗歌、抒情诗、蓝调诗歌论坛、诗森林、家园论坛、中国诗盟、东部诗潮、绿火诗歌、中国诗人、朝花夕拾、中国诗学网等。在小说、诗歌网站之外，还有无以数计的散文网站、影视文学网站、戏剧网站等。

2004 年，在欧阳友权主编的"网络文学 100 丛书"中，有一本纪海龙撰写的《网络文学网站 100》，是以文学网站为研究对象的最新成果。作者从众多文学网站中披沙拣金，精挑细选，圈定了国内最著名的文学原创网站 100 家，并逐一介绍其基本情况，分析其基本特征，剖析其经营状况，是一部了解中国文学网站基本情况的词典式著述。该著所收录的 100 家网站被分为如下五类：（1）专业文学网站。（2）门户网站及其他网络平台的文学频道。（3）论坛、资源下载类文学网站。（4）机构类及其他文学网站。（5）大陆外其他地区华语文学网站。

其中专业文学网站最具文学性特征，绝大部分网络文学作品也是在专业文学网站上创作、发表、传播及被阅读，所以专业文学网站的文学属性是本章分析的重点，其中包括：1. 起点中文网、2. 晋江文学城、3. 言情小说吧、4. 潇湘书院、5. 小说阅读网、6. 红袖添香、7. 榕树下、8. 盛大文学、9. 创世中文网、10. 百度多酷文学网、11. 17K 小说网、12. 纵横中文网、13. 幻剑书盟、14. 烟雨红尘、15. 逐浪网、16. 红薯网、17. 冠华居小说网、18. 飞卢小说网、19. TXT 小说网、20. 飞库网、21. 磨铁中文网、22. 龙若中文网、23. 连城书盟、24. 凤鸣轩小说网、25. 一千零一页小说网、26. 翠微居、27. 半壁江中文网、28. 世纪书城、29. 文章阅读网、30. 蔷薇书院、31. 天下书盟、32. 3G 书城、33. 异侠小说网、34. 玄幻小说网、35. 幻文小说网、36. 陌上香坊、37. 八月居小说网、38. 塔读文学、39. 云文学网、40. 书海小说网、41. 花雨小说网、42. 文秀网、43. 万卷书屋、44. 旗峰天下中文网、45. 飞跃中文网、46. 岳麓小说网、47. 云轩阁小说网、48. 明月阁小说网、49. 守望文学网、50. 恒言中文网、51. 看书网、52. 言情书殿、53. 采薇言情网、54. 微听中文网、55. 找小说网、56. 快眼看书。

二 专业文学网站的审美性差异

近 20 年来，我国网络文学网站得到了长足的发展，尤其是专业文学网站已经初步形成稳定的文学生产、传播、影响格局，对专业文学网站的审美性差异进行研究有助于我们进一步厘清我国网络文学发展的脉络、逻辑以及可能的演进方向。任何一个时代的文学都要经历起源、演变、转化的过程，例如我国的五四文学，其精神直接导源于救亡图存的民族危机感，方法则求助于西学的民主与科学精神，实现途径则是以白话文运动、文学革命的方式推进社会变革，最终发轫于胡适、鲁迅、陈独秀、周作人、徐志摩、闻一多等一批先进知识分子及作家的文章中。通常而言，对五四文学运动的历史划分为 1917 年初至1919 年这一时期的文学革命、社会革命运动，但是由这一时期产生的文学传统却没有止步于 1919 年，五四文学的传统在后来漫长的岁月里不断演变、转化，随着"从对人的个人价值、人生意义的思考转向对社会性质、出路、发展趋向的探求"①，20 世纪 30 年代的中国文学出现了不同程度的演变，文学的形态通过"左翼""京派""海派"的不同创作风格表现出来，文学的题材也得到了开拓和发展，文学关注的视角也从个人走向社会，随即出现了一批具有代表性的作品，例如《子夜》《家》《骆驼祥子》《边城》《雷雨》等。

网络文学 20 年的发展史，同样孕育了一批具备社会影响、品质优秀的作品，同时我们发现作品与文学网站之间存在一定的审美关联，文学网站作为网络文学作品书写、生产、销售的主要平台，其社会文化功能的意识性决定了文学网站并不完全是被动的、惰性的"物"。虽然文学网站不像文学团体那样有明确的结社行为或共同的文学主张，但当一个文学网站聚集了一批写手、孕育了一批作品、获得了一批读

---

① 钱理群：《中国现代文学三十年》，北京大学出版社 1998 年版，第 208 页。

者后，文学网站便具备了自身的审美意识性，正如马克思论述的："人们按照自己的物质生产的发展建立相应的社会关系，正是这些人又按照自己的社会关系创造了相应的原理、观念和范畴。所以，这些观念、范畴也同它们所表现的关系一样，不是永恒的。它们是历史的暂时的产物。"① 因此，文学网站作为网络写手、网络作品生产、网络读者的总的社会关系的物质体现，文学网站在其中扮演了意识机器的角色，文学网站也就作为一种观念被把握，从而具备了"人格化"。但正如马克思提及的，不论我们如何给文学网站贴上形形色色的标签，它都是一定社会关系的承担者，是网络文学群体的物质力量体现。

网络文学网站因不同的特色、审美特点、作品偏好吸引了不同的读者，现以较为有名的五家网络文学网站为例进行叙述。

1. 起点中文网，作为中国目前最著名的网络文学网站，凭借高口碑、高质量、高稿酬的现实条件吸引一批批自命不凡的写手加入其中，因此也推出了一位位"大神"、一部部"神作"，例如唐家三少的《斗罗大陆》、我吃西红柿的《星辰变》、天蚕土豆的《斗破苍穹》等，这些为起点中文网赢得了一大批忠实的读者。但自古就有"树大招风"一说，起点中文网的作品也是遭到盗版影响最严重的地方。

2. 言情小说吧，以网站的美观为人所称道，顾名思义，言情小说吧主要发表言情类小说，主打现代言情、古代言情、浪漫青春、玄幻言情等，例如浅尝辄止的《浮生萦云》、浅倾城的《倾城绝》等。言情小说吧可以说是本就颇具浪漫主义色彩的网络文学文类中的浪漫主义重镇。

3. 旗峰天下网，其发展趋势是典型的"高开低走"，开站伊始便得到十几位"大神"级写手的支持或加盟，推出了柒度的《批魂秘录》，但随后便因稿酬、版税等后续服务问题得不到妥善解决，导致网站的正常经营一度受到影响，其作品的质量也直线下降。

4. 看书网则是网络文学网站由 PC 端向移动端转变的典范，从获

---

① 《马克思恩格斯全集》第 4 卷，人民出版社 1972 年版，第 144 页。

得红杉资本 2700 万元投资，推出"亿基金计划"推动网络写作的转型，移动无线收入的时代杀入三甲，再到使用顶级域名 kanshu.com，推出了我是多余人的《美女图》、不是蚊子的《纨绔太子》、深海游龙的《贴身保安》，看书网的崛起速度让人不得不刮目相看。

5. 榕树下，作为网络文学的摇篮，榕树下孕育了第一代网络写手，例如安妮宝贝、宁财神、李寻欢、韩寒、郭敬明等，随着网络文学的不断成熟、发展，榕树下也成为网络文学的一块里程碑。虽然榕树下业已停止运营，但作为曾经的网络文学第一站，榕树下的关停则带给了我们更多的反思意义，网络文学的经营模式是否已经发生了根本改变？我们又该如何从网络文学史的角度去把握榕树下的兴衰成败，这或许是走进网络文学深层逻辑的一块重要拼图。

三　专业文学网站的文学功能

2015 年习近平在《在文艺工作座谈会上的讲话》中指出"要适应形势发展，抓好网络文艺创作生产，加强正面引导力度"[①]。本次讲话总共提及五个问题，指明了我国文艺工作要贯彻中华民族伟大复兴的精神，文艺作品的内容应当承担时代责任、传承时代精神，文艺作品的创作导向要以人为本，文艺作品的灵魂是中国精神尤其是优秀传统文化，文艺作品还应当发挥批评作用，坚持对真理的追问。结合网络文学的发展实际，文学网站应当发挥的文学功能在于相互交流实践经验，探索发展机制，团结并服务好网络文学作家，致力于提供良好的写作环境。为更多正能量现实主义题材作品的出现助力，促进网络文学作品向精品化发展。

从网络文学工作者和价值导向上看，网络文学工作者应当从如何强化网络文学作家队伍的专业素质和学历教育水平，如何完善网络文学创作扶持、理论评价、产业传播和审核机制，如何提高和坚守网络

---

① 习近平：《在文艺工作座谈会上的讲话》，中央政府门户网站 2015 年 10 月 14 日，http：//www.gov.cn/xinwen/2015－10/14/content_ 2946979.htm，2021 年 10 月 20 日访问。

文学相关从业者的政治站位和意识形态底线等方面入手网络文学未来发展工作。在意识形态上，文学网站起到了把控作品政治思想高度的重要作用，从根本上断绝"三俗"题材的出现，拒绝媚俗题材，净化网站空气，促进优秀题材作品的成长与传播。鼓励文学网站对精品网文进行精准宣传，帮助写手策划选题，助力高质量网络文学作品出现。

从网络文学活动和作品生产上看，文学网站需要保持自身竞争力，吸引并利用资金提供更加完善的奖励制度，举办各类征文活动，不断提高写手水平和网文质量。想要网络文学取得良性发展，文学网站还应当与政府合作，通过法律法规杜绝盗版侵权的有害行为，加大实施力度，保证在执法、立法以及普法层面发挥职能，夯实网络文学版权保护的基础，共同建设正版内容保护机制，推动促进行业活动有序开展，着力打击盗版侵权行为，绝不姑息，将版权保护意识和版权保护机制发展到新的高度。

第三节　文学网站的传媒属性

一　媒介转向带来的新范式

文学网站的传媒属性是在媒介转向中逐渐彰显出来的，媒介转向意味着认知角度从语言学的语言本体论转向媒介本体论，媒介成为逻各斯（Logos）的生发点、回溯点，这意味着认知范式的再一次转向。国内学者总结为"语言论的'人—语言—世界'解释模式需要再次转换为媒介论的'人—媒介—世界'的解释模式，才是关于人与世界关系的更合理、更确切的说明"①。西方语言学转向实质上是为了克服西方哲学的内在危机问题，以主客二元论为出发点的西方哲学过于强调矛盾性而走向僵化，意识为主肉身为客、个体为主世界为客、此在为主彼岸为客，种种二元对立使西方哲学陷入了无限回溯的怪圈。因此，如何认识世界、解释世界的哲学问题在分析哲学思潮中走向极端，分

---

①　单小曦：《新媒介文艺生产论》，中国社会科学出版社 2020 年版，第 95 页。

析哲学认为世间的一切都可以用数理逻辑或符号逻辑去解释，维特根斯坦便是用"凡是不可说的，必须对之沉默"①来回应、点名分析哲学对世界的把握方式。但同时，维特根斯坦也是语言学转向的理论先驱之一，在他的《哲学研究》中推翻了老师罗素的分析哲学基础，提出了语言中能指与所指的混含性、多义性、错位性问题，由此逻各斯的中心从意识本体变为语言本体，这也直接促使文学理论从作家中心向文本中心的转变。

　　语言学转向使"人"的世界变得狭窄且逼仄，人只能栖居于语言的"家园"，那么人也就只能通过语言来认识世界、解释世界，这直接矮化了人的现实物质力量，在《自然辩证法》中恩格斯就提出"人类社会区别于猿群的特征又是什么呢？是劳动。……劳动是从制造工具开始的"②。在注重实践哲学的思想家看来，语言学转向导致人的本质力量让渡给了语言本体，不是人在说话而是语言在言说人，那么作为社会总体的人便被语言界定而不是由人的本质力量界定。在语言学转向下，人与社会的关系仍然存在深刻的危机，人的自由意志彻底丧失，人的生活方式被广告、符号、权力渗透，我们无法改变只能选择，但是在一个嘈杂的社会中不论我们如何选择都将面临相似或相近的遭遇，因为在本质上人是被语言定义的。

　　媒介转向让我们能够跳脱出混沌的语言关系，从能指与所指的迷宫里抽身出来并以更加宏观的视角看待"语言作为结构"这一现象。语言在索绪尔的理论中并不是作为稳定的结构，但正是索绪尔对语言学的考察方法启发了结构主义哲学家们，与此同时，不论语言的能指具备多么丰富的意义链条，它们均被"结构的"指向某一个所指，在这之中发挥决定性作用的正是媒介本身。例如同样一个事件在口语媒介、书写媒介、印刷媒介、电子—数字媒介的不同转译下，呈现出来的文本或内容又不尽相同，媒介的性质决定了文本的呈现方式和呈现

---

① 涂纪亮主编：《维特根斯坦全集》第 1 卷，河北教育出版社 2002 年版，第 263 页。

② ［德］马克思、［德］恩格斯：《马克思恩格斯全集》第 20 卷，人民出版社 1972 年版，第 514—515 页。

限度。当媒介转向覆盖了语言本体论后，人与语言的关系就不再是受动的关系，如果说语言是人的"第三自然"，那么对媒介的使用和创造便是对语言物质资料的生产，媒介不仅是工具还是生产关系本身。马克思就指出"动物只生产自身，而人再生产整个自然界；动物的产品直接同它的肉体相联系，而人则自由地对待自己的产品。动物只是按照它所属的那个种的尺度和需要来建造，而人却懂得按照任何一个种的尺度来进行生产，并且懂得怎样处处都把内在的尺度运用到对象上去；因此，人也按照美的规律来建造"。

二　文学网站的媒介生产与文学生产

媒介的改变一直制约着人类文明的表达方式和表达内容，从结绳记事到刻木为文，人类初步具有了表情达意的符号，随着对自然宇宙的探索，符号被广泛使用于占卜、象形、图腾当中，符号与意义的联结越来越紧密。布帛、纸张的出现使文字篇幅和内容容积史无前例地放大，长篇的抒情叙事、修辞论证开始出现，文类之间模糊的界限也开始明朗起来。铅字印刷和激光照排的技术宣告了现代文明的到来，其标志着书写符号不再是人的直接"肉身"，而是一套可供选择的符号系统，媒介与符号系统的共融便是媒介生产最初的形态。这不仅仅是物与物的关系，"科技作为意识形态正悄悄地改写着传统的文艺模式和审美习惯。现代媒介不仅在改变文学艺术存在的本质，而且在改变文学艺术生产方式的同时，还改变了文艺生存的基础"①。具体说来，文学网站背后的电子媒介正改变着文学活动的生产、作品、消费等环节。

文学网站所代表的媒介转向为我们呈现了一个图像的时代，我们接触的不再是实体书籍而是屏幕影像，这代表着"媒介并非工具，也不只是信息，还更是意识形态。作为社会生活的缩影，媒介不仅建构了文学的审美现代性，还几乎影响和参与了现代与后现代所有的文学

---

① 　陈定家：《网络时代的文学艺术》，《三峡大学学报》（人文社会科学版）2001 年第 6 期。

场景与文学活动，迫使文学烙下或浓或淡的媒介意识"①。文学网站作为电子媒介的综合与前场，是媒介技术、媒介逻辑、媒介生产的直接表达，文学网站随着电子技术的发展日益壮大，为网络文学的写作、发表、出版、消费等领域打通了壁垒，这也是媒介生产的便利性、综合性、自由度的表现。但同时，媒介作为技术是被资本渗透了的，正如学者指出"媒介化有两种构成，一是'媒介的文学化'，这是媒介盗用文学的'象征资本'以包装自己的'商业资本'的策略，二是'文学的媒介化'，这是文学在媒介场、媒介文化强权下拓展生存空间的策略"②，不论是"媒介的文学化"还是"文学的媒介化"我们都可以在文学网站中找到它们的身影，这也意味着媒介生产、资本生产、文学生产在"媒介时代"的共谋和融合。

这种被资本力量渗透了的文学生产引发不少学者的担忧，因为在传统的观念上，文学创造首先是一种独特的精神创造，纵观古今中外，文学往往因为沾染"贵族气"而与功利性相隔甚远。在中国，文学生产与商业生产的紧密结合可以追溯到五四时期的报刊文学，报刊的发行孕育了一批以写作为职业的撰稿人，但与网络文学不同的是，五四时期有其独特的历史使命，文学成为改良社会的重要手段。在网络时代，文学网站对文学生产的控制和引导体现出传媒与资本的商业关系，首先是"点击榜""排行榜"的设立，通过一种公开的评价标准扼杀了作品的多样性，唯排名论是文学网站文学生产的硬伤；其次是对目标受众投其所好，传媒工具的使用可以将读者分门别类并投其所好地推送口味相适的作品，这实际上是媒介逻辑的弊端；再次，文学网站的文学生产表现出盲目追求生产效率的倾向，例如通过满足读者的猎奇心理推新人、推新书，形成"阅读饭圈"文化，制造网络文学的话题性来促进产品的销售；最后，文学网站因为缺乏专业的评价体系导

---

① 张邦卫：《媒介诗学：传媒视野下的文学与文学理论》，社会科学文献出版社 2006 年版，第 2 页。

② 张邦卫：《媒介诗学：传媒视野下的文学与文学理论》，社会科学文献出版社 2006 年版，第 2 页。

致审美混乱，不同的网站根据受众、时事热点、猎奇心理制定不同的审美标准，这自然又不利于正确的价值导向。

三 文学网站塑造的 "读者中心" 生态

文学网站最突出的传媒属性就是形成了"读者中心"的生态环境，所谓的"读者中心"与接受美学不同，后者注重从接受角度去阐释文本的多重层次，其指向终究还是文本本身，"读者中心"则是指文学生产以满足读者需求为第一尺度。从"作家中心"向"读者中心"的转移充分说明了文学生产模式的变化，"作者中心"所坚持的独立、反思、主体、审美、无功利原则被一一打破，虽然有少数网络写手在努力中和"作家中心"的独立性与"读者中心"的经济效益，但是越来越多的文本因为得不到细读而被束之高阁，被广泛传阅的文本大多是依附于"读者中心"的标准，在流行过一段时间后便很快沉寂下去。

从受众来看，"读者中心"大多以初中生、高中生、低年级大学生为主，这些群体作为一个亚文化圈的生命力。从集体阅历而言他们没有遭受太多人生的挫折和现实的拷问，因此幻想、猎奇、耽美成为这一群体的普遍偏好，传媒的作用在于敏锐地捕捉到亚文化的特征，并且能够营造出亚文化赖以生存的生态环境。从创作者来看，文学网站的传媒属性消解了"作者—读者"的凝视关系，正是因为"作者—读者"之间存在着看与被看、读与被读的双向互动，间隔的审美意味为文本提供了更多可供阐释的空间。但传媒的作用在于消解这层关系，作者与读者能够即时地互动影响了文本的"延宕"效果，读者需要什么作者就创作什么一度成为网络文学的金科玉律，这自然大大损伤了网络文学的文化价值和文学价值。从创作内容来看，传媒的介入改变了文字使用的习惯和文本创作的结构，正如我们在本章第二节开篇提到的，任何技术（媒介）的创新都将改变文学模式和审美习惯，网络文学大多沿袭了中国传统英雄志怪、才子佳人小说的叙事模式，例如"英雄—对手—战斗—帮助人—胜利"的英雄志怪叙事在网络文学摇身一变为"主角离开或闭关—敌人来攻—主角友军即将溃败—主角出现—敌人被打得落花流水—主角进入下一轮练功"①。但不同的是，传统叙事模式的故事结构往往是闭环的或在创作过程中有意识寻求审美的独特性，例如金圣叹评点《水浒传》"只是写人粗卤处，便有许多写法。如鲁达粗卤是性急，史进粗卤是少年任气，李逵粗卤是蛮，武松粗卤是豪杰不受羁靮，阮小七粗卤是悲愤无说处，焦挺粗卤是气质不好"②。优秀的文学作品理应在人物、情节类型化中描绘出性格、故事的多样性来。

从整个网络时代的角度来考察文学网站的媒介属性会发现，媒介的跨界性同样渗透进文学网站的媒介生产和文学生产里面。"读者中心"生态不仅包含了网络文学还包括新兴的自媒体、流媒体、电子游戏等，近些年爆款的网络文学作品也被搬上荧幕，IP改编剧、IP改编电影、IP改编游戏层出不穷，某种意义上"读者中心"的生态环境孕育了中国本土的"超文本"空间。一个文本可以在媒介的催发下根据不同的传媒技术形成不同的意义空间，文本在改编的过程中被改编者、演员、技术员、受众等不断地赋予新的意义，甚至于有的改编文本超越了源文本，在"超文本"空间下文学文本不再是最根本的意义起源地，意义的生发点在于媒介技术塑造的"读者中心"生态内部。

第四节　文学网站的企业属性

中国文学网站的分类主要分为产业化文学网站和非产业化文学网站，产业化文学网站指的是以牟取商业利益为目的、进行商业运营为目的的文学网站，非产业化文学网站指的是不以牟取商业利益为目的、具有稳定的组织结构的文学网站。产业化文学网站是目前中国文学网站的主流形态，其中又分为五类：一是以新浪读书、腾讯读书、搜狐

---

① 邵燕君主编：《网络文学经典解读》，北京大学出版社2016年版，第101页。

② 金圣叹：《金圣叹全集白话小说卷（上）》，陆林辑校整理，凤凰出版社2016年版，第31页。

读书为主的青春长篇读书频道，二是以榕树下和红袖添香为代表的文学积累型网站，三是以天涯社区为代表的文学论坛网站，四是以起点中文网和幻剑书盟为代表的玄幻、武侠、奇异类长篇原创文学网站，五是传统出版机构等的实体书数字化网络文学网站。非产业化文学网站则以"中国作家网""香港中华网络作家协会网站"为代表，这些网站具备权威性、组织性、非营利性特点。这表明，中国文学网站随着市场和政策需求的变化，其服务和功能也日渐完善。

产业化文学网站表征了文学网站的企业属性，所谓企业属性正如科斯所指出的"企业的显著特征就是替代价格机制"①，质言之，文学网站的企业化、产业化使得"文学"成为一种被明码标价的资源，而企业化、产业化了的文学网站就像一个个企业资本家，通过对写手、内容、流量、宣发甚至是读者反馈等资源的调动来实现价格利润、价值增值。有学者总结马克思主义企业理论的特征为协作、劳动力成为商品、追求利润及最低资本额②，所谓协作就是"较多的工人在同一时间、同一空间（或者说同一劳动场所）为了生产同种商品在同一资本家的指挥下工作"③，文学创作不再是单独个体呕心沥血的过程，网络文学的写手们就像一条条流水线上的劳动者，他们不约而同地会集在赛博空间的"工厂"，赶时间、比时效、上产量、增规模成为网络文学创作的"潜意识"。在精神劳动方面，马克思指出"分工是先前历史的主要力量之一，现在，分工也以精神劳动和物质劳动的分工的形式出现在统治阶级中间"④，这种对意识形态的分析同样可以运用于网络文学的分析中，首先，文学作为审美意识形态是重要的精神生产过程，其次，网络文学作为文学与资本的结合又比纯粹的审美文学更为复杂，精神劳动成为商品在网络文学中更为凸显。追求利润则是资

---

① ［美］奥利弗·E. 威廉姆森、［美］西德尼·G. 温特编：《企业的性质》，姚海鑫、邢源源译，商务印书馆2017年版，第27页。

② 吴向鹏：《马克思的企业理论：起源、规模与治理结构》，《探索》2008年第1期。

③ 《资本论》第一卷，人民出版社1975年版，第358页。

④ 《马克思恩格斯全集》第3卷，人民出版社1972年版，第35页。

本家或企业的"天职"，马克思就曾经对这种品性进行过严厉的批评，而产业化、企业化了的文学网站也逃不过资本的逻辑，追求利润不仅是网站得以维系的生存根本，利润的分配问题更是网站与写手合作的关键枢纽。最低资本额即是预支付的不变资本，网络文学的一大特征即是网络文学网站先于网络文学作品而存在，文学网站的设立又依赖于网络技术、信息技术及服务器等设备，因此最低资本额是网络文学产业化、企业化的一大特点，网络文学创作不再是一个人一支笔纵情肆意的过程，而是资本与文学相互催生出的文学现象。

作为产业和企业的文学网站，内部存在两种逻辑，一种是文学的社会教化、移风易俗的文教传统逻辑，一种是资本谋取利益最大化的市场逻辑，在本节中我们将重点讨论第二种逻辑。所谓市场逻辑，也就是指文学网站与生俱来的商业模式，商业模式包括价值体现、市场机会、竞争优势、营销策略、管理团队、盈利模式、竞争环境、组织发展等8个因素。由于文学网站在激烈的商业竞争中，必须注重经济效益才能够维持其正常运转，因此纯文学网站实现商业化转型是其生存的必由之路。就网络文学刚刚起步时的那种模仿纯文学的书写而言，大多数"写手"主要是以一种游戏心态和票友情结即兴涂鸦。但这种自由书写发展到一定规模之后，就出现了明显的商业化运作的可能性。当资本强力介入之后，文学网站成为具有企业性质的平台就成为一种必然结果。网站要生存，就必须不断开拓新的商业模式，运用新的盈利点来获得健康发展。当前，网络文学网站在商业转型过程中，主要是采取网络游戏、网络原创资源支撑、传媒娱乐集团合作三种方式增加利润。

一　文学网站以网络游戏增加商业盈利

文学网站的运行需要资本、网络信息技术、劳动力、基础设备及读者，其中终端则是直接将网络文学作品呈现在读者面前的重要载体。因此，终端的革新不仅影响着网络文学创作的旨趣、网络文学作品呈现的方式，还影响着读者对网络文学作品的接受。在网络文学网站出现之前，网络信息技术和基础设备经过了漫长的演化，1946 年一部被命名为 ENIAC 的电子计算机问世于美国宾夕法尼亚大学，随后，通过连接 4 部计算机形成的局域网"阿帕网"（ARPAnet）于 1969 年试验成功，又过了 30 年后才出现了第一部能够上网的手机，由此正始宣告进入"读屏时代"。而网络游戏的诞生则可追溯到 1962 年麻省理工学院史蒂芬·罗塞尔（Stephen Russell）开发的《宇宙战争》，第一部网络小说则是痞子蔡于 1998 年写下的《第一次的亲密接触》，直到 2007 年网络游戏《诛仙》的推出，将网络文学改编网络游戏推向了高潮。

文学网站在商业转型中，需要不断吸收和发展新的盈利点，从而扩大商业模式，促进其商业化运作。在文学网站的商业化运作中，以网络游戏为代表的新的利润点成为网络文学网站商业转型的主要产品之一。这主要是由于网络游戏能够吸引更多的年轻受众加入网站，增强文学网站的受众黏合度、浏览稳定度以及增加网站的潜在用户，从而给网站带来潜在及现实的盈利。文学网站增加的网络游戏版块和服务主要分为：收费游戏、免费游戏两大部分。收费游戏主要是选取市场热门网络游戏挂在网络文学网站上，以购买点卡等方式增加利润和用户忠诚度；此外，还有一部分是通过把网络文学作品改编为网络游戏的方式来增加网站盈利。免费游戏则是通过单机游戏的形式给用户提供不同的体验。通过网络游戏，文学网站一方面增加了网站利润，为网站的发展与转型提供了新的方向；另一方面也提高了网站对用户的向心力。

随着《诛仙》的成功，网络小说改编网络游戏成为文学网站增加商业盈利的主要动力。据伽马数据《2018 数字娱乐 IP 改编移动游戏价值评估报告》显示：2018 年 IP 改编游戏收入占移动市场六成以上；[①] 腾讯研究院《国风重光：国风游戏发展研究报告——中国传统

---

① 《IP 价值评估报告：网文改编游戏市场占比 6% 潜力巨大　阅文独占 75%》，《中国游戏产业报告》2019 年 8 月 5 日，https：//baijiahao. baidu. com/s? id = 1640999637670820781&wfr = spider&for = pc，2021 年 10 月 19 日访问。

文化在游戏领域的转化创新》报告也公布国风游戏市场已经超过300亿，累计2300多个游戏作品，用户量超过3亿人，占据游戏用户总量的50%。一大批耳熟能详的网络文学作品走上了IP改编游戏之路，其中包括但不限于《飘渺之旅》《盗墓笔记》《神墓》《鬼吹灯》《诛仙》《星辰变》《天元》《恶魔法则》《兽血沸腾》《佣兵天下》《斗破苍穹》《盘龙》《莽荒纪》《凡人修仙传》《斗罗大陆》等，通过对IP改编游戏现象进行分析可以看出它们具备一些共同的特征，首先就是以大型门户网站为依托，其中大部分作品及IP改编游戏都可以在起点中文网、17K小说网、纵横中文网、幻剑书盟等知名文学网站中看到；其次是题材主要为古典文化，以修炼、角色培养、竞技回合制支撑起游戏逻辑；最后则是IP改编游戏依赖原作品的热度，往往是网络文学作品爆红之后，才会出现相应的IP改编游戏。

二 网络原创资源为文学网站商业转型提供内容支撑

中国文学网站的网络原创资源日益丰富，不仅包括大批参与者的网络文学作品，也包括衍生网络原创资源。这些资源包括：出版机构资源、校园文学、青春作家资讯等。而这些原创资源在网站的传播也主要分为两大类：一是经原创作者同意而上网的作品，二是作者在网络上创作的作品，它们都将为网络成员所共享。而这些网络原创资源的丰富，为文学网站的商业转型提供了关键性的支撑作用，并为拓展商业模式和盈利点提供了基础性的要素。

文学网站以自身的灵活度、自由度、低资本额成为时代的宠儿。相较于传统出版行业，网络文学因为信息的即时性，省去了一部作品从酝酿、成型、付梓再到被阅读的漫长时间，文字一经书写于网络迅速就可以被浏览、被评论，这种即时性空前地拉近了作者与读者的距离。此外是文学网站不需要传统出版行业的出版刊号，这使得网络文学以一种独特的文本形式出现在比特空间，细究网络文学文本会发现题材各异、形式不同、风格多样的现象，似乎没有哪一种形式可以规定"何为网络文学"，因此有的学者干脆提出"网络文学是以计算机及其互联网为媒介载体而存在和传播的文学"①。相较于传统出版行业，文学网站的另一大优势在于创办需要的初始资金量小，尤其是在电子出版的冲击下，自负盈亏的商业出版社几近凋零，能得到政策支持和基金扶持的公益性出版社也纷纷转向网络版权的发行。

另外，方兴未艾的付费阅读为文学网站原创资源的商业转型插上了腾飞的翅膀。最成功的案例莫过于"起点中文网"的 VIP 制度，通过付费阅读、开设专栏、版权分成等一系列 VIP 制度，起点中文网培养了一批高质量、高产量、高阅读量的写手，这自然促进了网络文学的商业化、产业化转型，但同时也使网络文学创作一度唯流量论、唯名气论、唯排名论。同时，近几年还出现了网上、网下相互合作，通过政策性引导、地方政府带头、公益性出版业执行、文学网站参与的方式，举办文学奖、出版畅销图书、开发网络文学 IP 的周边改编进一步深化文学网站的商业转型。

三　与传媒娱乐企业的合作扩大文学网站的商业模式

传媒娱乐企业作为与文学网站的合作伙伴，也需要大量的文学稿源作为其改编为影视作品、歌曲作品等的重要资源。文学网站的发展，始终是在市场需求的拉动下持续成长的，而在大众传播中，传媒娱乐企业具有重要的市场影响力，文学网站提供的优秀文学作品或原创文学作品如果仅仅局限于付费阅读等传统模式，网络文学也将囿于纯粹的文学交流，而对于网络文学网站自身的发展是不利的。因此，文学网站的商业转型必须与传媒娱乐企业广泛合作，把优秀的文学作品与稿源转化为商业性的文学作品，在形式上与音乐、影视、动画等多媒体进行整合，从而为网络文学网站、作者、出版商等衍生产业环节提供多元化的市场运作环境。而这种合作主要是通过文学网站向传媒娱乐企业提供稿源素材而展开的，这些文学稿源素材主要包括：网络文学网站稿源、记者稿源、出版社稿源、娱乐网稿源、作家稿源、业余

---

① 欧阳友权：《网络文学本体论》，中国文联出版社 2004 年版，第 1 页。

作者稿源、博客稿源等。

　　传媒娱乐企业与文学网站具备同质的企业属性，因此，获得利润增长价值升值的诉求成为传媒娱乐企业与网络文学网站合作的契机。传媒娱乐企业与文学网站的合作从两个方面推进了文学网站的商业模式扩大，首先，这种合作促使网络文学文本进一步成为"超文本"，所谓超文本即是泰德·纳尔逊指出的："关于'超文本'，指的就是非序列性的文本，文本相互交叉并能够让读者自由选择，最好是能够交互性地在屏幕上阅读。根据通常的设想，这是一系列通过链接而联系在一起的文本块，这些链接为读者提供了不同的路径。"[1] 因此，传媒娱乐行业的介入，使原本以文字呈现在读者面前的文学文本被转译为影视文本、语音文本、游戏文本甚至是衍生文本，这将极大地拓展源文本的意义空间。其次，这种合作推进了版权运营模式的改革，传统的版权运营模式以全版权运营和分版权运营为主，顾名思义，全版权运营指的是一家企业独享版权，独立运作整条版权产业链，分版权运营指的是一家企业只能被授予版权中的某一项运营权利，不可能由某一家企业独自享有全部运营链条。目前我国的网络文学出版行业因受到传媒娱乐企业的影响，采取了自行运营版权模式和联合运营版权模式两种，前者指的是传媒娱乐企业与网络文学网站合并后，通过网络文学版权与 IP 改编版权运营的结合，将多种版权归为一家企业或集团的名下，后者指的是传媒娱乐企业与网络文学网站通过协议的方式，共享网络文学的版权后进行跨领域、跨行业、跨产业的合作，传媒娱乐企业中有剧作改编团队，文学网站内部也有影视音讯部门，以这种"你中有我、我中有你"的方式实现利益的最大化。

---

[1]　Ted Nelson，*Literary Machines*，Mindful Press，1982，p. 2.

第三章　文学网站的评价维度与标准问题

　　中国网络文学已走过 30 年风雨历程。一方面，由于资本催发和技术驱动，基于网络小说的新业态迅猛发展，网络小说及其影视改编、动漫动画、网游手游等产业风生水起。另一方面，文学网站的生存发展一路充满艰辛，网文事业时时处处遭遇挑战，其运营模式也渐显疲态与局促，前行之路充满许多不确定因素。总之，文学网站建设和网络文学发展，可谓前途光明，道路曲折。回望 30 年，其是非成败及其时代意义亟须总结与反思，其中诸如作者的创新意识和现实关怀、作品的诗性回归和审美重建等问题，也到了别嫌疑、明是非的时候，尤其是网络文学和文学网站如何实现"繁荣有序"的健康可持续发展，更是值得我们深入思考和大力探究的重要问题。

　　迄今为止，网络文学研究渐成为显学，研究成果蔚为大观。相比之下，网络文学网站的研究却一直没有得到应有的重视。近十年来，随着网络文学的影视改编频频热播，如《亮剑》《蜗居》《致青春》《甄嬛传》《芈月传》《花千骨》《步步惊心》《杜拉拉升职记》等一系列网络小说影视剧改编所产生的轰动效应，优秀网络文学作品纷纷成为新兴创意产业的引爆点，文学网站也随之成为文化创意产业的"虚拟园区"。2014 年前后，网络 IP 开发成为行业热门话题，大批人气火爆的网络文学，如《诛仙》《鬼吹灯》《盗墓笔记》等自带流量的大神之作，被数家企业争抢改编版权，这一现象引起了社会和媒体的广泛关注，关于网络文学和文学网站的讨论渐渐演变成相关领域的学术焦点问题，其中建立网络文学和文学网站的评价体系问题，被欧阳友权、周志雄和邵燕君等相关领域的著名学者提上了议事日程。

事实上，网络文学研究正是从文学网站研究起步的。被誉为网络文学研究开山之作的《互联网上的文学风景——我国网络文学现状调查与走势分析》（2001）就是从网络文学网站的调研开始的。作者欧阳友权指出："为廓清网络文学发展现状，笔者对我国现有的文学网站、网上作品、网民阅读状况和网络文学的势态与走向等作了一次网上调查，以期了解我国网络文学的发展规模和水平，总结其经验教训，促进网络文学的健康发展。"① 马季的《读屏时代的写作》专设"网络文学现场"一章探讨"风起云涌的文学站点"，认为"橄榄树"（1995）、"花招"（1996）和"榕树下"（1997）"三点连成一条飞跃的直线"，见证了早期中文文学网站的萌芽与成长。② 欧阳友权的《网络文学发展史》以"第一章 文学网站"开场，作者以"调查纪实"方式回答了"汉语文学网站知多少？""文学网站'网'看什么？"等问题，为文学网站脚踏实地的实证研究奠定了坚实的基础。③ 此后，他的《网络文学五年普查（2009—2013）》以及《中国网络文学年鉴》（2016—2020）都将"文学网站"放在最显眼的位置。④ 周志雄《网络空间的文学风景》一书，开篇第一章就是"对原创文学网站的考察"。作者指出："文学网站是网络原创文学发展的平台，正是借助这个平台，'网络文学'这个概念才开始出现并日渐为学界所认同。"⑤ 至于欧阳友权、周志雄、梅红等人编著的"网络文学"教科书，则无一例外地将"网络文学网站"作为重要内容。纪海龙等的《网络文学网站100》是国内第一部专门以文学网站为研究对象的著作，作者选取最著名的

---

① 欧阳友权：《互联网上的文学风景——我国网络文学现状调查与走势分析》，《三峡大学学报》（人文社会科学版）2001 年第 6 期。

② 马季：《读屏时代的写作——网络文学 10 年史》，中国工人出版社 2007 年版，第 60 页。

③ 欧阳友权主编：《网络文学发展史——汉语网络文学调查纪实》，中国广播电视出版社 2008 年版，第 2—38 页。

④ 欧阳友权主编：《网络文学五年普查（2009—2013）》，中央编译出版社 2014 年版，第 1—16 页。

⑤ 周志雄：《网络空间的文学风景》，人民文学出版社 2010 年版，第 39 页。

文学原创网站 100 家，介绍网站基本情况、分析网站特征、剖析经营状况，具有极为重要的史料价值。邵燕君、肖映萱主编的《创始者》是一部网站创始人的访谈录，收录了大量创建文学网站的第一手资料，是迄今为止相关研究最宝贵的"田野调研"史料之一。据笔者统计，迄今为止，涉及文学网站的专著至少还有十余部，各类学术期刊发表的相关论文 150 多篇，虽然专论网络文学网站评价体系的文章极为罕见，但这些著作和论文大都或多或少地涉及网站评价问题。我们对部分网站进行长期关注和调研的基础同时，也对大量既有研究成果进行了综合性分析与典型个案研判，准备从网络文学评价及其评价体系建构等不同维度谈谈肤浅看法，并以此就教于方家。

第一节 文化与技术：文学网站评价标准的逻辑起点

众所周知，互联网是"冷战"期间美苏军备竞争的结果。1994 年国务院批准中国科学院全功能接入国际互联网，开启了中国互联网时代，同时也开启了中国文学网络传播的新时代。从一定意义上说，中国网络文学正是在传统文学的网络传播过程中逐步成长起来。众所周知，汉语言文学的网络传播大约经历了 email、BBS、博客、SNS 社区、专业网站等发展阶段，其实这也正是网络文学站点"星火燎原"式的发生发展历程。虽然中国网络是 1994 年启动的，但早在 1991 年，"立在地球另一边放号"的中国留学生，就已在北美大陆树起"中华网络文学"大旗，吹响了中国文学进军网络世界的号角。此后中国网络电子网刊在美洲、欧洲遍地开花。如在美国创建的《未名》《红河谷》《新语丝》《文学城》《谜径通幽》《布法罗人》；加拿大的《窗口》《红河谷》《枫华园》《枫雪天地》；德国的《真言》；英国的《利兹通讯》；瑞典的《北极光》《隆德华人》；丹麦的《美人鱼》；荷兰的《郁金香》；日本的《东北风》；等等，都是中国留学生喜爱的中文网站，中文网络文学在留学生群体中迈开了第一步。

这是神奇的第一步。有人说："盘古开天辟地，上帝创造万物，这都是古人留下来的神话传说。科学改变社会，网络再造世界，这却是我们实实在在感受到的人间奇迹。"[1] 在这样一个历史神话纷纷破灭，人造奇观层出不穷的时代，网络对自然、社会和人类心灵所造成的冲击和影响，足以使历史上任何伟大的变革黯然失色。网络使世界变成了名副其实的"地球村"，正是在这种背景下，以纸笔为媒介的传统文学借助网络技术跨越时空的优势，使古老的文学艺术园地发生了翻天覆地的变化，将文艺与时代的关系发展到了一个全新的阶段。

众所周知，网站是网络文学赖以存在的生存领地和发展空间。文学网站既是网络作家的创作基地，也是网络作品的传播中介，还是网络读者的阅读平台。由此可见，在网络文学发生与发展的每个阶段与每一个环节，都一刻也离不开网站的助推与支持。从这个意义上讲，我们在研讨如何建构中国网络文学的评价体系时，如何建构网络文学网站的评价体系，文学的文化内涵与网站的技术特性就理所当然成了必须关注的重要论题。

毫无疑问，文学网站的评价标准体系包含多方面的内容，例如，作为文学网站发展背景的社会文化维度，作为时代科技进步成果的媒介技术维度，体现网站运营状况的经济效益维度，注重中华优秀传统文化的传承传播维度，以及作家与读者审美意识培养的价值导向维度，等等，但文学网站的审美文化内涵和技术媒介特性及其相互关系，无疑是其相关调研活动的重要对象和相关学理研究的逻辑起点。

一 文学网站评价的文化传承与发展维度

文学网站的诞生和发展并迅速产生令人瞩目的影响，从表面上看，它似乎是一件具有突发性和独特性的偶然事件，但从社会文化与时代发展的关系看，文学网站的问世也可以说是文学艺术在社会文化发展

---

① 陈定家：《比特之境：网络时代的文学生产研究》，中国社会科学出版社 2011 年版，第 1 页。

到一定阶段的必然产物。因此，要建构网络文学或文学网站评价标准体系，除了对文学网站基本内涵和本质特征有比较充分的探索理解之外，还必须对文学网站的历史传承与时代创新有一定的了解。任何新生事物的出现，只有我们弄清其"从何而来""往何而去"这两个问题，就有可能找到认识其本质规律的合理路径。为此，我们将作为考察对象的网络文学和文学网站置于社会文化继承与发展的视角看问题，首先从文化传统和时代风尚入手，这或许不失为一个行之有效的尝试。

习近平同志指出："文艺是时代前进的号角，最能代表一个时代的风貌，最能引领一个时代的风气。'文变染乎世情，兴废系乎时序'。"① 这不仅是中国文化文艺发展的规律，也是世界文化与文艺发展的规律。众所周知，中国先秦时期的百家争鸣，开创了中华文化盛世。五四新文化运动，引发了全民族的思想解放。西方文艺复兴的巨人，发出时代新声，开启了人们的心灵，促进了世界文化与文艺的快速发展。由此可见，我们在认识和理解网络文学和文学网站发展规律和建构文学网站评价标准体系时，要研究"世情"与"时序"的影响，以历史发展的眼光，辩证地阐发"文变"及其"兴废"的联系，从社会文化发展的宏观视角观察和理解时代观念与社会风气对文学网站运营与发展的作用。

有论者认为，当我们评价当代文学生存与发展状况时，重温与重释"时序"这一古典文论概念是很有必要的。事实上，"时序"概念对我们评价网络文学和文学网站也一样具有重要的启示意义。因为，这一概念为我们提供了联系历史和关注现实的重要思路。众所周知，对刘勰"时序"的深入理解，通常要与其另一个概念"通变"联系起来。"时序"和"通变"是《文心雕龙》探讨文学发展论的两个主要范畴。"时序"，主要是指文学发展的"外部因素"，如时代语境、政治盛衰、社会治乱、帝王好尚等所谓"世情"，所谓"时运交移，质

---

① 中共中央宣传部：《习近平总书记在文艺工作座谈会上的重要讲话学习读本》，学习出版社 2015 年版，第 6 页。

文代变","歌谣文理,与世推移"等。"通变"探讨的是文学继承与创新的"内部规律",主张"会通适变,通中有变",对文学源流正变、质文代变、崇古抑今、厚今薄古、贵远贱近等现象进行了分析,所谓"参伍因革""复古新变"等皆是关于文学发展与社会变革关系的理论总结。刘勰的这一对范畴,"具体阐发了历代文学的发展脉络及其规律,系统详备,相映成辉,从而形成了中国古代文学理论批评中的关于文学发展的具有原理性质的理论言说模式"①。关于网络文学的发生与发展脉络,以及文学网站的建设与演变历程,也同样遵循"时序"和"通变"所总结的规律。

文学网站的出现,是社会文化发展过程中出现的新现象,离开社会文化发展这个大前提,我们观察和评价网站必然会进入盲人摸象的误区。首先,网络时代的到来为文学艺术提出了全新的挑战,同时也带来了前所未有的机遇,将其置于社会文化发展的大背景下考察,我们可以顺理成章地从网站与文学及其相互关系的视角把握住文学网站评价的根本性特质。事实证明,随着网站这一高科技文化催生的新媒介对文艺领域日渐深入的渗透,网络文学较好地继承了传统文学艺术的审美功能、认知价值、娱乐特性、接受方式与评价标准,但网络文学并不是照搬传统,而是在继承传统的基础使之发生变化,甚至发生历史性的重大变化,这些历史性的重大变化,对我们思考和探讨文学网站的评价标准具有极为重要的意义。

2021年8月2日,中央宣传部等五部门联合印发《关于加强新时代文艺评论工作的指导意见》(以下简称《意见》),提出了加强新时代文艺评论工作的总体要求,并就包括文学网站在内的文艺评论阵地建设工作提出具体意见:"用好网络新媒体评论平台,推出更多文艺微评、短评、快评和全媒体评论产品,推动专业评论和大众评论有效互动。"② 相关评论指出:"时代的总体性变迁给文艺带来了世纪之变、

65

---

① 党圣元:《通变与时序》,《西北大学学报》(哲学社会科学版)2015年第6期。
② 《中宣部等五部门联合印发〈意见〉加强新时代文艺评论工作》,《人民日报》2021年8月3日。

机运之变，如何立意于'变'而讲不变、讲融通、讲创造、讲引领，是《意见》的定位和立意，其中充满了设身处地、价值观照、辩证统一。"① 对于文学网站的评价标准而言，《意见》的基本精神为我们提供了可供遵循的重要思路。

二　文学网站评价的产业文化与市场维度

我们注意到，随着文化产业的兴起，文艺审美取向出现偏失：市场优先，娱乐至上，票房压倒一切。古代神话和未来世界的种种奇思妙想，在"数字人类"的欲望的火山口，热浪蒸腾，烈焰滚滚。当下的网络文化时尚令人忧虑：告别青灯黄卷的淡定；沉湎快餐文化的狂欢；无视娱乐至死的警告。科技与市场宰制下的文化工业和艺术生产，使审美价值由"目的"变成了"手段"。更为严重的后果是，青少年在虚拟空间中迷失了方向。"娱乐至死"成了"美丽新世界"最具反讽意味的"媒介隐喻"。

网络时代的惊人变化远不只这些，其中最惊人的变化或许是雄霸哲学王座两千余年的"因果关系"，居然被迫禅位给了"相关关系"！以事实为基础的知识大厦，在虚拟世界非线性"相关"条件下已轰然倒下。"事实已不再是事实！"知识爆炸、信息冗余，资讯超载，现代人经常迷失于信息海洋之中不知所措。众声喧哗的网络批评，更是遭遇了前所未有的"标准"危机。

众所周知，"事实胜于雄辩"是传统文化批评的一条重要原则。讲事实、摆道理是文学批评最常用的方法。但是，在数据化生存语境中，这个基本原则发生了根本性动摇。"什么都是数据说了算"。"在网络上，每个事实都有一个大小相等、方向相反的反作用力。这些反作用的事实可能错得彻头彻尾。"② 当"事实决定数据"变成"数据决定事实"之后，"眼见为实"就被"数据为实"所取代。从表面上看，

---

① 夏烈：《新时代的网络文艺评论可以怎么做》，《中国艺术报》2021年9月6日。

② ［美］戴维·温伯格：《知识的边界》，胡泳、高美译，山西人民出版社2014年版，第62页。

网络批评似乎并不违背以事实为准绳的原则，但在"事实已不再是事实"的情况下，批评的标准则往往会被"沉默的螺旋"所左右。当评判标准变得飘忽不定时，批评的可靠性就必然要大打折扣。尤其是对文学艺术这样复杂的精神现象做出评判时，标准至关重要。

从文学网站的实际运营情况看，自 2003 年开始，各种网站逐步建立了收费阅读、版权开发、网络广告和阅读打赏等不同的盈利模式，总体上朝着繁荣有序方向发展。近年来基于大数据技术的精准定制也开始在网站产品销售过程中发挥效益。有研究者指出，早期文学网站采取普惠服务方式向大众提供无差别服务，这种貌似平等的发布方式，让潜在读者能够随意分享各种类型的在线作品。但普惠服务显然忽视了具体读者的阅读偏好和审美趣味。为此，与协同过滤相适应的定制方式应运而生。但由于不同网站都存在着大量纯拷贝性作品，这种复制性重复会让作者背负抄袭嫌疑，会让读者产生审美疲劳，从网站角度看也是"产品"销售的匹配失当。为了方便特定读者分享到他们喜闻乐见的特定作品，一些文学网站开始探索基于大数据的精准定制模式，总体上看，效果良好。

概而言之，网络文学被描述为充满活力的文艺门类和潜力巨大的文化产业，精神生产和娱乐消费等方面都取得了有目共睹的实绩，但在令人瞩目的累累硕果背后也潜藏着让人忧心的重重危机。如何应对网络文学的当前困境和发展阻力，如何克服理论滞后、批评缺席、观念创新乏力、研究方法老套的现象，如何化解产业化与艺术化的矛盾，如何保护原创作品的知识版权等，诸如此类的现实问题，人们总是习惯性地从网络文学自身寻找原因，其实，这些问题都与文学网站的经营宗旨、运行模式和管理策略等有密切关联，这方面的现实状况和发展规律还有待更深入、更扎实、更有效的研究。我们认为，相关研究有望依靠"全新的政策"，发出"全新的眼光"，运用"全新的方法"，获得"全新的成果"。

当然，文学网站所创造的这些辉煌业绩是以网站为平台的多种力量综合作用的结果。其中包括政策的合理引领和支持力度、创作队伍的持续壮大、创作题材的多彩多姿、"网文出海"的千帆竞发、产业发展的百花齐放及研究评论百家争鸣。当然，文学网站快速发展的同时也产生了不少问题。例如网文质量参差不齐、类型固化现象严重，经费投入越来越多，利润增幅越来越小，网站总体经营遇到创新发展的瓶颈。能否提高网文创作质量，为广大读者贡献更多艺品精品，让文学更加贴近时代和人民，让作家持续迸发出创新活力，这既是网文大业突破发展瓶颈的重大挑战，也是评判文学网站之优劣的重要标准。

三 文学网站评价的媒介文化与技术维度

网络时代的这一系列变化，最根本的原因是文学从平面的纸上舞台上升到了网站的无限空间。在传统文学世界里，"纵使文章惊海内，纸上苍生而已"。而越界升维的网站则赋予文学分身变相的"魔法"，突破了白纸黑字的束缚，甚至挣脱抽象符号的锁链，直接以声音与图像传情达意，使目不识丁者也能心领神会。在文学艺术的这一革命性变化过程中，文学网站可谓厥功至伟。但遗憾的是，相关研究往往只是聚焦网络文学，很少关注网站，即使偶尔提及文学网站，网站也只不过是作为网络文学的背景和陪衬而已。

其实，这里隐含着一个观察和理解文学网站的误区。从一定意义上讲，文学网站这个光影交错、变化万端的舞台本身就是最富有戏剧性的时代传奇之一，因此，要真正了解网络文学，就不可不重视文学网站这个神奇的舞台，要真正理解网络文学的评价标准就不能忽视作为其生存与发展平台与载体的文学网站之优劣，就不能不考察和探讨文学网站的评价标准。譬如说，今天的网络文学如何将网络这个最明显的"变量"转化为文学创作生产的"增量"，如何在注重商业流量、刷分控评的同时，将引导机制和价值取向等因素纳入网站发展规划之中，这些问题都与我们关心的文学网站评价体系建构有着千丝万缕的联系。"网络迫使我们重新认识和评价以前我们认为理所当然的几乎每一种思想、每一个行动和每一个组织机构。一句话，我们生活在网络时代，互联网正在改变我们的政治、经济、文化、历史、宗教、哲学、时空观念、思维方式、生活习惯、价值标准和审美取向……正在改写人类的历史、现在，以及未来。"① 今天，几乎每一个人都能感受到，我们置身其中的数字化生存的飞速列车，越来越快，超常的加速度带给人们的既有惊喜也有惊恐。对于网络文学这列不断加速的"高铁"的"乘客"而言，从作为主体的意义上讲，当今的作者与读者与过去那些"坐马车"的作者与读者，在文学之所以称其为文学的意义上，二者并没有本质上的差异。但正如高铁与马车不可同日而语一样，文学网站与传统书刊在媒介技术方面的差异也是一样令人惊叹的。

在充分理解这些差异的同时，我们也必须看到，网络技术在满足人们最初的需求之后，往往也会产生意料之外的边界效应。网络连接着幻想与现实，连接着过去与未来。但对于文学艺术而言，我们并不知晓它的另一端所连接的究竟是福祉还是陷阱。在网络建构的虚拟世界里，人人都是千面人，这种灵活性，丰富了生活的色彩，增添了生命的维度。但也会带给我们意想不到的困扰。譬如说，在人际关系方面，相关科学研究表明，那些接触网络越多的人，越容易感到孤独和沮丧。"孤独的狂欢"，这是当代学者吴伯凡对沉迷于网络一代最广为人知的精辟描述！这种负面影响，无疑也是我们建构文学网站评价标准时必须充分考虑的因素。

如前所述，正确认识和充分理解网络文学及其网站的定位，是探索网络文学和文学网站的基本前提。有研究者认为，"网络文学"是根据作为媒体的信息互联网络来定义的。网络文学的定义对我们深入理解文学网站的本质具有重要的启示意义。例如，黄鸣奋曾以所谓"五态九脉"之论，系统而深入地阐发了网络文学的定位问题，他的相关论述对我们探讨文学网站评价标准问题具有一定的启示意义。所谓"五态"，即口头传播网络、书面递送网络、出版发行网络、广播电视网络与信息互联网络，与之对应的文学形态即口头文学、书面文

---

① ［美］丹尼尔·伯斯坦、［美］戴维·克莱恩：《征服世界——数字时代的现实与未来》，吕传俊、沈明译，作家出版社 1998 年版，第 9 页。

学、印刷文学、电子文学与数码文学。所谓"九脉"即网文传播主体、传播对象和传播中介相关的作者、作品、读者、编辑、出版商、出版会等因素。当今我国学术界所说的"网络文学",特指基于信息互联网络的数码文学。"网络文学并非孤立的存在,而是不断与口头文学、书面文学、印刷文学、电子文学互动,在相互转变的过程中产生出许多新品、许多机遇,如网络口头文学、网络书面文学、网络印刷文学、网络电子文学,或者口头网络文学、书面网络文学、印刷网络文学、电子网络文学。"①

对网络文学而言,所谓"五态九脉"如果还不能说都植根于文学网站的话,那么至少可以说都离不开文学网站这个平台。众所周知,网络文学的本质虽然是文学,但其不同于传统文学的新质却取决于网络。因此在探讨网络文学评价标准的时候,不能置网络、网站因素于不顾。譬如说,我们在建构网络文学的创作标准体系和批评标准体系时,也必须同时兼顾文学网站的媒介功能和技术水平。离开了文学网站,网络文学就失去了存身之地,不言而喻,文学网站的媒介功能和技术水平是直接影响网络文学发展前景的重要因素。

必须指出的是,在文学网站这个看似"海阔凭鱼跃,天高任鸟飞"的空间里,人们也未必能享受无限的自由,毕竟海上风浪多,空中旋流急。互联网也潜藏着各种各样的坑道与陷阱。一方面,随着世界多极化、社会信息化、文化多样化的全球化发展,包括文学网站在内的互联网极大地提升了文化交流和文明互鉴的效率。另一方面,国家与民族之间的信息鸿沟正在迅速扩大,网上不良信息急剧扩散的危害更是日甚一日,因此,人们对互联网领域的健全规则与合理秩序的呼声越来越高。如何保持文学网站在自由与秩序之间的合理平衡,理所当然地引起了相关研究者越来越密切的关注。

诚然,网络文化是人类有史以来的一场规模最大、范围最广的革命,传统文化所经受的冲击和影响史无前例,文学艺术审美标准和价

---

① 黄鸣奋:《宁馨儿:我国文学传统与网络文学的定位》,《扬子江评论》2014 年第 5 期。

值取向的变革更是超乎想象。新的媒体技术，使声音、图像和文字三者和谐相容，在电影和电视中得到了广泛的应用。这方面的革命性意义必将铭记史册。网站利用灵境（VR）技术，可以随时制造一个令人向往的天堂，把神话传说中的种种奇迹，活灵活现地展现在观众眼前。过去只能通过想象品味文字表达的那种无声无影的心造幻景，如今的网络新媒介则可以轻而易举地将其演变为震撼人心的视听奇观。单就当下的抖音、快手而言，"人人都是艺术家"的说法似乎不再是天方夜谭。

但是我们也应该看到，互联网毕竟是一个虚拟王国，网民有如"赛博空间的奥德赛"，虽时时怀揣梦想，却时或迷失方向。当真实与虚幻的界限模糊到不分彼此的时候，魔鬼扮演天使的戏法就会随时拉开帷幕。一方面，数字化生存使传统文化的潜能得到了原子裂变式的释放。审美文化实现了"格拉提亚"式的觉醒。形形色色的"符号化石"纷纷复苏、复活。另一方面，"虚拟"与"现实"的关系也随之发生根本性的变化，潘多拉的魔盒也可能就此开盖。

如何处理好上述"虚""实"关系问题，对于文学网站来说显然是一个复杂的系统工程。既有研究的相关经验告诉我们，在处理文学网站建设的矛盾过程中，既要抓住主要矛盾，又不能忽视次要矛盾。既要促进繁荣，又要确保有序。繁荣是目的，有序是保障。尽管文学网站理解的"繁荣"，可能主要以网络文学的市场模式和 IP 开发为考量对象，其合理性与局限性都有目共睹，但"有序"发展意图，则主要指向文学网站的使命担当与审美追求。文学网站的"繁荣有序"发展，是国家顶层设计者对网络文学发展事业的基本要求和奋斗目标。

说到底，文学网站是实施"网络强国"国策的前沿阵地之一。文学网站营造的网络空间无论多么瑰丽奇幻，它都必须遵循现实社会的公序良俗，必须坚守"善善恶恶，贤贤贱不肖"的优良传统。网络空间和现实社会一样，自由诚可贵，秩序价更高。自由是秩序的目的，秩序是自由的保障。网站既要尊重网民交流思想、表达意愿的权利，也要依法构建良好网络秩序，这是维护网络文学"繁荣有序"发展的基本要求。"网络空间不是'法外之地'。网络空间是虚拟的，但运用网络空间的主体是现实的，大家都应该遵守法律，明确各方权利义务。要坚持依法治网、依法办网、依法上网，让互联网在法治轨道上健康运行。同时，要加强网络伦理、网络文明建设，发挥道德教化引导作用，用人类文明优秀成果滋养网络空间、修复网络生态。"①

第二节　历史与现状：建构网站评价标准的基本依据

　　网络文学30年的发展历程反映了我国新时代文学发展的重要走向，而自第一家华文文学类网站"窗口"（1993）和第一家大陆文学类网站"榕树下"（1997）创立至今，文学网站也有长达20多年的发展历史。但是国内鲜有对文学网站发展史的成熟研究，其原因在于，首先文学网站作为储藏、发布、传播网络文学作品的平台在传统研究者眼中不属于一般的文学范畴，对于传统研究者而言，文学网站与网络文学作品的关系就好比出版社与纸质作品的关系，二者之间并不涉及文学性的问题；其次是文学网站在大多数研究者看来属于信息技术或媒介传媒研究领域，即便是存在着与文学作品的相关问题也属于传播问题、比较问题、接受问题，而不是创作问题、生产问题。但需要指明的是，网络艺术生产已经不再是传统的文学创作模式，传统的文学创作模式可以归结为"一个人一支笔"的工匠式写作，而网络文学创作越来越显示出类型化、集群化、互文化的特点。"整个互联网就是一个巨大的超文本，而任何超文本本质上都是标准的互文本。超文本将相互关联的众多文本置于一个庞大的文本网络之中，并通过纵横交错的路径保持各文本之间普遍而深入的联系。当超文本将禁锢于印刷文本的互文性从书页界面中解放出来后，必将引发一场数字化生存的文本革命。"② 近几年甚嚣尘上的"文学生存"问题正是面对网络文学的崛起而产生的自我焦虑，但就目前的情形观之，有关"文学生

① 习近平：《在第二届世界互联网大会开幕式上的讲话》，《人民日报》2015年12月17日。
② 陈定家：《文之舞：网络文学与互文性研究》，社会科学文献出版社2014年版，第64页。

存"并非面临危机而是重获生机，不仅传统文学在既有轨道上稳步发展，网络文学更是突飞猛进地"走出中国，面向世界"。

文学网站是"一体两面"的存在，其本质特征是其网络性与文学性决定的。如果只谈论文学性而忽视网络性的话，自然无法准确地给予文学网站一个恰当定位。文学网站的网络性在于两个方面，一方面是整体网络生态对网络文学的影响，我们可以称其为"大传统"；另一方面则是各个文学网站，这些文学网站是生产、传播、储藏网络文学作品的"园地"，看似自由洒脱的网络文学书写其实受到文学网站潜移默化的影响，从运营模式到价值观导向、从各种排行榜到受众黏合度，我们姑且可以把各个文学网站组成的网络文化矩阵称为"小传统"。因此，不论是从现实还是从学理依据来看，文学网站的发展历程和文化谱系都应当得到重视，文学网站的变化与发展不可避免地影响着网络文学创作的进程。本节也将对最近三年（2016—2018）的文学网站展开考察，"媒介融合"、"群雄逐鹿"及"百花齐放"正是这三年的关键词，将有助于我们从网络文学的视角重新看待文学网站发展的历史谱系。

进入 2016 年，文学网站的发展出现了一个"突变"，那就是媒介融合催生下的 IP 改编，虽则早在 2004 年痞子蔡的《第一次的亲密接触》就被改编成电视剧搬上荧幕，但这只是网络文学 IP 改编现象的一个开始或是"先声"。从文学网站的角度看，自 2003 年起点中文网开启 VIP 阅读收费起，在十几年的文学网站发展历程中，起点中文网一直独占鳌头。但是随着工业化大资本运作接入网络文学，IP 运营成为与 VIP 付费阅读平起平坐的另一商业模式，并且逐渐打破了 VIP 收费的单一垄断情况。IP 运营与 VIP 付费阅读根本不同的地方在于，IP 作为"一篮子"版权的产业化运作，它意味着不仅是整部作品的商业运作，还包括所有的衍生品，诸如音频作品、影视作品、游戏作品、周边商品等；这从根本上挑战了 VIP 付费阅读依赖于字数的单一模式，IP 运营下作者出售的不仅是一个个符号，而是作者本人的名气，作品的故事性、世界观，以及潜在的粉丝经济。因此，关于文学性的问题自然也随着文学网站运营模式的转捩而转变，从重视篇幅到重视故事世界观，从满足普罗大众的猎奇性到盘活粉丝经济，这自然影响着整个网络文学书写的范式。

一个突出的例子就是晋江文学城在 IP 领域的"弯道超车"，在晋江的"2016 年度 IP 改编最具价值作者"名单上，第一位为非天夜翔，影视、游戏、动漫、有声、海外版权成功输送多渠道联合运营，全年版权签约总金额过两千万元；第二位为 priest，影视、动漫、游戏、有声等多渠道均签约，改编项目全年版权签约总金额过两千万元，年度佳作《默读》更是创下纯影视签约金额近千万元的好成绩。巨量资本的渗透自然让网络文学市场再次热闹起来，所谓 IP 就是知识产权（Intellectual Property），与传统文学写作中的著作权不同，知识产权指的是"基于创造成果和工商标记依法产生的权利的统称"，最主要的三种知识产权是著作权、专利权和商标权。因此，对知识产权整体的运营要比著作权更为广泛，不仅涉及故事架构、人物形象还有价值判断，这背后自然透露出资本垄断的意味。因此，作为跨媒介生产的 IP 运营对应着不同的群体、不同的价值取向，同样一部网络文学作品，IP 改编可以通过受众获取的渠道不同进行不同的改编，动画片、短视频、电影、电视剧、纸质书、游戏、音频等层出不穷，在价值取向上也有因受众而异，然后去尝试不同的改编，例如突出职场价值、婚姻价值、家庭价值、社会价值等不一而足。

另一个突出的现象就是 IP 运营吸引了资本方的介入，传统文学网站不再是网络文学创作的唯一"净土"，例如"火星小说"背后的中汇影视，"爱奇艺文学"背后的爱奇艺视频，如果我们仅仅局限于网络文学文本本身的研究则无法看到这些深层的变革，为什么网络文学出品率越来越快？为什么网络文学的文学性越来越低？或许"媒介融合"能够提供一条思路。除去资本方的介入外，微博、微信写作也后来居上，如七英俊、吕天逸、扶他柠檬茶、云上椰子等的创作，就是针对"女性向"群体的"段子文""大纲文"，这些文体虽然脱胎于网络文学但又对传统网络文学的书写范式提出挑战。例如七英俊的

《有药》和蔡骏的《最漫长的那一夜》都是以微博为发表平台的，其中《有药》是最典型的微博体小说，开头是几个独立成章的短篇，几个有趣又有料的人物分别登场，演绎出许多贱兮兮乐呵呵、随手一笔都是段子的小故事，全篇抖搂着只有圈内人才心领神会的小机灵。虽然小说最后也以纸质书的形式出版，也有一个整体性的设定和故事结构，但如果以传统的深度、格局来要求，显然是会错了意。微博小说最佳阅读平台就是微博，虽然现在微博的功能设置并不适合连载长篇小说。倪一宁的《丢掉那少年》、匪我思存的《爱如繁星》，讲述的都是都市男女在日常生活中经历的小小情趣、平凡幸福或别样滋味，却讲得格外精细。出身于人人网日志的倪一宁曾在韩寒创建的 App "ONE·一个"上陆续发表过不少短篇小说，而《丢掉那少年》是她发布在个人微信公众号上的第一部长篇小说。

随着 IP 运营模式的成熟，2017 年拉开了网络文学市场群雄逐鹿的新版图。首先，2017 年，党的十九大胜利召开，由此宣告中国进入新时代。当此之时，由腾讯文学与原盛大文学整合而成的阅文集团在香港成功上市，一举成为国内市值最大的上市文化娱乐公司——这与其说是一个巧合，不如说是网络文学不期然间应和了中国现代化建设的新步伐。① 由此，从文学网站代表的"小传统"介入网络文学研究，其吻合了历史发展的逻辑和文学发展的逻辑。2017 年网络文学发展迅猛，成功推出代表作品的出品方有"老牌劲旅"也有"新科状元"，例如咪咕阅读推出了半鱼磐的《山海经·瀛图纪之悬泽之战》，掌阅文学推出了月关的《逍遥游》、天使奥斯卡的《盛唐风华》等，阿里文学推出了多一半的《第五名发家》、小菜一碟的《后婚：一个媳妇三个妈》，纵横文学推出了烽火戏诸侯的《雪中悍刀行》IP 改编剧，铁血网则为《战狼》提供了编剧支持。总体而言，2017 年的网络文学市场风起云涌、群雄逐鹿，VIP 付费阅读、IP 运营、媒介融合多面开

---

① 唐伟、张维阳：《新时代起航与新生代突围——2017 年主要网络文学网站概览》，《湖南工业大学学报》（社会科学版）2018 年第 5 期。

花，你方唱罢我登场，这自然影响了网络文学以往的生产方式。

徐公子胜治的《方外：消失的八门》以文学、漫画、影视三方联动的方式引爆了网络文学生产的新走向，文学生产与作品转嫁的速度越来越快，其中的互文性影响越来越大，同一个故事可以在文学、漫画、影视之中反复呈现，熟悉传统文艺理论的人自然熟稔于其间的差别，英伽登就在《文学的艺术作品》中指出："作者的全部经历、经验和心理状态完全在文学作品之外。尤其值得注意的是，作品在创作过程中的经验不会构成被创作出来的作品的任何一部分。当然，在作品与作者的心理生活及其个性之间存在着各种密切的关系，尤其是作品的产生可能取决于作者的根本经验；或许，作品的整体结构和个性特性在功能上会依赖于作者的心理特质、天分及其'观念世界'和情感的类型；因此，作品多少打上了作者全部人格的烙印并以他的方式'表达'这一人格。但是，所有这些事实都绝不能改变那个最为根本而又常常得不到赞同的事实：作者和他的作品是两种异质的客体，它们因其根本的异质性而决然不同。只有确立这一事实，才能使我们正确地揭示它们之间的多重关系与依赖。"[1] 诚如斯言，在 IP 改编模式下作品究竟在多大程度上隶属于作者，或与作者保持一致的"个性"已经成为一个难以解答的问题。虽然有许多激进的评论家认为"作者"很快将在媒介融合与数字智能的绞杀下销声匿迹，但可见的未来又告诉我们，文艺作品暂时还离不开"作者"这一温暖的摇篮。虽然"人工智能诗歌""人工智能叙事"在不断地挑战"作者"的权威性，但是在鉴赏一侧，冰冷的数字创作远远没有作家作品温柔可感，这一不争的事实似乎又为"作者"的合法性争得了一席之地。

总的来看，进入新时代以来，网络文学也进入了一个群雄逐鹿的时期，随着媒介融合的深入，IP 改编释放的巨大资本效益，阿里、腾讯、爱奇艺纷纷通过加盟、收购、立项的方式渗透进网络文学市场。

---

[1]　Roman Ingarden, *Cognition of the Literary Work of Art*, Northwestern University Press, 1980, p. 22.

除此之外，还有一批老牌的拥有网络文学频道的门户网站相继转型，甚至有的网络文学网站模仿娱乐公司开始了造星计划，例如"作客文学网"推出的"经纪人"制度，是首家施行"一对一"概念作者孵化培训基地的文学网站。新时代网络文学的发展契合了中国经济的腾飞，网络文学网站在做大做强的同时越来越多元，不同背景和不同理念的文学网站纷至沓来。从最早的"窗口"与"榕树下"到现在千余家专门的网络文学网站，这20多年的时间里资本与文学创作在文学网站的平台上相互融合、相互作用，推出了一批批优秀的作品，也发生了许多值得深思的现象，这也使新时代在文学网站发展史中具有特别的意味。

可以说，文学网站的整体发展在新时代得到了资本的深度渗透，不同类型的文娱企业进入网络文学市场呈现出群雄逐鹿的惊奇景观，网络文学IP改编吸引来大量资本的关注，这必然会导致市场的重新洗牌和秩序的王纲解纽，但不可否认的是，在竞争的初期也给网络文学发展带来了生机和活力。即便是新冠疫情期间的文学网站发展，也没有失去既有的平衡，在"蛋糕"继续做大的前提下一派生气盎然，可谓百花齐放、众彩纷呈。

以2019年为例，首先是老牌文学网站积极适应IP改编带来的新市场、新赛道、新规则，阅文集团积极采取自制、联合出品等方式拓展作品改编业务，联合出品的《将夜》播放量超过50亿次，自制动画《星辰变》上线最初的3个月，播放量就突破了6亿次，连载中的自制漫画《修真聊天群》人气突破40亿次。同时，阅文集团响应国家政策的号召，不断推进现实题材创作、加速网文出海拓阔网文文化影响力、深化IP运营结构完善服务、培养作家文学素养提质保量等举措。晋江文学城更是不落人后，仅《知否？知否？应是绿肥红瘦》一部网改剧，两周播放量近20亿次，还有墨香铜臭小说《魔道祖师》改编的动漫在腾讯视频上线，播放量已达17.5亿次，并获得了"第15届中国动漫金龙奖最佳系列动画奖金奖"以及"新光奖最佳新锐动漫奖"。在发展规划上，晋江文学城加强"防盗文"功能的开发，切实保护作者的利益，培养作者、读者对版权的保护意识，联合北京互联网网站处理互联网著作权权属和侵权纠纷案件，为保护知识产权付出了实际的努力也取得了显著的社会效益。

新晋霸主阿里文学通过充分发挥自己的互联网优势，"天猫读书"App 发布半年总订单数达到 2500 万单，双 11 期间订单数超 650 万。年底推出"妙读"App，倡导"一刻钟读透一本书"，为读者提供一个高效知识学习平台。同时阿里文学以现实文学题材为重点，推出"推动者系列丛书""大湾区杯（深圳）网络文学大赛""改革开放 40 年专题"等系列聚焦现实主题、"改开"主题，推出了一系列佳作。阿里文学与十月文艺出版社合作的"十月—阿里文学创作中心"更是被称为传统文学与网络文学融合的起点。阿里文学签约的宁肯、徐则臣、关仁山、石一枫等在阿里文学的支持下均推出了自己的代表作品，多一半的《第五名发家》也在阿里文学的推动下顺利改编走上荧屏。爱奇艺文学则是另一支突飞猛进的劲旅，在首届中国"网络文学+"大会上，爱奇艺文学发布了"云腾计划"，该计划将由爱奇艺网络剧、爱奇艺文学组成联合评审绿灯会，通过整合自身网剧制作、网剧发行的优势，聚集了唐家三少、南派三叔、酒徒、流浪的军刀等众多老牌"大神"，这也是网络文学发展的一大新现象，众多远近闻名的写手投入 IP 改编的大纛之下。

综而述之，进入新时代以来，文学网站走过了媒介融合、群雄逐鹿再到百花齐放的路程。这几年不仅对于文学网站的发展意义重大，对于网络文学的发展亦如是，从范式的改变到资本的渗透无不改造着网络文学、文学网站的发展轨迹，我们看到最早实施 VIP 付费阅读的起点中文网及其背后的阅文集团奠定的"一超多强"局面开始松动，其深层原因便是范式的改变，字数不再是网络文学创作唯一的"价值定律"，IP 成了网络文学市场的"新宠"。IP 范式导致的群雄逐鹿局面看似混乱无序，实则有迹可循，文学网站矩阵内部有人欢喜有人忧，晋江文学城便乘上了 IP 改编的东风一举盘活了苦苦经营的粉丝经济。阿里、爱奇艺和腾讯则对网络文学蠢蠢欲动，通过加盟、收购、立项的复合方式渗透进网络文学创作的方方面面。以上这些在 2018 年渐趋成熟，IP 范式释放的巨大市场潜力满足了众多"逐鹿者"的胃口，也满足了"阅读饥渴症"的读者，但是随着初期红利的消退，网络文学急剧转变背后的问题开始出现。

第三节　改编与版权，网站评价不可回避的重要问题

文学网站在 IP 范式改变与资本渗透下进一步走向了分化，2019 年的网络文学环境与 2018 年网络文学世界的众彩纷呈形成了鲜明的对比，大多网络文学研究者都认为 2019 年是网络文学的"寒冬"。究其原因，首先是国家意志的介入，在资本云涌掀起惊涛骇浪之后，网络文学世界对秩序的呼吁得到了国家意志的回应，但是国家意志与资本任性妄为之间的矛盾却导致了对网络文学创作矫枉过正，随着国家有关部门开展专项整治行动，网络文学内容监管持续收紧，创作自由度大大降低，这些都启发我们如何进一步完善网络文学创作的引导与评价机制，以此既能保护网文创作的自主性又能防止网文创作被市场利益绑架。其次是 IP 范式改变带来的版权纷争，因为创作者的权益不能得到有效保护导致创作动力不足，长久的官司纷争也导致创作者身心俱疲，这些都大大损伤了创作者的创作热情。创作类型化问题也是网络文学退潮的一大原因，二十多年的网络文学发展开辟出了许多充满奇幻色彩的题材，但很明显的是，今天的网络文学已经面临题材僵化、故事情节老套的危机，其原因一部分来自资本运作的急功近利，另一部分则是创作者文学素养有限。最后是目前网络文学专业编辑人员不足的问题，网络文学虽然已经有 30 年的发展史，但是相较于传统文学而言网络文学仍在"襁褓"之中，可不相匹配的是网络文学的发展规模、文学题材、相关制度突飞猛进，这要求相关工作人员具备一定的规模、素质、鉴赏水平，目前来看这些基础工作仍然有很大空缺。

在文学网站发展过程中，最突出的问题还是盗版文学网站"小作

坊"，这些盗版网站缺乏规范的管理，肆意妄为地刊登为了满足极端猎奇心态的文章，为了牟取利益张贴低俗广告，这直接损害了网络文学市场的公序良俗。而在整治过程中受损最大的往往是正规网络文学网站，因为正规文学网站体量庞大、人员芜杂、题材各异，如果每日每篇更新的文章都安排编辑专员人工审核，很难想象这是多么巨大的工作量！因此，AI 审核方式带来的一刀切就损害了创作的自由度，正规网络文学网站作品也就被牵连、牵累。这同时也要求作为企业机构的文学网站从自身文化建设抓起，文学网站的首要任务是提高政治站位，严守红线底线，为广大读者输送高质量的网络文学作品。

虽然网络文学作为产业链的内容源头，但其 IP 价值却大有"喧宾夺主"之势，IP 改编热潮催生了网络文学作品的影视化、游戏化、动漫化、有声化等转变，而且这些转变的变现速度和盈利价值都要远远超过网络文学作品本身的付费阅读。纵观近年来 IP 改编的成绩，有 2000 多部网络文学作品被改编成电影、电视剧、网络剧、网络游戏和漫画，线下出版实体书超过 5000 个品种。但或许是资本急功近利的后果，或许是资本逻辑运作的弊端，IP 开发重量而不重质越来越明显，2016 年改编的《孤芳不自赏》、2017 年改编的《凤囚凰》、2018 年改编的《莽荒纪》等一批改编自网络文学的影视剧因"粗制滥造"而饱受诟病。2019 年，在国家意志和政策引导下，各文学网站逐渐从纷乱浮躁转向冷静沉淀，虽然网络文学市场不如前几年那般火热，但是冷静与反思有助于精细化运作与内容高质量重耕，随后推出的《陈情令》《长安十二时辰》《庆余年》《诛仙1》的热播可谓多点开花，为网络文学 IP 的后续改编矫正了方向。

2019 年文学网站的另一个现象就是"网文出海"，网文出海本是阅文集团率先发起的网络文学输出海外行动，依托于海外上线的"起点国际"（Webnovel），起点国际的理念是打造中英文小说海内外同步发售、同步连载，这不仅缩小了作品翻译的时间，还大大提高了读者的黏合度。往常来说，传统小说要在源语言发行后几年甚至数十年，甚至于要等到作品取得了国际影响后才会得到译介，网络小说相对于传统小说具备迅速变现的能力，因此，"零时差"翻译是网络小说迥异于传统小说的地方。另外，除了起点国际外，那些不在阅文集团服务内的小说，也纷纷得到了海内外读者公益性的翻译，他们往往称源语言作品为"生肉"，经过翻译后的本语言作品为"熟肉"，这种民间翻译则更考验读者的鉴赏能力和积极的热情。

文学网站 2020 年的发展情况接续了 2019 年，这两年虽然不如之前狂飙突进，但是在低潮之后重新拾回了秩序与信心，稳扎稳打是近几年的主题。《2020 中国网络文学蓝皮书》显示，2020 年我国网络文学用户数量已突破 4.67 亿人，目前仍处于递增趋势；网络文学人均阅读量同比增长 15.6%，达到 15 部左右；读者群体年轻化趋势明显，"95 后"和"00 后"读者占比约 60%。[①] 稳步增长的背后是新兴技术的支持，5G、AI、AR、VR 这些高新科技纷纷投入文娱产业，不仅提升了作品的转换速度，还提高了转换质量，网络文学天马行空的想象渐渐被荧幕描绘出来，酣畅淋漓的图像技术极大地刺激了人的观感，这自然损害了文学的想象性本质，具象化后的作品能够迅速发行拓宽市场但是也如昙花一现，究其原因或许正在于想象力的萎缩，对于作品的想象空间被具象技术空前压缩，这是网络文学文学性面临的困境之一。除了高新技术的成熟外，2020 年是短视频、有声书释放市场潜能的一年，文学网站与视频、音频平台的合作逐渐成熟、深化，不仅培育了一批质量高、技术好的从业者，还拥有了一批忠实的受众，从文字到视频、音频、游戏、周边，受众的层次不断拓宽甚至还有未竟之势，很难说网络文学转换的尽头在哪里，但可以确定的是，网络文学已经搭建起了稳定的生态圈。

但是在秩序探索的一面并非风平浪静、岁月静好，2020 年腾讯造成的"阅文集团事件"成为网络文学生态圈的大地震，这一事件再次将文学网站的资方、运营，网络文学的知识产权、著作权推向了前台。自 2015 年腾讯与阅文集团合作后，"阅文集团一跃成为全国最大的网

① 中国作家协会网络文学中心：《2020 中国网络文学蓝皮书》，《文艺报》2021 年 6 月 2 日。

络小说平台，手底下掌握着近 800 万创作者，触及用户超过 4 亿，几乎垄断了整个网络小说行业"①。腾讯与阅文集团对行业的垄断使内闭生态圈失去了监管和秩序，正如马克思所说的"剩余劳动和剩余价值的可能性要以一定的劳动生产率为条件，这个生产率使劳动能力能够创造出超过本身价值的新价值，能够生产比维持生活过程所必需的更多的东西"②。随着全行业部门生产的成熟，利润平均趋势越来越明显，因此，以追求利润为天职的企业便从垄断走向剥削，腾讯与阅文集团定制的合同堪称"卖身契"，要求作者的著作权、作品的经营管理权都归阅文集团所有，创作者彻底与作品相剥离，这份合同彻底激怒了阅文集团旗下的写手，2020 年 5 月 5 日发生的"55 断更节"就是创作者不满情绪的集中表达，"55 断更节"是由网文作家在网络平台，针对网络文学平台阅文集团发起，以断更（停止更新）的方式，抵制阅文集团推出的作者权益缩水的新合约。部分网文作者发起"55 断更节"以抵制霸权合同，维护自身的权益。阅文集团相关人员表示，将在 2020 年 5 月 6 日启动"系列作家恳谈会"，做面对面的调研和沟通。

虽然在未来漫长的网络文学发展史中，这一事件只是历史进程中一闪即逝的小插曲，但是作为网络文学发展三十年的一个缩影，它也在一定程度上反映了文学网站、网文写手、资本方之间的权利关系。在一定意义上也可以说是文学网站史上的一次"回旋"，版权保护行动自网络文学 VIP 付费阅读起就是文学网站发展的一条主线，尤其在 IP 范式改变后，对知识产权的保护可以说与文学网站的生存息息相关，那么何以在 2020 年发生了轰动一时的"55 断更节"？这就需要辨析文学网站作为互联网公司背后的资本逻辑，再次申明，将网络文学作为研究对象不能偏废网络性与文学性中的任何一方面，网络性又是

---

① 《阅文合同事件：腾讯一夜蒸发上千亿，马云成中国新首富》，百度 2020 年 5 月 7 日，https：//baijiahao. baidu. com/s？ id =1666009053808804178&wfr = spider&for = pc，2021 年 10 月 20 日访问。

② ［德］马克思、［德］恩格斯：《马克思恩格斯全集》第 26 卷第 1 册，人民出版社 1972 年版，第 22—23 页。

后期资本主义逻辑的数字空间想象，可以说每一键跳动的字节背后都有资本驱使的力量。文学网站之所以在知识产权保护意识与政治政策渐趋完善之时爆发了"55 断更节"这样的事件，正是资本与权力角逐的一个缩影，并进一步影响了网络文学的创作和网络文学 IP 改编的前景，有学者敏锐地指出：随着人口红利的消退，过去靠读者人数大幅增长维持的高速产业化发展模式已然不能满足现实需要，付费阅读运营模式为网络文学提供的发展动能也越来越少。① 流量广告作为新的增值盈利点开始重新被重视，而免费的网文阅读模式再次卷土重来，流量广告不同于传统模式的广告，流量广告依赖的是数据增值业务，这也是"键字符即资本"的新形态转变。

由此可见，中国文学网站评价体系构建是一项复杂的系统工程，它涉及文学网站发展现状和发展前景等一系列问题。而现状与前景之间，存在许许多多不确定因素。对于网络文学这种新生事物而言，唯一可确定的属性就是其不确定性。即便是"文学网站的定位"这类最基本的问题也存在多种不确定因素，譬如说，就其基本属性而言，文学网站属于文娱企业范畴，这就是大多数文学网站从业者会以市场成败论英雄的根本原因，这里的市场变数难以预测。但从传播的视角看，文学网站又具有鲜明的传媒特征，因此各级政府都会将文学网站纳入新闻舆论的管理范围，这里的舆情风暴变化万端。由于文学网站主要经营文学作品，所以从文化生产的视角看，文学网站与语言艺术唇齿相依，因而又与各种文化艺术部门有着千丝万缕的联系，这里的文艺思潮波澜起伏。仅从文学网站这种多角色的复杂身份来看，正确认识网站就必须应对这些变数，要真正理解网站、准确全面地评价文学网站，需要综合考虑多少不确定因素就可想而知了。

当然，文学网站作为跨界文娱企业和传媒文化系统，必然会涉及社会效益、管理水平、经营状况等多方面的问题，我们或许可以以简

83

---

① 刘阳：《国际传播视角下网络文学 IP 运营及发展战略研究：以杭州为样本的分析》，《编辑之友》2021 年第 5 期。

驭繁，用解剖麻雀的方式来研究某个具体文学网站。譬如说，通过对"起点中文网"生存与发展状况的考察来了解一般文学网站的历史、现状和发展规律，以探索其在市场竞争中如何既保持盈利模式又不失文学本性的经营之道。

网站评价体系建构问题，涉及文学网站甚至整个网文大业的兴衰成败。应该建立怎样的文学网站，或者说什么样的文学网站才是有利于网络文学朝着"繁荣有序"方向发展的网站，这显然是关系到文学网站和网络文学前途和命运的严肃问题。如前所述，网络文学网站具有强大的生命力，人们习惯于用"野蛮生长"来描述这种强大的力量。但榛莽遮天、蔓草覆地的无序生长不能算是真正的繁荣。反之，谁也不愿看到百花凋零或寸草不生的所谓"有序"，因为这种以扼杀生机为代价的"有序"毫无意义。总之，文学网站如何跳出"一抓就死，一放就乱"的恶性循环，如何在保持旺盛生命力的同时而不丧失应有的使命感，这是需要我们深入思考的重要问题。

今天，中国网络文学产生的世界性影响越来越大。中国网文与美国大片、日本动漫和韩国偶像剧合称"四大文化奇观"的说法不胫而走。"从全球看，以中文写作的网络文学在活跃程度、读者数量、影响力和鲜明特色等方面，都是其他语言的网络文学难以匹敌的。"[1] 网文快速崛起，给国人带来了意外惊喜。但惊喜之余，如何保持其可持续的健康发展势头，却一直是令人焦虑的问题。对此，国家新闻出版广电总局印发了《关于推动网络文学健康发展的指导意见》，提出了"繁荣有序"发展方针，这既为网站运营确定了基调，也为网络文学未来描绘了蓝图。网络文学网站作为网络文艺发展的重要载体与平台，在日渐延伸的网络文艺产业链中，一定要守护好网络文学这个创意产业的活水源头。

近十年来以《亮剑》《后宫甄嬛传》《杜拉拉升职记》等为代表的网络小说改编剧获得巨大成功，文学网站作为幕后推手的作用不可

---

① 张颐武：《中文网络文学追上世界脚步》，《中关村》2015 年第 4 期。

小觑。同名网络小说改编的电影《寻龙诀》《裸婚时代》《失恋33天》等产生轰动效应本不足怪，而影视热播后引发"经典重温"的阅读热潮则令人称奇。网络小说《诛仙》《星辰变》《斗罗大陆》等改编的端游和手游广受追捧，这并不令人感到意外，而这些作品在网文出海过程中出人意料的不俗表现则令人刮目相看。网络文学"破圈经营"和"跨界发展"的成功事例不可胜数，其所引发的冲击波效应更是万众瞩目。相对而言，网络文学网站在经营策略和可持续发展方面付出的巨大努力却往往不为人知。

我们注意到，网络文学IP开发的成功之作大多有这样一个共同特点，那就是这些作品在价值观念和审美趣味等方面强调与时俱进，在网文改编过程中注重发挥大众文化的整合功能，能够较好地保持改编作品的市场影响力和社会影响力之间的平衡关系，在优化IP产业发展提升网文品质格调方面，网站把好了源头关。对于文学网站来说，如何推出更多有筋骨、有道德、有深度的优秀作品？如何以优质IP引领网络文学的发展方向、营造清朗文学空间？如何在市场逻辑遵循和文学价值持守之间做出有利于网文长远发展的选择？凡此种种，都已成为文学网站亟待认真探讨的问题。网络文学网站要大力营造创新、创优氛围，理性遏制"泛娱乐化"倾向，提升网站运营水准和管理质量，努力提高网站的服务意识，加大相关政策的宣传力度，鼓励作家多出精品，精心策划和组织网络发布与传播内容，为网络文学"正导向、讲格调、提品质"作出应有的贡献。

实践经验表明，网文作品成败，在很大程度上与文学网站的经营策略直接相关。当前网络文学创作过程中存在的一些重要问题，如价值扭曲、浮躁粗俗、娱乐至上、唯市场化等不良倾向，都与网站经营目标不明确，管理措施不到位有直接关系。诚然，网上存在大量胡编乱写、粗制滥造现象主要与作者急功近利心态和艺术修养欠缺等因素有关，但跟网站资方的IP效益当先、审美意识淡薄不无关系。在某些网站主管的词典里，"艺术价值""审美观念""责任担当""使命意识"等正能量词汇被一一删除，"流量""爆款""风口""饭圈"等与市场收益相关时髦热词被不断增补。在"人气票决"的市场语境下，传统文学的各种价值诉求都被牢牢地束缚在市场逻辑的链条之中，文论与批评体系中的诸多基本规则或被突破，或被改写，或被颠覆。例如，异军突起的类型化写作就颠覆了传统文论的"独创"膜拜和"原作"情结。传统文学领域避之唯恐不及的类型化现象，为什么会在网络语境中风生水起，大行其道？文学网站唯市场化的"人气票决"之风难辞其咎。

文学网站作为文化产业和文娱媒体，追求市场和流量自然无可厚非，网站方方面面的影响力可以而且也都应该被纳入评价标准的范畴，但文学网站毕竟是文学艺术创作与传播的重要平台，它们天然担负着引领艺术生产与艺术消费领域文化价值导向的时代使命。因此，我们在考察和评估文学网站之优劣的过程中，既要考虑其市场价值，同样也应该重视其社会价值。在上述两种价值发生冲突的时候，我们理所当然地要把社会价值放在首位，即便我们从通俗文艺发展的一般规律看，我们在关注市场价值和企业营收的同时，也要充分强调文学网站运营的审美价值和社会价值。有研究者指出，以网络文学为代表的"大众文学的票房收入一路上涨，玄幻、穿越、鬼怪、网游、修仙、灵异、言情、身体等文学的网络点击率远远高于《红楼梦》《阿Q正传》等名著，在专家的担忧中，文学一边被消费着，一边被边缘着，诗性的光环失去了，传统的美感被快感取代了"；文学"成为游乐场、荷尔蒙的宣泄地和急功近利的交易所，诱使读者沦为欲望的窥视者，逐渐丧失审美力和判断力"；"文学既无功利又有功利、既是形象的又是理性的、既是情感的又是认识的""文学是一种审美意识形态"、"文学是一种感兴修辞"等。传统文论的许多"理所当然"，在网络文学实践过程中却突然变得"不合时宜"。传统文论者眼中种种文学精神式微、诗性光环消逝的现象，如果换一个视角来审视，或许可以得出不同的结论。我们期待着相关研究取得突破性进展。①

---

① 陈定家：《中国网络文学——营造清朗网络空间》，《中国社会科学报》2018 年 1 月 22 日。

"天意君须会，人间要好诗。"有识之士曾经一再呼吁网络作家和文学网站跳出"玄幻魔圈"和"修真密室"，走向现实题材的广阔天地，到轰轰烈烈的现实生活中去创造精品、攀登高峰。令人欣喜的是，近年来现实题材转向成为网络文学的一大热点，如齐橙的《大国重工》《材料帝国》、阿耐的《大江东去》《都挺好》等作品，既以敏锐现实关切把握时代脉动，又保留网络文学活泼生动文风。又如舞清影的《明月度关山》对山区支教青年与农村留守儿童的深情关切，令人一读难忘；滕肖澜的《乘风》对现代民用机场两代民航人的内心世界的聚焦，充满感人的家国情怀；何常在的《浩荡》对改革开放大潮中创业者传奇人生的讴歌，令人心潮澎湃……众多作品中"追梦人"奔跑的身影和幸福的笑容，生动展现人民生活美好前景和民族复兴光明未来。这些有根底、有生气的作品，突出体现出优秀网络文学"强大生命力"和"神圣使命感"的完美融合，体现出优秀网络作家对精品化的自觉追求，同时也体现出网站工作者的辛勤付出和竭诚奉献。

第四章　文学网站评价理论与要素分析

通过对文学网站诞生与发展的回顾，我们对网站的属性进行了多方面的探讨，并在此基础上提出了"文学网站的评价维度和标准问题"，我们的目的是构建起一个相对比较完整的中国网络文学网站评价体系，并通过套入实际案例的方式验证这一评价方式的有效性。但实际上，随着网络文学的快速发展，网络文学理论的不断完善，对作为载体的文学网站的评价已经初见端倪。虽然这些评价的方式还比较粗放，相关理论也尚未完备，但作为评价雏形所蕴含的问题意识和学理思考是值得关注的。从总体上来看，这些理论和评价主要来源于学术批评和大众批评。

第一节　文学网站评价的相关理论准备

众所周知，互联网是网络文学的载体，而文学网站则是当前中国主要也是最重要的网络作品发布渠道。文学网站的建设与网络文学的发展息息相关，两者相互制约，相互影响。但应当注意的是，网络文学网站与网络文学一样，都属于互联网时代的新兴事物，处于高速发展、不断变化的状态。从最早的北美华文 BBS，到早期的门户网站"榕树下"，再到现如今"一超多强"的网络文学网站生态，网络文学网站在短短数十年间随着时代不断蜕变，但无论网络文学网站如何改变，都无法绕开"网络文学"，这也成为学术界对其进行批评研究的原点。在网络文学研究不断深入的过程中，对网络文学网站的评价研究虽然未构成体系，但也出现不少零散的研究成果，这些构成了网络文学网站评价体系建构的理论准备。

2001 年，欧阳友权对我国网络文学的生存状况与发展态势进行了比较全面的考察，他在《互联网上的文学风景》一文中，对"文学网站知多少""网络文学'网'了些什么""网民爱看什么""网络文学何处去"等基本问题进行了有理有据的分析与研究。八年（2009）之后，欧阳友权发表了《新媒体与当代文学现场》，对网络文学"重构文学版图""挑战文学惯例""创生文学前景"的发展态势进行了研究；又过了四年（2013）欧阳撰写了《当下网络文学的十个关键词》对网络文学的作品数量、类型写作、影视改编、互动交流、全版权、反盗版、去草根化、网络批评、排行榜、网络语文等，进行了评介与分析，作者以数据别嫌疑，以事实明是非，以大势定犹豫，理据事入，论从史出，为我国新生网络文学研究开辟出一条实证主导的求真务实之路。这些研究主要从媒介技术、分类方式的角度进行了理论准备，同时对早期门户网站模式进行了探索，提供了宝贵的历史现场资料以及相关理论借鉴。同时，也有学者从历史演变出发，对网络文学网站的演变发展历程出发，总结归纳出不同历史时期的特点。

一 关于媒介技术的相关思考

2009 年，洪治纲在讨论网络时代文学的合法性危机问题时指出，信息时代以其发达的技术手段，使各种文化的生产出现高度过剩。这种文化生产的过剩，意味着被生产出来的信息量远远超出了主体的接受能力，从而导致了主体无法正常地行使自己的判断能力。这一情形已经在当前的文学创作中越来越突出地体现出来。网络作为信息时代的标志性载体，其表现尤为明显。譬如中国盛大文学旗下的"起点中文网"，该网站"平均每天就有超过 1100 人为其长篇网络原创小说写稿。每天，这个网站内容更新超过 3400 万字"。仅一家文学网站，每天就可以"创作"出如此海量的作品；如果将全国所有文学网站每天上传的作品累计起来，那将会是一个什么样的庞大数字？如果再将它们一年的上传作品统计出来，那将会是一个什么样的天文数字？①

2000 年，笔者曾就"互联网与文学艺术的革新"这一论题，在《赛博空间中当代文学艺术的命运》《现代传媒及其对艺术生产的影响》等文章中进行过探讨。笔者完全认同把电报作为电子化传播新时代标志的观点，因为，自从电报问世以后，新的电子传媒仿佛凭着一种魔力，跨越了时空的阻碍，使文化真正变成了一种异地同现的、唾手可得的、自由自在的赛博空间中美丽的桃花源。在电报之后，电影、无线电广播、电视等电子传媒先后登场。今天，当我们放眼向四面望去，大众传媒的影响无处不在。我们无法想象离开大众传媒以后，我们将会如何生活，我们也无法想象在没有大众传媒之前人类的生活。大众传媒创造或者说构造了一个新的世界，正如麦克卢汉所说的，"新的传播媒介不是人与自然之间的桥梁，它们就是自然"②。

从历史发展的角度来看，一般认为，传播媒介经历了口语文化、书面和印刷文化以及电子媒介三个阶段。由于口语文化易于失真和失传，受时间和地域的局限，所以麦克卢汉把口语文化称为部落文化。当文字系统出现后，人类文化就进入了书面文化的阶段。文字使文化传播和储存成为一种符号化的转换技术，"使语言脱离了口语传统，向世俗权力转变，结果对空间关系的强调超过了对时间关系的关注"③。这就是有文字记载以来的文化能较好地得以继承和发展的原因。

在电子媒介系统中，声音和图像不像在口语文化时期那样一闪即逝，它使文化的时间性与空间性完美地结合起来，清除了书面文化的

---

① 洪治纲：《信息时代与文学合法性的危机》，中国作家网 2009 年 8 月 20 日，http：//www. chinawriter. com. cn/bk/2009 – 08 – 20/37351. html，2021 年 10 月 20 日查询。

② ［美］丹尼尔·杰切特罗姆：《传播媒介与美国人的思想——从莫尔斯到麦克卢汉》，曹静生、黄艾禾译，中国广播电视出版社 1997 年版，第 192 页。

③ ［美］丹尼尔·杰切特罗姆：《传播媒介与美国人的思想——从莫尔斯到麦克卢汉》，曹静生、黄艾禾译，中国广播电视出版社 1997 年版，第 169 页。

文字符号对大众的限制。在电子文化系统中文学和艺术不再是有文化、有教养的少数人的专利，任何人都可以通过电子媒介的声音和图像分享艺术作品。由于无线电波能到达全球的任何一个角落，这就使电子传媒成为有史以来影响最广泛的传播方式。互联网作为电子传媒家族中的后起之秀，不像广播电视可以采用种种干扰措施来降低影响，它更加无视人为的疆界。尼葛洛庞蒂在《数字化生存》一书中指出：

> 数字化可以让你在传送信号（signal）时，附加上纠正错误（电话杂音、无线电干扰或电视雪花）的信息。只要在数字信号中加上几个额外的比特，并且采用日益成熟的、能因噪音和媒体的不同而相应发挥作用的纠错技术，就能去除这些干扰。在 CD 光盘上，1/3 的比特是用来纠正错误的，同样的技术也可以应用到目前的电视机上，从而使每个家庭都可以接收到有演播室效果的画面，影像比现在清楚许多，以致于你可能把这种电视误以为所谓的"高清晰度电视"。①

尼葛洛庞蒂相信，纠正错误和压缩数据是发展数字电视最明显的两个理由。以同样的带宽，过去只能容纳一种充满杂音的模拟电视信号，现在却可以塞入四种高品质的数字电视信号。不仅传出去的画面品质更佳，而且利用同一频道，你还可能拥有四倍的观众数目和四倍的广告收入。大多数的媒体管理人员在思考和论及数字化的意义时，念念不忘的正是现有的东西能以更好和更有效率的方式传播。但如同特洛伊木马一样，这个礼物产生的后果可能令人意想不到。由于数字化的缘故，全新的节目内容会大量出现，新的竞争者和新的经济模式也会不断涌向前台，并且有可能催生出提供信息和娱乐的家庭工业。

比特电视使文化艺术的传播在"赛博空间"中变得更加逼真生动、更加纤毫毕现。有人预言未来的电视将等同于电脑，机顶盒将变

---

① ［美］尼葛洛庞蒂：《数字化生存》，胡泳、范海燕译，海南出版社1996年版，第28页。

得只有信用卡般大小，只要插入一个软件，就能把电脑变成有线电视、电话或卫星通信的电子通道。可见，"赛博空间"的出现实际就是现代媒体的一场新的革命。"媒体预言家"德克霍夫在《文化的肌肤：真实社会的电子克隆》这一曾被誉为加拿大第一畅销书的著作中，就详细讨论了通信技术和电子媒体对现代社会的影响和作用。作者认为，电子媒体和赛博空间将会改变我们的心理状态；虚拟现实技术将会填补观念与现实之间的鸿沟；人类正在创造一种超越任何个人智慧的集体心智。这本书中还专设了"赛博空间"一章，分析了赛博空间中的媒介革命对社会生活的影响。作者以艺术作品为例说，《完全记忆力》是一部我们新近获得的虚拟现实和科幻小说技术的电影，阿诺德·施瓦辛格在片中一身冷汗地醒了过来，他不知道自己是正在进入还是走出一种彻头彻尾的幻觉——这是由一家以致幻剂为主要手段的旅行社为他制造的，由于他重生的记忆是如此真实，以至于他无法区分事实与小说（这让人想起庄周梦蝶的故事）。作者在虚拟现实后加上一个注释说，就像 AI 通常代表"人工智能"（Artificial Intelligence）一样，从今以后 VR 也会非常通用地指称"虚拟现实"（Virtual Reality）。但是，虚拟现实正好也被称为人工想象力或人造意识，正是由于现在我们能把人工视觉、听觉和触觉等感官信息包容于我们已被延伸的意识之中，所以我们可以真正地考虑人造意识的可能性。AI 其实就是没有感官参与的人造意识（AC）。只有通过增加感官的相互作用，我们才能恢复外在于我们身体的那种内省（interiority），而这正是人类意识的特点。

德克霍夫相信，或早或晚，你也会遇到这种情形，当然除了你不会一身冷汗地醒来，也不会一直做梦，为了停止这种体验，你只需摘下你的目视传音装置后关上计算机。虚拟现实机器使如下的天方夜谭似的幻想不费吹灰之力就能变成现实，即，对有些文化的操作者而言，漫步不是被视作穿越空间，而是被视为"把空间推至足下"。从理论上讲，这就意味着，任何人任何时候都能任意发表任何作品；任何人在任何时候都能任意欣赏任何国家任何时代的艺术品。将来某一天，你足不出户就可以用手去感触（更不用说观赏）卢浮宫里的任何珍贵艺术收藏品。用手感触？用手感触！

德克霍夫最为大胆的理论就是"集成即触摸"。他说，教育者和许多艺术家已经想到触觉可能是人们最重要的认知工具。婴儿通过触摸学习，而成人则通过"领会"某一情境（这显然是一个触觉隐喻）学习。我们为我们已经知道或需要知道的事情形成了一种内心感受。在共用主机还大行其道的早期岁月里，麦克卢汉就以他艺术家般的敏感得出了计算机化将引起触摸的预言。德克霍夫说，直到最近，我们才有可能变魔术似的当场考虑某件事情并把它做完，改变一页写好的文字或一幅绘好的油画至少要几分钟，而现在，相互作用的速度已提高到转瞬即成的程度。不仅在 VR 模拟中有可能体验即时反应，而且借助更简单的眼睛追踪界面装置或生物反馈也有可能做到这一点。在技术上已被延伸的大脑，可以伸出其外部的智能感觉器官网络来"吞下"环境，其方式就像海参伸出其胃部捕获浮游生物那样。触觉延伸的作用在这里是极其重要的，因为它是基本的。触觉涉入了思维领域，不管是我们头脑中的还是机器中的，它成为思维过程中的一个参与者。模拟的触觉是首要的心理技术，其力量足以把我们从有读写能力的理论的直截了当的精神状态中拉出来。[①] 可以肯定，这一发生在赛博空间中的技术革命，必将给未来的艺术生产带来不可估量的影响。事实上，它对传统文学艺术的深刻影响正在悄悄地改变着文学艺术的内在精蕴，正在"漫不经心"地以真正的"闪电"速度改写着有着悠久历史的文学艺术的"赛博时代史"。

例如，多少世纪以来，舞蹈一直是靠身体动作流传下来的，但是，舞蹈已逐渐进入了电子时代，几十年来，电子技术已应用于记录并再现已有的舞蹈设计。近年来，技术手段及其成果正在以极快的速度走向尖端化。今天的计算机技术可以对舞蹈这种天生的视觉艺术起到重

---

① ［加拿大］德克霍夫：《文化的肌肤——真实社会的电子克隆》，汪冰译，河北大学出版社 1998 年版，第 48、60 页。

要的作用，而舞蹈也对技术的发展有所帮助。资料表明，舞蹈家们可以用电脑软件编写舞蹈程序，这样就可以大大减少制定和研究舞谱所需的时间，电脑还能为舞蹈教师创建全面的、档案式的网址和数据库，并记录下那些不太知名的作品。如今，技术的高度发展终于带来了由计算机创造、为计算机所用的"虚拟舞蹈"。如美国，一个名为"精灵再现"的虚拟舞蹈装置。通过这一装置可以看到一个姿态优雅的形象在看起来有些古怪的三维空间中重复比尔·琼斯的舞蹈动作。而一个所谓的"镜与烟"光盘只读存储器使观众可以穿过一场舞蹈表演的各个"电子空间"，从而获得多种体验。研究者说，这种形式是"现场表演的扩展"，但不是模拟实际表演，舞蹈因此成了另外的某种东西；它不是为了替代真正的表演，而是要扩展表演的界限。

但是，如以冷眼看热点，我们不难发现，学术界所关注的热点问题很少真正来自文学自身，这个倾向，在文学理论界表现得尤为突出。这些年来的文论热点问题，要么来自西方文化思潮，要么来自大众传播媒介，要么跟风于其他文化热点。譬如说近些年文学研究论文排名靠前的高频词汇——全球化、现代性、后现代、文化研究、消费文化、视觉文化、生态文化、媒介批评、网络文化等，几乎都是来自当代文学创作和文学批评之外的领域。

以 2010 年的情况为例。对 2010 年度热点问题相关资料稍作检索，不难发现，2010 年的热点问题虽少有 2009 年时逢"三六九"（改革开放 30 年、中华人民共和国成立 60 年、纪念五四运动 90 年）那样具有鲜明年度特色的论题，但颇有社会影响的热点问题仍旧为数不少，如媒介文化、生态批评等，该年度的相关专著和报刊文章甚为壮观，又如"当代文学价值论争鸣"将 2009 年文学"唱盛与唱衰"的论战推到了学理化探索的层面，某些学者们津津乐道的论题如"读屏文化的兴起与文学的数字化生存"，2010 年度又推出了一批令人耳目一新的重要成果。

据中国互联网络信息中心统计表明，截至 2010 年 6 月，我国网民已达 4.2 亿，手机网民 2.77 亿，而文学网民就有 1.88 亿，一个大型文学网站一天的原创作品更新以千万字计，点击量可达数万。庞大的作品数量、写手群落和读者群体，改变了当代文学的总体格局，使网络文学对当代文坛乃至整个社会文化的影响力越来越大。有研究者指出，网络文学研究在我国已超过十年，有一批资深的文学研究者在这一领域辛勤耕耘，更有众多年轻的学者对网络文学投以理论的热情，出现了许多有分量的研究专著、理论丛书和学术论文，还有众多大学生、硕士生和博士生把网络文学作为学位论文选题。如今网络写手开始加入中国作协，网络文学研究成果能够入围鲁迅文学奖，政府部门也早就设立了国家社科基金和省部级网络文学研究课题，有些大学已经开设了网络文学课程，设置了网络文学的研究基地、研究中心等，网络文学在与传统文学的对立与融合过程中，逐渐形成了一种良性互动的新型发展模式，特别是以汉王电纸书、iPad 和 3G 手机为代表的移动屏媒的崛起，使文学数字化生存走上了可持续发展的轨道。

　　所谓"屏媒文化"，作为媒介文化的有机组成部分，它首先可以看作因大众媒介的社会影响而产生的一种文化形态，是显现在数字化语境中、大众传播活动中的社会文化现象。数字屏媒以不同的形态分散在电影文化、电视文化、网络文化、移动通信等不同文化类型之中，就其本质而言，数字屏媒文化属于大众文化的范畴，就其发展趋势而言，它具有广泛推行社会价值规范与建构社会价值意识的强大潜在功能，是现代社会总体文化系统中由大众媒介所建构的一个亚文化系统，目前，它正在由一种新生文化形态进入当代社会主流文化体系和相关学术研究前沿。不难想见，数字屏媒文化的崛起不仅是科学技术领域关注的重大课题，同时也是人文社科领域不得不认真对待的重大课题。

　　就文学创作而言，读屏文化的兴起与文学数字化生存在该年度也有可圈可点的表现，例如，在网络原创与书面创作二分天下的背景下，新浪读书频道、搜狐读书频道、腾讯读书频道、盛大文学（起点中文、红袖添香、晋江原创）、中文在线（17K 小说、四月天）、幻剑书盟、小说阅读网、逐浪网、君子堂、达达网络文学社、天堂鸟文学城、大众网、大洋网、大河网、红网等文学网站，已在文学原创的主要战场和前沿阵地站稳了脚跟，众多文学网站该年度共同举办的"2010 中国网络文学节"，制造了一起传统文学望尘莫及的"文学事件"，这样的年度事件，值得我们关注。事实上，学术界对这样的活动也投入了前所未有的热情，不少知名报刊和网站的学术栏目都对这一事件给予了充分的报道和评论。与此相关的另一个值得一提的事件是"中国原创网络文学年度盛典"，作为一年一度的"中国网络文学节"的亮点，国家版权局、广电总局的有关领导与知名网络作家及写手、网评人、编剧、影视制作人、版权产业专家、网络文学网站代表、图书出版业界人士、企业家代表联袂出席，共同见证了中国网络文学领域该年度倾情打造的辉煌时刻。

不言而喻，"读屏文化的兴起与文学的数字化生存"包含着极为丰富的内涵，但我们在这里强调的主要是指文学数字化生存的新动向——网络化、游戏化、市场化。该年度有许多围绕网络文学开展的活动引起了学术界的关注，除上述"文学事件"外，盛大高调举办的网络文学调查，也引起了众多网络文学研究者的密切关注。这一调查对全面了解中国网络文学的发展现状、对网络文学发展趋势进行预判具有重要意义。本次调查结果表明，移动阅读即电子书的火爆正在引发"阅读的第三次革命"，不少人相信，电子书终有一天会全面取代纸质图书，今天的读屏时尚在不久的将来必将成为日常阅读的主要形式。①

二 对于网络文学分类方式的思考

网络犹如无边无际的海洋，无论规模多么宏大的调研都只能起到"管窥蠡测"的效果，网络犹如永不停歇的风暴，无论笔触多么细致的描绘都只能记录其"白驹过隙"的一瞬。例如，前文记录的许多数据，在互联网上都已发生了很大变化，我们的记录与分析已被时间无情抛弃，唯其如此，我们的研究才更有不可替代的意义。人类是唯一

---

① 陈定家：《读屏文化的兴起与文学数字化生存》，《中国社会科学报》2011 年 1 月 13 日。

珍视历史的动物，并不因为时间无情而抛弃历史，相反，历史会随着时间不可抗拒的流逝而变得更有魅力。2000年，欧阳友权对"网络文学'网'了些什么"的问题进行了拓荒式调查研究，他将自己调研结果写成了题为《互联网上的文学风景》的报告，简明扼要地回答了网络文学"网"了些什么的问题。这些资料具有极为珍贵的历史价值，堪称当代网络文学调研的奠基之作。在这篇文章中，欧阳友权总结出网络文学主要包括"电子化了的传统印刷品文学""网络原创文学""网上文学信息"三类，并通过当时文学网站的分类方式进行了证明，用学术的方式肯定了网络文学网站分类方式的科学性和合理性。

（一）电子化了的传统印刷品文学

把传统的文学作品电子化后送进网络，安放在"文学收藏室"供人浏览，是许多文学网站和综合网站的常见做法。从古代经史子集到唐诗、宋词、元曲和明清小说，从五四新文学时期的鲁迅、郭沫若等文学名家的名作品到当代知名作家的作品，乃至2000年诺贝尔文学奖得主高行健的作品，网上都应有尽有，网站间还不时将这些作品相互转贴。外国文学作品在网上有按时代和国别收藏的，有按文体归类的，也有按作家姓氏字母排序的，多数文学网站均有收揽。

以"搜狐"网站的文学视窗为例，它在"作家/作品"栏目中就做了这样的分类：

古代作家作品（350）　现当代作家作品（4783）
港台作家作品（829）　海外华人作品（89）
外国作家作品（140）　诺贝尔文学奖获奖作家（126）
女作家文库（1293）

随即还列出了如鲁迅、老舍、巴金、钱钟书、贾平凹、三毛、卡夫卡、海明威、大江健三郎等中外78位著名作家的个人专集，并介绍了查阅中外文学名著的33个专门网站。

再如文学网站"百万书库"对上网的传统印刷品文学作了这样的栏目索引：

武侠小说、言情小说、现代文学、科幻小说、古典文学、外国文学、纪实文学、侦探小说等。

然后以"快速导航"链接推出：

武侠小说：金庸系列；古龙系列；黄易系列；梁羽生系列；以及温瑞安、云中岳、卧龙生、司马紫烟、风云系列等。

言情小说：琼瑶系列；席娟—亦舒—董妮—凌淑芬—于晴—梁凤仪—岑凯伦。

现代文学：路遥文集—李敖文集—贾平凹—高阳。

科幻小说：倪匡系列—黄易—田中方树—阿西莫夫。

古典小说：红楼梦—三国演义—水浒传—西游记。

这些网站把文学名著搬上网络，其意义有二：就网站方面来说，有了文学名著坐镇可以提升网站的艺术品位，吸引更多网民点击，增加访问量；就文学本身而言，名著上网有利于加快文学经典的广泛流传，扩大文学影响力，满足读者的审美需要，并且可以减轻图书馆的借阅压力，当然也相应减少了图书市场的名著销售量。

（二）网络原创文学

最能体现网络文学本质特征的应该是网络原创文学——由网民在电脑上完成创作、并在网络首发的文学作品。我国已有网络原创文学网站 268 个，发表的网络原创作品难以数计。以专门刊载网络原创作品的"榕树下"为例，它从 1997 年建站到 2001 年 8 月底，已登载原创作品近 62 万篇（部），达 8 亿多字，这个数字是任何一家传统的文学报刊和文艺出版社在同期内难以企及的。笔者对该网站相关栏目显示的 1998 年 1 月以来小说、诗歌、散文篇目分别作了如下统计：共有作品 190913 篇，其中有小说 56993 篇，占网站作品总数的 29.85%；

诗歌 37313 篇，占网站作品总数的 19.54%；散文 96607 篇，占网站作品总数的 50.6%。

从作品体裁上看，网络原创文学除了传统的诗歌、小说、散文和剧本体裁外，带有纪实性的心情告白、网恋故事、琐屑人生、旅游笔记、校园写真一类的作品占了很大比例。笔者对搜狐网站的"搜狐原创文学"视窗中的 22778 篇作品的数据作了统计（见表 4 - 1）。

表 4 - 1　　　　　　"搜狐原创文学"各类体裁所占比例

作品类别	发表篇数	所占比例（%）	作品类别	发表篇数	所占比例（%）
网上燃情	5226	22.9	诗词韵文	4836	21.23
心情告白	4095	17.97	文学评论	180	0.79
琐屑人生	1036	4.54	菁菁校园	897	3.93
武侠天地	380	1.66	旅游笔记	195	0.85
失恋况味	663	2.91	留学生活	78	0.34
小说杂文	2240	9.83	科幻世界	234	1.02
散文随笔	2262	9.93	其他类别	456	2

这里对文学体裁和题材的划分从逻辑上看存在着交叉现象，但大致反映了目前网络原创文学的基本状况。欧阳友权还调查了榕树下、橄榄树、黄金书屋、新语丝、汉语文学、网络文学在线、网络文学城堡、白鹿书院、大唐中文、中国原创文学等 10 个文学专门网站作品的题材状况，结果表明，情爱题材、搞笑题材和武侠题材占据了原创作品的前三位。其中，以网恋故事为题材的作品竟占 43%，其次是搞笑题材，约占 17%，而武侠题材的作品约占 15%。以小说为例，如 2001 年 5 月 15 日黄金书屋网站的"原创文学"平台上，有长篇小说 86 部，其中爱情题材作品 53 部，占 61.6%；中篇小说 356 部，其中爱情题材有 239 部，占 67%；短篇小说 1714 篇，其中写爱情的就有 1118 篇，占 65%。

（三）网上文学信息

人们通常用"海量"来形容网上信息之丰富，网上的文学信息亦是如此。这些信息不仅来源于文学网站，也来自其他网站的文化、文学、娱乐栏目和新闻版块。除可供阅读和下载的作品信息和通常所见的文学新闻信息外，网上的有效文学信息突出表现为栏目链接类信息、文学知识类信息和文学研究类信息三种。

文学链接类信息。文学网站主页的链接类信息一方面体现了该网站的办站主旨、网站容量、美学追求和技术水平，另一方面则为网民是否漫游该网站、浏览哪些内容以及如何浏览提供直观链接路径。这些链接栏目通常采用加亮、换色、闪烁、飞字、下划线、改变字体字形、设置抢眼图案或巧妙排列等方式来吸引网民眼球和鼠标，为他们创造信息最大化便利。在这方面，黄金书屋、白鹿书院、汉语文学、大唐中文、亦凡，以及搜狐、雅虎、新浪等网站都做得颇有特色。

文学知识类信息。网上的文学知识类信息可以胜过任何一部文学百科全书。无论是文学常识还是文坛逸闻，也不管是作家作品背景知识还是作品影响和评价资料，网上都可查询到。仅以网上为网友提供的文学描写类知识为例，其一级目录就有景物、场面、人物、闲情4部，每一部下面又有细分总共24种，每一种下面又设有许多子目。这为培养网络文学写手提供了基础知识框架，在写法细节的实践指导上亦有可圈可点的地方，例如人物部的表情类有：爱慕、喜悦、欢笑、羞赧、抑郁、痛苦、哭泣、尴尬、慌乱、愤怒、得意、谄媚、贪婪、阴险、变幻、弥留、其他等17个子目，这为网络文学写作提供了极大的便利但也导致类型化的倾向，各子目里还有中外经典作品的大量相关实例。其资料之丰富、查找之便捷，堪与任何一部文学描写词典相媲美。

文学研究类信息。文学研究类信息主要指作家作品评论和理论批评资料。由于网络文学与传统文学的不同，因此，网络文学研究类信息与传统文学研究类信息也有不同，网络文学研究类信息指的是网络文学具有传统印刷文学所没有的实时、互动、自由、读者中心等特点，任何一个读者可以对任何一个作家作品即时发表意见，网站也为每部作品设立专门的读者评论窗口，一个作品的访问率和评论量常常被视为该作品影响力的客观标志。那些七嘴八舌、直言不讳的评论文字坦诚而率真，是网络文学研究的宝贵资料，一些成熟的网络文学批评文章也受到这些看似散乱、盲目的实时评论的启发。①

基于这一研究成果，欧阳友权在 2008 年主编的《网络文学发展史：汉语网络文学调查纪实》一书中对网络文学网站进行了更深一步的评价研究，（值得注意的是该书将网络文学网站设为全书第一章）。该书对具有代表性的文学网站进行了分类，依据其主要产出的文学类型分为小说网站、诗歌网站、散文网站等 5 个不同的网站类型，并依据收集得到的大量相关数据信息，对文学网站的优化建设提出了批评意见并指出前进方向。

三　关于早期门户网站模式的探索

欧阳友权在对网络文学分类方式进行批评研究的同时，也遵循脚踏实地、实事求是的原则，对早期门户网站的总体状况进行了概述，也对"榕树下"这一具有代表性的门户网站的模式进行了研究和分析，为网络文学网站评价研究提供了先驱式的研究经验。

在《互联网上的文学风景——我国网络文学现状调查与走势分析》一文中，欧阳友权指出：

据中国互联网络信息中心（CNNIC）公布的《中国互联网络发展状况统计报告》显示，截止 2001 年 6 月 30 日，我国的中文网络域名数为 128362 个，WWW 站点数约 242739 个，上网计算机约 1002 万台，网民已达 2650 万人。全球有中文文学网站 3720 个，中国大陆有以"文学"命名的综合性文学网站约 300 个，以"网络文学"命名的文学网站 241 个，发表网络原创文学作品的文学网站 268 个，小说网站 486 个，诗歌网站 249 个，散文网站 358 个，发布剧本的 75 个，发布杂文的 31 个，发布影视作品的

① 以上"电子化了的传统印刷品文学""网络原创文学""网上文学信息"的分类，参见欧阳友权《互联网上的文学风景——我国网络文学现状调查与走势分析》，《三峡大学学报》（人文社会科学版）2001 年第 6 期。

529 个。其他各类非文学网站中设有文学平台或栏目的网站共有 3000 多个。通过检索 165 篇有关论及网络文学的网上评论文章和各大文学网站的"友情链接"得知，在众多文学网站中，影响较大、发表网络原创作品最多的当数"榕树下全球中文原创作品网"，截止 2001 年 8 月 30 日，该网站共发表文章 619343 篇，而且正以日发表作品 1500 篇左右的速度剧增。其他如"黄金书屋"、"橄榄树"、"新语丝"、"今日作家网"、"网络文学在线"、"汉语文学"、"白鹿书院"、"大唐中文网络文学"、"中文网络文学"、"新生代文学网"、"中国文学网"、"中国原创文学站"、"文学精品屋"、"新生代文学网"、"文学世界"、"文学城"、"文学频道"、"中文网络文学"、"博库"、"亦凡"、"花招"、"网络文学城堡"等 20 余家文学网站办得较有特色，在网民中拥有较高的知名度和美誉度。另外，特别值得一提的是，号称"四大门户网站"的搜狐、雅虎、新浪和网易等大型综合性网站都开辟了"文学"视窗，上架大量的文学名著和网络原创作品，提供了丰富的文学信息，它们在文学平台设置、栏目链接、文学容量和信息更新等方面，都为许多专门的文学网站所不及。①

在对众多具有代表性的文学网站进行概览性列举的同时，也有学者希望从"榕树下"这一著名的文学门户网站的个案研究出发，揭开网文网站的模式规律。

"榕树下"是最著名的文学原创网站之一，在某些网络文学批评家的文章中，这个老牌网站几乎成了网络文学的代名词。有研究者在对"榕树下全球中文原创作品网"进行"案例"分析时指出："挖掘自身的网络文学资源，从事网络文学产品的开发成为榕树下理所当然的道路。榕树下选择的是网络文学资源的跨媒体开发和经营。它的业

---

① 欧阳友权：《互联网上的文学风景——我国网络文学现状调查与走势分析》，《三峡大学学报》（人文社会科学版）2001 年第 6 期。

务主要有版权代理、出版、影视广播、广告等几大块，而所有的经营项目都围绕'网络文学'这个中心来进行。"①

榕树下这样的专业网站出现文学一枝独秀的现象似乎是由网站经营者业务定位所决定的，但那些门户网站或大型综合网站中文学网页的百花盛开、春光灿烂的景象似乎更多取决于网络文学的"大气候"。文学的网上繁荣，与"网下"的凋敝景象形成了鲜明对照，这种奇异的反差，在很大程度上给那些将书面文学的衰落归咎于网络文化冲击的文学批评家提供了"口实"。当然，也有一些网络文学研究者认为，正是网络技术为日薄西山的传统文学提供了一个焕发青春的数字化生存的新家园，于是，一些人干脆把互联网比作传统文学的"诺亚方舟"。

尽管自网络文学问世以来，学术界对文学数字化究竟是福是祸的争论一直没有停止过，但随着网络文学的日益壮大，越来越多的人已开始相信这样一种观点——未来的文坛，必将是网络的天下，毕竟人类已进入了一个逐渐超越"原子"束缚的比特化时代，"数字化生存"的口号正在我们的物质生活和精神生活领域演变成一种改天换地或脱胎换骨式的"格式化"运动，可以预见，未来的文学史学家很可能会把文学发展历程总体划分为"前数字化时代的文学"和"数字化时代的文学"两大部类。

以"榕树下"这样的纯文学网站作个案分析来讨论网络文学，切近对象的"在场"优势是不言而喻的，但也明显存在着以文学论文学的局限性，更何况，在数以百万计的中文网站中，纯文学网站毕竟是"稀有品种"，所以以"榕树下"为例，很容易陷入"只见树木不见森林"的研究误区。为此，这里姑且以"非文学专业"网站——搜狐的文学网页为例。大多数经常上网逍遥的"网上逍遥客"，都会注意到这样一个现象，在这个普遍认为文学已日渐边缘化的所谓"后文学"时期，互联网上的确出现了"风景这边独好"的局面。尽管当下的大

---

① 陈阳：《网络文学资源的跨媒体经营——榕树下全球中文原创作品网案例简析》，《编辑之友》2003年第2期。

型网站都具有追逐新潮时尚的媚俗气息，但它们对时尚背后的那些具有传统文化底蕴的"必不可朽之物"并非视而不见，事实上，即便在包罗万象的综合网站，其文学网页也有自己独特的分类标准，既有"古今中外"之分，也有"精粗文野"之别。

　　大型门户网络的文学频道，无疑当在网络文学的主要阵地之列。按照"搜狐"的分类，文学似乎是理所当然地出现在极为重要的主页"一级目录"上，点击"文学"链接的页面，即刻得到网站收录的相关网站52个。其中包括：小说（37385，作品数目，下同）、散文/杂文（5408）、诗歌（620）、戏剧文学（297）、作家/作品（10334）、文学类别（996）、外国文学（6157）、港台文学（3493）、古典文学（1014）、现当代文学（197）、儿童文学（781）、校园文学（241）、纪实文学（1514）、民间文学（71）、轻松文学（456）、军事文学（166）、同志文学（145）、另类文学（48）、原创/网络文学（1259）、文学史（13）、文学理论/批评（82）、奖项/活动（22）、协会/组织（204）、报刊/杂志（86）、出版/发行（666）、网上书店（240）、图书馆（1383）、论坛/BBS（470）。在次生主页上，读者可以随意进入如下网站，只要简略扫描一下这些网站的基本内容就不难发现，这是一个前所未有的奇妙的文学世界：

　　搜狐读书频道（book. sohu. com）：包括书讯、书评并提供各类电子书在线阅读。

　　黄金书屋（www. lycos. net）：综合文学网站，含古典文学、现代文学及网络文学等。

　　白鹿书院（www. oklink. net）：含武侠、爱情、侦探、古典、科幻、军事、外国文学和纪实文学、诗歌等。

　　书香门第（www. bookhome. net）：含武侠文学、网友原创、惊险推理、科学幻想、纪实文学、古典文学、外国文学、儿童文学等。

　　文学视界（www. white-collar. net）：包括文学理论、文化探讨、原创基地等。

　　亦凡公益图书馆（www. shuku. net）：含现代文学、科幻小说、古典文学、武侠小说、军事文学、外国文学、纪实文学、侦探小说、现代诗文、人物传记等。

时代书城（www.mypcera.com/book）：含武侠小说、现代文学、纪实文学、外国名著、古典文学、科幻小说、侦探小说、言情小说、儿童文学等。

左岸（www.zreading.com）：文学站点，有文学论坛、学者专栏、个人文集等。

清韵书院（www.qingyun.com）：含名家专集及小说、散文、诗歌、杂文、文学欣赏等。

全景中文小说/图书大全（www.cnovel.com）：综合文学网站，含古典文学、现代文学及网络文学等。

竹露荷风（www.lotus.net.cn）：收集古典、现代、武侠、科幻、纪实文学及外国文学。

搜狐文学（culture.news.sohu.com/wenxue）：包括小说、诗歌、散文、民俗文学、书评等综合文学作品。

中国文学网（www.literature.net.cn）：中国社会科学院文学研究所主办。

新浪文化生活（cul.sina.com.cn）：新浪网文化生活频道。

四　文学网站历史沿革与内涵构成

网络文学从世纪之交的互联网文化潮声中崛起，是这一文化浪潮中最绚烂的一节乐章。著名网络文学批评家马季根据中文网站创立时间、运营方式和网站规模，对汉语网络文学网站的历史发展态势进行了学术史式的考察。人们清楚地看到，早期网络文学网站花费了极少的人力、物力，满足了极大的社会需求，培育了符合时代潮流的阅读习惯。尤其是以网络文学创作为主要目的文学网站，在一定意义上深刻地改变了全民文学阅读的基本结构，文学创作、传播与接受的模式发生了革命性变化。马季站在历史的高度回望文学网站不算太长的历史，将其划分为四个不同的发展时期，认为不同时期的文学网站具有不同的发展特征。

（一）初创与个人站点时期

20世纪90年代初期，互联网在欧美国家得到广泛应用，中国留学生顺理成章成为华人中最早接触新媒体的人群。当第一波电子商务热潮在欧美国家沸沸扬扬，网络股开始堆积泡沫之际，中国人却用文学撩开了互联网的面纱。1995年创建于美国的《橄榄树》被公认为是第一个汉语原创文学网站，由诗阳、鲁鸣等人创办，最初只是一本网络诗刊，后来由马兰与祥子负责，改为综合性文学网刊。更早一些的中文网络刊物《华夏文摘》（1991年）、《枫华园》（1993年）、《新语丝》（1994年）还不能称之为文学网站。中国大陆于1993年接入Internet，但大规模的在线创作与交流到1997年以后才逐渐形成，早期的网络写作只是局域网上BBS的"圈子"行为，比如"水木清华"。1996年网易开通个人网页，网络上的文学作品第一次面向中国大众阅读。1996年1月，《花招》由网络知名女性写手鸣鸿与红墙在美国创办，作为揭开女性网络写作序幕的网刊，《花招》后来取得美国国家图书馆杂志编号，成为北美第一家具有自己专有域名，并获得法律认可的网站。

早期最有影响力的文学站点"黄金书屋"，创办于1998年5月。最早它办起了"网人原创"专栏，开始了对网络原创队伍的培养。与"黄金书屋"同时盛行于网络的文学站点，还有1998年3月问世的"文学城"和1998年7月创办的"书路"，开办不久，这两个站点的月页面浏览人数均超过100万人次，邮件订阅人数达到10000人次。

（二）扩容与壮大时期

1999年8月，朱威廉成立了上海榕树下计算机有限公司，中国大陆独立的文学网站由此开始起步。当时，雄心勃勃的榕树下网站特别邀请陈村、安妮宝贝、李寻欢、宁财神等传统作家和网络作家加盟，试图在网络上创建一片新的文学天地。

独树一帜的"榕树下"文学网以原创文学为主，它发起的原创文学作品大赛引发了第一次网络文学的大潮，由于切合当时更多读者的需求，"榕树下"得到迅猛发展。继后，"榕树下"推出了陆佑青的《死亡日记》，造成巨大轰动，占据网络文学的半壁江山。在艰难运行一段时间后，榕树下感到经济压力很大，难以为继，于是向读者试探性提出"一元包月"的阅读计划，但此建议遭到大多数读者激烈反对，未能实施。在经历了1999—2001年三届原创文学大赛之后，"榕树下"中文网络原创基地的魅力渐渐失去，而成为中学生作文的集中营。随后，天涯虚拟社区"舞文弄墨"和"乐趣园"的"小说之家""新小说"论坛，接过了"榕树下"的大旗，引发了新一轮的网络写作高潮。2001年的天涯"舞文弄墨"盛况空前、写手如林，先后有过三次造星运动。第一次是上半年西门大官人的出现，他以长篇连载《你说你哪儿都敏感》成为天涯新星；第二次是原"天涯纵横"文青兼愤青雷立刚在2001年5月担任"舞文弄墨"客座版主，逐渐融入天涯网络写手群体，并依靠大量小说和散文迅速崛起；第三次是下半年心乱贴出其长篇小说《新欢》的头两部，在当时创造了天涯点击的奇迹。

"西陆网"也是早期个人文学站点的代表之一。1999年6月，邹子挺（网名：连天）、孙立文（网名：西域浪子）两人在西安创办了"西陆网"，1999年7月4日正式上线运营时，全部资产只有一台PC机。2000年初，"西陆网"获得三九集团融资，成立北京西陆信息技术有限公司。2001年冬天，西陆咖啡屋上线，当时正值网络文学迅猛发展，立即吸引了众多网络作者的加盟。西陆网后来成为最受网民喜欢的"网络论坛"之一，虽然在网络文学领域一直没有创立自己的品牌，但仍然不失为最早的网络文学平台之一。2001年1月，自娱自乐、一意孤行和红尘阁等四个文学论坛宣布退出西陆，加盟2000年8月创办的"龙的天空"，成立龙的天空原创联盟网站。龙空离开西陆以后，百战、天鹰等BBS逐渐崛起，爬爬、翠微居等新兴的网站也各领风骚了一段时间。这里必须提及的是，一度以西陆为基地，并于

2001 年 11 月创建玄幻小说协会的吴文辉、宝剑锋（林庭锋）等玄幻文学爱好者，2002 年 5 月独立建站，并改名为原创小说协会——起点中文网，简称起点中文网。文学网站由此进入了一个全新阶段——商业化转型期。

（三）商业化试水时期

文学网站商业化有两个发展方向，一个是不断扩大网站资源占有量，以期待创建付费阅读模式，这一做法风险很大；另一个就是放弃网站的发展，为作者提供版权代理，走实体书出版路线。龙的天空原创联盟网站很快就面临上述选择，因为随着流量的增大，服务器资源亮起红灯，访问速度越来越慢。是继续投资扩建网站规模，还是另辟蹊径？龙空选择了放弃网络进入出版市场。随后成立了北京幻想文化公司，签走当时网络上最好的原创作品，买断了网站上的大批作品，放弃网上更新，进行出版运作。从那个时候开始，龙空从文学网站的主导者逐渐变成了旁观者。

2000 年 10 月，由书情小筑、石头书城、小书亭、凝风天下等个人网站组建的幻剑书盟，开始一直为寻找稳定的空间而奔波，从全球互联到 myrice，再到温州联通。2002 年 1 月，幻剑书盟稳定下来并逐渐产生影响。在"龙的天空"退位之后，文学网站进入了以幻剑书盟与起点中文网为主要代表的阶段。

最初，幻剑书盟的商业运营并不顺利，头几年总共才赚了不足 1000 元，以这个标准宣称建立 VIP 制度近乎纸上谈兵。2003 年 6 月，北京幻剑书盟科技发展有限公司成立，幻剑书盟正式步入商业化道路。2004 年 7 月，幻剑书盟商业运作初见成效，收入主要来自会员费和广告，网站的运营成本每月在 3 万—5 万元，收入在 5 万—10 万元，盈余部分开出人员工资、稿酬和服务器成本，收支基本平衡。

从 2003 年 9 月起，大量新人加入网络写作行列，推动了创作与阅读的繁荣。赶上风头的"起点中文网"这时出现利好势头，原创文学作品的数量急剧增加，流量飞速上涨。呼之欲出 VIP 付费阅读模式在经过"读写网"和"明杨·全球中文品书网"的试水以后，于 2003 年 10 月由"起点中文网"正式运行，然后在各大网站迅速传播。

（四）资源整合与产业化时期

2004 年 10 月，盛大网络公司对起点中文网的收购，掀开了文学网站发展史上新的一页，宣告了纯以文学特色、诸强并存的文学网站时代结束。此后，一系列收购、兼并、合作、资源整合等行动纷纷出台，资金大面积进入文学网站，网络文学产业化的苗头出现。

2004 年，幻剑书盟也有很大动作，先与腾讯建立起初步合作关系，再与知名门户网站搜狐开了幻剑作品专区，继而又组织新浪"绝对现场"栏目对作者进行专访，与《电脑商情报·游戏天地》共同举办"九城杯"全国游戏文学大赛，还与易趣网联合举办了两场手机拍卖活动。

2004 年，天鹰文学网再度雄起，并与爬爬、逐浪结成三站联盟，VIP 作品质量有大幅提高，作为中国文学网站大三角的一端而崛起。

网络文学与传统文学的合作也在这时出现。2004 年 8 月，著名文学网站"红袖添香"在北京举办成立五周年庆典，《电脑报》、新华社、《香港文汇报》等多家媒体参与了这次活动。国内知名作家、文学评论家、高校教授、学子、红袖作者等也会聚一堂。

2006 年 3 月 13 日，"TOM 在线"以 2000 万元注资幻剑书盟，随后在 4 月 15 日召开"网络文学发展与出版峰会"，继续强化拓展网络文学线下出版业务。

2006 年 5 月，以数字阅读为主业的中文在线推出全新的互联网阅读平台"一起看文学网"（17K 文学网），采取了与起点中文网同样的付费阅读模式，很快成为业界的代表网站之一。

2007 年 3 月，盛大向起点中文网追加投资 1 亿元，逐步建立完善了以创作、培养、销售为一体的电子出版机制，并且与国内多家权威出版机构合作，成为国内规模最大的网络文学作品版权运作中心。

2007 年 5 月，腾讯网读书频道率先推出 VIP 会员制，成为首个涉足付费阅读业务的大型门户网站。随后，新浪也宣布 8 月底推出付费阅读业务。大型门户网站推出付费阅读不仅在网友中引起巨大反响，在出版业内也引发了一次小地震。目前，腾讯网读书频道拥有 10 万 VIP 会员，采取"10 元包月"付费阅读模式，这一方式相对简单，与专业文学网站之间没有太多的利益竞争。

2008 年 6 月，北京完美时空（PWRD）投资成立北京幻想纵横网络技术有限公司，9 月，创建大型中文原创阅读网站纵横中文网，在强大资金的支撑下，迅速成为文学网站的中坚力量。北京幻想纵横网络技术有限公司主要承担完美时空文化战略方向的业务，拥有"纵横中文""纵横动漫"等诸多优秀品牌与资源，深入贯穿线上阅读、线下出版、动漫改编、游戏改编、影视改编等整条文化产业链。

2008 年 7 月，上海盛大网络发展有限公司成立了盛大文学有限公司（实际名称为"盛霆信息技术（上海）有限公司"）。公司专注于运营文学版权，为电子付费阅读、线下出版、电影、游戏、动画等提供有版权的内容。

盛大文学在收购重要文学网站的同时，还十分注意与传统文学领域的融通，先后与《文艺报》《文学报》以及作协组织等合作举行了征文活动和创作研讨活动，在网络文学界率先获得了更多的社会支持。

2009 年 12 月 25 日，盛大文学与"欢乐传媒"联手重新打造的新版"榕树下"上线。

2010 年 2 月，成立于 2004 年 5 月的"小说阅读网"被盛大文学收购，3 月 31 日盛大文学又成功收购了另一家文学网站"潇湘书院"，以及新锐网站"言情小说吧"。至此，盛大旗下已经拥有 7 家大型文学网站，在网络文学产业中占据了绝对领先的位置。

回顾文学网站的发展历程，自然会引起我们对整个文学生态的思考。网络文学的影响力日渐增强，虽然不会取代纸质出版，但因为用户群阅读习惯的转变而逐渐拥有越来越重要的社会价值。在这一前提下，网络文学能否与传统审美方式接轨，是一个问题。另外一个由此而生发的问题是，传统文学是否具备互联网传播并盈利的价值。令人担心的是，收购文学网站的多数是传媒企业，而不是风险投资基金（VC），他们收购的目的只是为了补充企业原有业务的不足或欠缺，而非文学网站的独立运作。作为产业，文学网站的独立性仍然不够强大。因此，在创作题材、创作形式上都出现了一些问题，比如"注水"现象，这个现象在资本进入之前几乎是不存在的。我们期待文学网站能够在下一轮调整时，获得足够强大的动力，能够真正起飞起来，为中国当代文学做出自己的贡献。

第二节　网络文学网站评价中的基本要素分析

文学网站评价体系要求对网络文学网站的构成要素进行分析，一般而言，其构成要素可以分为"社会效益""管理机制""经营状况"三个方面。实际上，文学网站作为网络文学世界的重要媒介，其涉及了若干个主营或经营网络文学的企业、数以百计的网络文学作品的电子发行、成千上万的网络写手的切身利益、数不胜数的网络文学读者的不同偏好。可以说，一个文学网站的窗口就是一个网络文学的世界，在对文学网站的问题进行研究时，我们借鉴了传统的文学批评理念，也融合了当代管理学、经济学的评价标准，因此，我们析出了3个二级层次、10个三级层次，通过专家打分与行业发展现状数据相互结合，以求从中抽丝剥茧、对症下药，针对网络文学的发展现状和未来愿景，我们提出文学网站的发展要以社会效益为核心兼顾市场利润，以产业利润哺育产业产值扩张的辩证关系；对于网络文学作品而言，兼顾人文精神与市场口味是当前发展的要求，既不能过于追求阳春白雪也不可为"五斗米"失去底线。

一　社会效益

文学网站要坚持将社会效益放在第一位，以传承中华优秀传统文化和传播时代精神为核心，发挥文学网站的社会效益作用要求从"作者影响力""作品影响力""读者影响力"三个方面进行评估。

（一）作者影响力

对文学网站的作家影响力进行评估，可以依据《2019 年中国网络文学作家影响力榜》《2020 年中国网络文学作家影响力榜》所列信息进行评价。文学网站虽然连接网络文学作家、网络运营商、影视制片商、出版社等多方合作机构及平台，但网络文学作家仍然是网络文学网站、网络文学作品的第一生产者，作家作为内容的直接生产者首先关注的是作品本身的构思，其次才会关注网站本身的影响力，作品的成功也就成为作家影响力的重要因素，其次才是文学网站对作家本身的推介。因此，作家影响力实际上很大程度上由作品影响力来决定，作品作为客观实在的研究对象要比直接度量作家影响力更为方便，例如有的调查机构根据文学网站中作者名目下的作品点击量、收藏量进行评估，也有的调查机构从流量统计的角度出发，对作者及相关作品的微博讨论量、微信讨论量、互联网曝光度进行综合评价。

总之，以作品为中心来反映作家影响力是目前最为主要的方式。随着网络文学的发展，现在一些最新的调查渠道还融合了作家作品互动性、创作性、IP 开发程度等更为综合的方式。这些方式都扎根于文化产业的内生逻辑中，所谓作家作品互动性指的是作家亲自下场，不仅是幕后的叙事者还是在场的讨论者，在一部作品还没有完结之前频频参与读者的讨论之中，并由此来修改自己的创作意图；创作性则是较为传统的衡量标准，即以作家作品的原创程度为标准，这要求作家构思更具有想象力，作品要避免千篇一律不落窠臼；IP 开发程度则指的是作品在未完结或完结之后，是否有音频、视频、影讯等衍生品创作。

（二）作品影响力

作品影响力指的是一部作品在其母语环境中的文化辨识程度和在非母语环境下的文化传播程度。根据作品影响力可以判断一个文学网站在文艺生产方面的能力，从目前的发展阶段来看，文学网站致力于推动网络文学作品向着"超级长篇化"的趋势发展，对于文学网站而言，追求流量增值推动了作品越写越长，也促进了从"讲好一个故事"向"讲长一个故事"发展。究其原因在于，作品越写越长可以加深粉丝的黏合度，从"读"一个故事到"沉浸"于一个故事，这是网络文学在接受美学方面区别于传统文学的一个要素；另一个原因在于，只有超长篇幅的作品才能实现文艺生产的工业化趋向，在中国传统文学的发展历程中，虽然主流的文学体裁也是向着越写越长发展的，例如从四言诗到七言律诗，从诗歌到词的创作，从散文传奇到公案言情小说，等等，但任何文学传统都以表达的贴切、叙事的技巧为创作追求，从这一点来看网络文学为了实现类型化生产也就不得不追求超长篇幅的创作，唯有实现创作篇幅的扩容才能将不同类型的内容放置进去，尤其是"修仙""仙侠"类小说不论是单部作品内还是多部作品之间都存在不同的"套路"和重复。

对于网络文学作品而言，超长篇幅并不意味着"应写尽写"的流水账式创作，但不可避免地出现了很多"灌水""洗稿"现象，因此，对于一部作品的影响力评价更需要从作品质量上出发，通过评价的方式引导网络文学作品在篇幅和故事结构上有更高的追求。文学作品是语言的艺术，在欣赏网络文学作品中的自由想象和奇幻描绘的同时，也应当对作品的语言予以评价，现在越来越多的网络文学作品向着"剧本化"的趋势发展，这不能不说是 IP 改编带来的影响，把一个故事讲的新奇、梦幻从而获得粉丝的追求与一部作品带来的整体审美理念有着巨大的不同，现在的网络文学作品新奇有余而理念不足是常态。相较于传统文学作品，网络文学作品的优势在于题材丰富，以起点中文网的分类为例，就有"玄幻、奇幻、武侠、仙侠、都市、现实、军事、历史、游戏、体育、科幻、悬疑、诸天无限、轻小说、短篇"等 15 个种类，每一个种类又可以再继续细分。但正如前文所说，在工业化文艺生产的推动下，追求利润成为文学网站的首要目标，因此，每一个类型爆火之后便会引起不同程度的跟风套用，虽然种类繁多，但在作品表现形式上却出现故事结构简单、情节安排老套、人物形象类型化的问题。

（三）读者影响力

西方的接受美学理论并不能完全适用于网络文学中的读者介入现象，通常来讲，接受美学代表着文本意义从作者主导转向读者主导，读者的阐释成为文本意义的主要生产动力和来源。从背景来说，接受美学主要针对的是印刷时代的文本，印刷文本与网络文本不同，印刷书籍自产生那一刻起就脱离了作者，作者、作品、读者之间存在一定的时空距离，读者因不同的际遇、文化背景、解读角度重新赋予了文本不同的意义和内涵。反观网络文本，往往是作者、作品、读者"共处一室"，在 BBS、博客、网站都可以看到作者、作品、读者之间密切的互动，三种不同的话语形式相互胶着必然对网络文学的整个创作产生影响，而读者在其中发挥的影响力尤为重要，但又不同于接受美学意义上的文本意义倒向了读者中心，在网络环境中读者还未成为文本意义的主要生产者。

网络文学因为网络的交互性、话语的相互渗透而形成了特别的文化场域，这一场域的文化机制不同于以往读者沉思、苦吟、迷狂的心灵机制，自然也不同于作者伏案劳作时所运用的各种语言技巧，更不同于以往的读者环境。在过去，读者对于文本意义的生产必然基于某种共识，例如伤痕文学中的文本语言和意义往往与某一地区的文化紧密相连，读者通过阅读出来的"差异"和"空缺"来赋予文本更多的意义。相较于印刷文本而言，网络空间没有"故乡"也没有"方言"，在网络世界中"故乡"意味着文化精神的家园，"方言"则是文化精神传输过程中的符码，编码/解码是作品阅读、意义生产的重要环节。在网络空间中，读者对作品的影响往往表现为三个方面，其一是自始至终参与了作品的创作，在早期 BBS 论坛的网络文学往往呈现出作者与读者谈资之间就"完成"了作品，例如金宇澄的《繁花》。其二是读者主动认同并沉浸文本世界，这种作品往往以宏大的世界观取胜，作者致力于构建"平行宇宙"或"可能世界"，读者也以"爽"为主要阅读需求和欲望。其三是传统的读者影响关系，这种关系下的作品往往以主旋律为主，作者通过高超的叙事技巧将主流意识形态与网络小说的叙事类型相互结合，通过内嵌式的写作方式来引领读者、化育读者，但读者同时也是作者的"理想读者"，因此，这种读者影响关系贴合接受美学的理论，读者影响力从创作动机开始就进入作者的视野当中，并进一步影响着作者的对话方式和写作欲望。

通过对读者影响力因素进行评价，可以更直观地看出文学网站在社会效益层面发挥的作用，也可以对当下网络文化的发展进行诊断。

二　管理机制

任何一家企业或机构想要保持活力并适应时代的发展需求都要有自身的价值理念，企业或机构对价值理念的追求和实践过程，必然是通过具象化的企业或机构行为来体现的。对于文学网站而言，"网站规划""技术层级""队伍建设"等三个因素充分体现了文学网站如何体现自身的企业文化、价值追求和社会实践的过程。通过对文学网站的"网站规划""技术层级""队伍建设"进行评估，可以了解到目前我国文学网站的发展现实。

（一）网站规划

文学网站作为艺术类网站与一般的事务性网站不同，文学网站除了要保证稳定的收入和追求利润最大化外，还要做到美观、有社区感、有亲和力。读者在阅读文学作品之前往往会先接触到文学网站，因此，文学网站的主要页面就成为读者首先阅读的内容，不夸张地说，文学网站的页面设计就等同于书籍的封面设计。不同的文学网站还要有自己独特的艺术风格，艺术风格可以直接标明自身文化的特性，例如男频网站往往以古风侠客、英雄救美的男性主题画面为主，而女频网站往往以儿女情长、婀娜多姿的女性主题画面为主。做好网站的规划是文学网站对外宣传自己，提升自身辨识度的第一步。

其次，文学网站规划的成功与否直接关涉到自身的利益。往往是网站规划决定了一部分用户的黏合度，网络文学以趣缘关系为基础，粉丝经济是网络文学实现收入和盈利的主要渠道。文学网站的规划是否能够迎合读者内心的审美理念越来越成为评价一个文学网站成功与否的关键，自 1994 年中国接入互联网以来，网络空间中建立起数不胜数的网站，有的网站因经营不善而从此消失于网络之海，例如"榕树下"；有的网站虽然尚能"苟活"但已是满目苍夷，例如"校园网论坛"；至今仍然活跃在大众视野并且与工作生活息息相关的网站无不需要雄厚的资本支持和完备的维护团队，例如"天涯社区""新浪博客""百度贴吧"等。从中可以看出，网站规划除了要做好网站的社区规划，做到美观、方便、实用外，还要有与时俱进的创新理念，网络的发展不仅是技术的进步还有审美理念的变化。就当下的审美趣味而言，有"清新感""文艺感""朋克感""科技感""未来感""温馨感"等多种视觉需求，这要求网站规划不仅要做到技术上的不断完善，还要有一定的审美水平和鉴赏能力。根据居伊·德波的景观社会理论，网站作为"现代生产条件无所不在的社会，生活本身展现为景观（spectacles）的庞大堆聚"，网络生活空间与现实生活空间的融合是 21 世纪最主要的社会走向之一，人们在工作之余，不论是度假还是短暂的休憩都离不开网络世界，虽然这个"网络"更多地意味着更宽泛的信息网络，但网站作为网络世界中相对而言较为稳固的形态承载着信息的聚合与发放，网站成了服务器、节点、播发地址的延伸器官，成为人们进入信息网络的主要门户。

通过对不同网络文学网站的网站规划因素进行评价，可以了解我国网络文学网站现实发展的差异性，更加细致地区分不同网络文化下的文学类型，有利于对网络文学本身的形态进行综合的评价。

（二）技术层级

有学者认为"网络文学皆因网络而'生'，而'网生'文学需要两个基本要件：一是技术基础，二是文学制度"①。技术基础作为网络

---

① 欧阳友权：《哪里才是中国网络文学的起点?》，《文艺报》2021 年 2 月 26 日，第 2 版。

文学发生发展的基础，同样也是文学网站的基本要件，文学网站的发展大致经历了如下几个阶段：首先是校园 BBS 论坛时期（1995—1997），这一时期可以看作文学网站的雏形期，也是网络文学的滥觞期，1995 年 8 月中国大陆建立了第一个 BBS 论坛——水木清华，随后高校 BBS 论坛如雨后春笋纷纷而出，BBS 论坛中的文学版块就是最早的文学网络空间。其次是个人网站时期（1997—1999），这一时期的代表是网易（nease. net）推出的"网易个人主页"，作为全国第一款免费为用户提供主页空间的网站，"网易个人主页"成为一时翘楚，建立个人主页也成为网民的必修课，此时忙于建设个人主页的文学青年也成为后来建立文学网站浪潮的主要参与者。1997 年成立的个人主页"榕树下"在 1999 年成立"榕树下计算机有限公司"，此举意味着个人主页的时代过去了，虽然仍有不少个人主页存在但却逐渐落寞，也有一些网络文学爱好者模仿"榕树下"建立起邀请制的网络文学圈子，但以"榕树下"开启的文学网站模式开始成为主流。在"榕树下"易主贝塔斯曼之前，1999—2002 年可以看作文学网站的蜕变期，这一时期"榕树下"因为抓住了文学网站的新模式而迅速成为行业龙头，把其他几乎同时起步或转型的个人文学网站（不死鸟、子规等）甩在了后面。

网络文学虽然仅有 30 年左右的发展历史，但技术层级方面已经经历了 web1. 0、web2. 0、web3. 0 的发展迭代期，当下资本鼓吹的"元宇宙"技术也被引入网络文学发展中，如何理性地评价技术发展带来的文化变异是对技术层级进行评估的初衷。

（三）队伍建设

文学网站需要的人才队伍主要是两种：一是优秀的网络写手；二是复合型经营人才。所谓"问渠哪得清如许？为有源头活水来"，优秀的网络写手就是文学网站的"活水"。所谓写手在语境上自然有与"作家"相区别的意指，事实上也是如此，网络写手与传统作家一直是泾渭分明的两个团体，在 2011 年茅盾文学奖允许网络文学作品参选之前，网络文学一直被传统文学界所鄙视，认为网络文学不过是大众趁着网络这一技术的革新，在网络上的胡言乱语或信手涂鸦。的确，传统文学长期沉浸在自己阳春白雪的圈子里，对于传统作家而言，除了构思上的想象力外，他们还追求叙事的技巧、语言的独特、文体的多变、题材的翻新。而网络写手似乎只想"我手写我口"，网络文学作品一直以独特的想象构思俘获读者，类型化的题材写作不仅不会让人心生厌倦，反而催生出了"爽"文独特的文化氛围。但从中也可以看出，长此以往的类型化写作毕竟是有限的，随着排行榜、点击量的数据化评价标准建立，故事的结构越来越固化，毕竟尝试新的题材或类别是有风险的。究其深层原因在于，一是网络写手的平均受文化教育程度不高，因此只能依赖于纯粹的想象、固化的故事情节、类型化的人物塑造来搭建"异托邦"的叙事；二是参与网站设计的复合型经营人才的稀缺，文学评价标准从来不能唯单一效果、审美、价值而论，若是负责网站经营的人员未能充分理解文学世界的复杂性、多样性、独特性，自然无法引导好作品排名、作家排名。

对网络文学网站的队伍建设因素进行评价需要区分两种人才的储备差异，写手作为不直接参与网络文学网站管理的生产者所发挥的功能自然与网站从业人员不同，而网站从业人员素质参差不齐，从终端管理到后勤客服都在网站运营中发挥着重要作用。对于队伍建设评价的困难之处正在于对后一种人才的评价标准上，正因为他们外在于文学写作又与文学写作密切相关而容易被忽视。

（四）企业文化

企业文化（Corporate Culture）也被称为组织文化（Organizational Culture），指的是一个组织的文化形象，往往由价值观、信念、仪式、符号、处事方式等因素组成。以 2020 年"55 断更节"为分水岭能够看出文学网站对网络文学生态文化认知问题的转变，所谓"55 断更节"就是"由网文作家在网络平台，针对网络文学平台阅文集团发起，以断更（停止更新）的方式，抵制阅文集团推出的作者权益缩水的新合约"。事件的起因就是阅文集团在被腾讯收购的同时签订了损害写手利益的协议，这一行为引起了写手们的不满，本可以醉心于文章之事的写手们通过断更的方式反抗不平等条款，俗称"55断更节"。"55断更节"充分暴露了资本逻辑与文学制度间的矛盾，以追求利润增值为目的的资本行为必然会以牺牲写手的劳动价值为代价，在VIP付费制度下写手的收益与作品字数直接相关，这种均质化了的"劳动—产出—回报"制度将写手变为文字的"农民"。随着资本化加剧，写手拥有的作品版权权利也面临被钳制的危险，因为文学网站作为网络文学创作、出版、阅读的一体化平台，从根本上与传统文学和出版社的关系不同，文学网站直接与网络文学的创作有关，甚至有的文学作品是作者与读者一起创作而成的。因此，在网络文学产业化、资本化的过程中，文学网站作为"机器"想要取代写手的"活劳动"。

通过"55断更节"足以看出企业文化对网络文学网站管理的重要影响，虽然企业文化是一个难以绝对客观量化的参考项，但是文化在文化类企业运营中的作用是不容小觑的。

三　经营状况

网络文学网站的经营状况直观地反映出一个网站的生存现实，但在全球资本化的时代下，想要客观、科学、真实地评估某个文学网站的实际经营是不容易的。例如有的网站由于发展的需要可能会在相当长的时间里出现负盈利的状况，但这并不等于说某个网站或企业处于生存危机当中，一般而言，对经营状况进行评估需要结合资产负债表、现金流量表、利润表等综合来看。

（一）年度产值与年度利润

中国作家协会发布的《2020中国网络文学蓝皮书》批露，2020年，网络文学全年新增签约作品约200万部，全网作品累计约2800万部，全国文学网站日均更新字数超1.5亿，全年累计新增字数超过500亿。在网络文学用户方面，2020年12月我国网络文学用户规模达到 4.6 亿人, 占网民整体的 46.5%; 手机网络文学用户规模达 4.59 亿, 占手机网民的 46.5%。2020 年, 网络文学继续发挥龙头和核心作用, 拉动下游文化产业总产值超过 1 万亿元。据统计, 2020 年中国数字阅读行业产值达 372 亿元。网络文学版权由独立运营向合作、联动开发发展, 逐渐形成全 IP 运营生态, 网络文学对文创产业的贡献进一步提升。

根据第 49 次《中国互联网络发展状况统计报告》, 截至 2021 年 12 月, 我国网络文学用户规模达 5.02 亿, 较 2020 年 12 月增长 4145 万, 占网民整体的 48.6%。网络文学 IP 产值进一步加快经济效益转化, 网络文学是影视剧创作的"主角"。由中国影协编剧教育工作委员会等发布的《2019—2020 年度网络文学 IP 影视剧改编潜力评估报告》显示, 这两个年度的网文 IP 拉动下游文化产业总产值累计超过 1 万亿元。其中, 2021 年阅文集团总收入为 86.7 亿元; 归母净利润达 18.5 亿元; 非国际财务报告准则下 (Non-IFRS) 的归母净利润达 12.3 亿元。

年度产值和年度利润是评价网络文学网站经营状况的重要因素, 通过年度产值与年度利润可以直接比较出网络文学网站的经济收益, 作为资本驱使的网络文学生产必然是建立在商品制度上的, 从这一点也可以窥视网络文学作品生产的本质问题。

(二) 写手收益

2016 年是网络文学的爆发之年, 根据网络文学作品改编的电影、电视剧、网络剧霸占了一年大小荧屏。这些 IP (知识产权) 改编影视作品的爆红, 也给网络作家带来了不菲的版权收入。唐家三少成为作家榜富豪榜设立以来, 首位年度收入过亿元的写手, 成为"作家榜亿元俱乐部"首位作家。在 2016 年第十届作家榜子榜单"网络作家榜"中, 可以看到榜单上前三甲: 唐家三少 (唐家三少小说全集)、天蚕土豆 (天蚕土豆小说全集)、辰东。连续三年霸占榜首的网络"大神"唐家三少, 再次以绝对优势——1.1 亿元的年度版税收入登顶冠军,这个数字不仅是他上一年的 2.2 倍，也近乎第二名（4600 万元）、第三名（3800 万元）和第四名（2800 万元）的年度版税收入总和。这也是作家榜立榜十届以来，首次有作家凭写作成就过亿身家。上届（2015 年）位列二、三席的辰东和天蚕土豆，本届排名互换。天蚕土豆凭借经典代表作品《大主宰》，以 4600 万元版税收入，摘得榜眼一席；辰东因《完美世界》获得 3800 万元收入，居于探花席位。此外，榜单上除骷髅精灵、高楼大厦、跳舞、月关、烽火戏诸侯、流浪的蛤蟆、方想、无罪、鱼人二代等多次入围榜单的网络作家外，烟雨江南、妖夜、何常在还分别以 2000 万元、1150 万元、1120 万元的版税收入，首次跻身"网络作家榜"。

最近几年随着社会主义核心价值观的树立，人们不再唯"财"是举，但写手收入问题仍然有讨论和关注的必要性，首先是初次分配与再分配的公平问题，这需要得到制度的支持和法律的保障；其次是写手收入的整体分布格局，从长远来看，良好的收入分配格局更加有利于创作生态的持续发展。因此，写手收益评估是网络文学网站评价体系中的重要环节。

第五章　文学网站评价体系的评价指标

文学网站评价体系旨在对文学网站本身进行评估。作为一个评价体系，其涉及的评价范围就不只一层一面，合理的文学网站评价体系应当对网站的多层多面进行有效的、准确的、科学的评估。因此，从评价体系的构架来讲，首先是顶层设计的合理性，顶层设计关乎文学网站评价体系是否有的放矢，问题假设与问题研究是否贴合，顶层设计的合理性决定了文学网站评价体系是否能够准确地把握我国文学网站发展脉络，能否如实反映我国文学网站发展的现状与问题；其次是工具的科学性，工具的科学性决定了评价体系是否符合规范、能否操作得当，这种科学性一方面由方法论本身的逻辑决定，另一方面由顶层设计的范导性决定，合适的方法可以对问题区域进行勘探并揭露问题，如果方法与设计不能兼容则容易出现"假问题""假结论"的现象；最后是对评价体系的合理操作，虽然对于方法论这一哲学范畴的优劣问题依然不言自明，但仍然需要申明的是，任何方法都有其适用的范围，没有放之四海而皆准的唯一方法，方法本身也不能够因问题的差异而"削足适履"，只有从内在逻辑上理解方法的运用规则，从繁芜复杂的外在现象中发现"结症"，方法才能够真实、准确地反映现象背后的问题。

评价指标作为嵌合顶层设计、方法论、评价体系操作的核心要素，是构建文学网站整个评价体系的立足点。多层级的评价指标体系根据一定的逻辑关系联结，其构成的关系图反映了当下网络文学网站的方方面面。通过评价指标体系对文学网站进行评估，有别于传统的文学批评方法。一般而言，评价指标作为绝对客观的量化标准用于对企业数据进行判断，但是文学网站不仅涉及销量、流量、经营等客观实际的数据，还涉及作家、作品的社会影响力，读者的接受程度与转化效益等主观因素。因此，这些情况要求文学网站的评价指标需结合主观打分与客观评级的方法，通过综合评价来反映文学网站的发展实际。

第一节　构建文学网站评价体系的必要性

习近平总书记《在文艺工作座谈会上的讲话》中谈道："互联网技术和新媒体改变了文艺形态，催生了一大批新的文艺类型，也带来文艺观念和文艺实践的深刻变化。由于文字数码化、书籍图像化、阅读网络化等发展，文艺乃至社会文化面临着重大变革。要适应形势发展，抓好网络文艺创作生产，加强正面引导力度。近些年来，民营文化工作室、民营文化经纪机构、网络文艺社群等新的文艺组织大量涌现，网络作家、签约作家、自由撰稿人、独立制片人、独立演员歌手、自由美术工作者等新的文艺群体十分活跃。这些人中很有可能产生文艺名家，古今中外很多文艺名家都是从社会和人民中产生的。我们要扩大工作覆盖面，延伸联系手臂，用全新的眼光看待他们，用全新的政策和方法团结、吸引他们，引导他们成为繁荣社会主义文艺的有生力量。"① 这段论述涉及网络文学发展的四个方面：新的文艺生产模式、文学的社会价值与效果、文学商业化经营的成熟、文学的核心始终是人学并表达人民的真实生活。

网络文学作为依托网络媒介进行书写的语言艺术，文学网站是网络文学创作、发行、阅读的重要载体，因此，文学网站部分地承担、实现着网络文学的生产、网络文学社会价值与效益的实现、网络文学商业化的经营及网络文学题材的归类与创新等。由此，文学网站便不

123

---

① 习近平：《在文艺工作座谈会上的讲话》，人民出版社 2015 年版，第 12 页。

再是外部于网络文学的器质性存在，而是直接与网络文学本身息息相关。在以往的网络文学研究中，鲜有将文学网站视为研究对象的，当代学人要么从文学性问题本身出发，要么从文学体裁流变角度探究网络文学的文学史意义，或者是从媒介的角度辨析网络文学的存在形式。[①] 无疑，文学网站作为文学的外部"器官"没有得到重视的原因无外乎两点：首先，传统的文学批评专家或学者往往以文本分析与批评著称，文学网站并非文本，虽然在主流文学批评方法中不乏"文化研究""结构主义"等联系文本、社会现实与历史深度的工具，但还鲜有研究者专以文学网站作为研究对象，因此，文学网站至今仍然不能登文学批评的大雅之堂；其次，文学网站虽然不是公司实体，但大多是传媒公司、互联网公司的网络媒介，文学网站也就深度浸泡在资本运作之中，对于企业运营、企业宣传、企业财报等管理学、经济学的评估方法显然不是文学批评家或学者的专长所在了，因此，文学批评家或文学一旦触及文学网站的运营和社会化影响方面时往往便讳莫如深。

在网络文学 30 年的发展史中，涉足文学网站研究的文学批评家和学者较少，但我们仍然能够在历史长河中钩沉爬梳出一些富有洞见的研究。在较早的一篇研究论文中提及了媒质变化与当代文学的关系[②]，其中就谈到市场化、影视化、网络化对传统文学形态的冲击，论者对网络文学的切入点正是针对电子媒体带来的文学形态转变，其论证落脚于网络这一新兴媒介层面上，文章提及"随着家用电脑的普及和互联网的飞速发展，网络媒介很快成为一种新的文学媒介"，更有余华、余秋雨等一线文学创作者以入股文学网站的方式成为股东。对于专业的文学批评家或学者在论及网络文学时也不得不承认"所谓网络文学，按我的理解，一般是指主要发表在网络上（文学网站或个人主页）的各种类型的文学作品"[③]。即便是连论者自己也忌惮于这种限定

---

① 欧阳婷：《网络文学评价体系构建的理论思考——"网络文学评价体系构建"全国学术研讨会综述》，《文艺理论研究》2017 年第 1 期。

② 宋炳辉：《文学媒质的变化与当代文学的转型》，《文艺理论研究》2002 年第 3 期。

③ 陈海燕：《网络小说的兴起》，《小说评论》1999 年第 3 期。

是否过于粗糙和宽泛，可以说"在网络上发表就是网络文学"的论断近来越来越遭到学者的批评，但不得不承认的是，除此之外很难寻得一个更加恰如其分的"网络文学"的概念界定。难以界定"网络文学"的另一原因在于，"网络文学"毕竟不如"浪漫文学""现实文学"那般有一种文学风格蕴涵其中，一些志在梳理网络文学发展史的学者往往将网络文学的开端追溯到少君在 1991 年写作的《奋斗与平等》①，应该说《奋斗与平等》的小说创作颇具现实主义风格，与后来以"玄幻""奇幻""仙侠""耽美"风靡网络尽人皆知的网络文学还是有所区别的，网络文学三十年的发展虽然在正统文学史面前可谓"小巫见大巫"，但不可不谓三十年风云突变，"网络文学"已然变换了好几副面孔。

文学网站的存在形式与网络文学的流动性形态不同，文学网站虽然不是一个实存的客观对象，但是网络空间赋予了它二进制代码下的"光影肉身"，即便有的文学网站因为经营不善而凋零，我们仍然能够追寻到其背后的控股公司、运营单位及技术人员，某种程度上，文学网站是网络文学的储存器也是有关网络文学一切相关信息的档案馆。如果忽视了对文学网站的关注与研究，那么我们会错失许多珍贵的材料，也难以对网络文学的发展做出令人信服的推论。正如活字印刷之于中国典籍的储藏与经学流变、古登堡印刷术之于经文的地方性传播、报刊杂志之于文学主题、编辑出版社之于职业作家群体的形成等，诸如此类都昭示了媒介对文学创作形态的影响与革新，因此，没有理由将文学网站排除在网络文学的研究范围之外，甚至于应当将文学网站视为当代文学的一个重要媒介而不仅仅局限于网络文学之中。但基于论题的需要，我们仅在这里继续讨论网络文学的文学网站评价体系，塑造合理科学的文学网站评价体系的立足点之一就是媒介对文学的影响维度。

当进一步界定文学网站对网络文学的影响时会发现，网络文学或文学在产业化文学网站中所占的功能性比重其实很小，即便是非产业

---

① 参见蒙星宇、林雯的相关研究，《北美华文网络文学二十年研究（1988—2008）》与《论北美华文网络文学的第一个十年》中均有提及。

化文学网站也多以文学论坛、文学会议为活动核心，不论是产业化文学网站还是非产业化文学网站都不将创作活动视为核心，的确，极具个人色彩和隐秘性的文学创作活动很难通过量化的方式呈现出来，鉴于此，文学网站对文学创作的影响就不是直接的，而是通过间接的方式来达成。文学网站评价体系需要对这些间接影响网络文学创作的因素及后果进行评估，根据 2017 年国家新闻出版广电总局发布的《网络文学出版服务单位社会效益评估试行办法》，评估因素包括"出版质量、传播能力、内容创新、制度建设、社会和文化影响"等五项[1]，除去内容创新外其余四项都与文学创作活动本身无关，而出版质量、传播能力、制度建设等三项直接与文学网站息息相关，社会影响和文化影响则更多地取决于文学网站、出版社的宣传以及文学作品的独特魅力和读者接受度之间的合力。

一 文学网站出版对网络文学创作的影响

网络新媒介的兴起颠覆了人们对出版行业的固有认知，近些年"纸媒已死"的传言更是甚嚣尘上，但随着时间的推移，纸媒阅读转电子书阅读的趋势并没有进一步侵蚀纸媒的生存空间。看似纯粹电子光影的文学网站空间也在开辟实体书出版的业务，一般而言，似乎文学网站与实体书籍并不相容，文学网站的主流业务便是电子书籍的出版，但是电子书籍阅读依赖于电子设备与网络信号，在电子网络未能普及的地区或情况下，文学网站出版的电子书籍无法渗透进去；另一方面，从阅读习惯的角度来看，实体书籍的阅读史已有上千年之久，这说明实体书籍的阅读不仅满足于人们的阅读习惯而且不受时空阻隔的影响。因此，近些年甚至出现了电子书阅读转向纸媒阅读的"逆趋势"，但这也仅仅是不同阅读方式的相互补充，并不能说明电子阅读已经穷途末路。

---

[1] 国家新闻出版署：《关于印发〈网络文学出版服务单位社会效益评估试行办法〉的通知》，https：//www.nppa.gov.cn/nppa/contents/279/1424.shtml，2017 年 6 月 27 日。2022 年 1 月 27 日访问。

网络文学的电子书出版有自身的一套逻辑，除了需要申请出版批次版号方面与实体书籍相同以外，某种程度上讲，文学网站出版电子书籍的动机在于利润前景而非资金支持。电子书的出版成本比纸质书出版成本小得多，而电子书可复制、非实体的特征使得发行速度、传播速度远远快于纸质书，但也面临盗版频出屡禁不止的威胁。基于这些特性，文学网站出版电子书并不难，难的是对书籍版权的维护工作，所以文学网站往往采取自行运营版权的方式，在写手与文学网站或控股公司签署了协议后，书籍的最终版权将归文学网站所有。如果需要纸质书籍的出版，文学网站往往会选择设立下属出版公司或需求出版社分版权运行的模式出版书籍的纸质版，这从根本上改变了作品归作家所有的版权传统，写手真正意义上成了文字劳动者，成了文学网站的"工人"。除去版权之外，在文学网站内部也有一套自己的出版逻辑，也就是说，虽然电子书出版要比纸质书出版方便快捷但也有自己的"门槛"，只有在文学网站综合排名中的佼佼者才能获得出版资格。从广义的出版来讲，我们知道连载的网络文学小说与单行本发行的电子版网络文学并没有太大的区别，其根本区别在于单行本的电子版网络文学小说可以脱离原文学网站跨平台出售，连载中的小说往往只能在签订版权协议的文学网站上刊发。但就算是在文学网站内部，看似便捷、公开的电子刊发方式实际上并不公平、合理，毕竟文学网站的首页只有一个，一般而言，一张文学网站首页页面能够有十个版块或更多，而一般的文学网站常常还会下设十余个子频道，但即便如此，一百多个文学网站页面比起成千上万的网络文学文本而言还是太少，因此，"连载曝光度"就成了作家作品最早的角逐竞技之地。浩如烟海的网络文学世界并不如大家印象中的与世无争，对流量、关注度、积分排名的执着也是写手需要考虑的一部分。

二 文学网站依靠传播实现利润最大化

如果我们要给三十年的网络文学发展史划定历史分期的话，或许起点中文网的 VIP 收费制度可以看作一个重要的节点，正是 VIP 付费模式的施行催化了文学网站从志趣相投的社团走向运营谋利的企业，VIP 付费制度也使文学网站的传播渠道更具商业性。但就传播渠道而言，一个文学网站的传播渠道往往具备准入制度、控制制度、技术局限性三个特点①，文学网站的准入制度意味着，随着网络文学的壮大，网络文学世界的丰富程度已经形成文化再循环，正如鲍德里亚所指出的，"所有适应了新环境文化的人并没有权利参与到文化当中去，他们有权参与的是文化再循环"②。这也透射出网络文学大众文化的一面，真正生产并编码着网络文学术语的是计算机，看似多元的网络文学世界实际上已经被信息霸权渗透，介入网络文学世界的新人不得不接受固有规则、固有话术的旧习。文学网站对外的传播会裹挟着网络文学世界固有的文化特征，虽然网络文学的文化特征由计算机所编码，但需要进一步指出在编码技术背后的并非超智能的中央处理器而是一个个活生生的技术员，也就是说冷冰冰的服务器编码是由人来操控的，这些传播技术通过个人的账号、手机号或邮箱渗透到每个接触网络文学的人那里，抛开技术的外壳实际上是设计者对接收者的编码，网络世界本质上并非一个多元的扁平世界，操控网络的正是少数几个国家数据库，文学网站也会有属于自己的子数据库，因此，接收者在触及网络文学世界的同时也被编码进数据库中，"精准推送""更新通知""新品推介"诸如此类的传播技术背后实质上是将人数字化计算的结果。以计算机逻辑构造的准入制度和以人为意识判断的控制制度之间具有一定的张力，具体体现为过于依赖技术造成的人文价值危机，实际上指的是当文学网站的运营逻辑固化之后，网络文学创作也面临着固化的危机，因为在现有的分类下无法将另类的网络文学风格或种类接纳进来，这不仅在固有文化特征上阻力重重，同时也会受到资本逻辑的打压；若是从控制层面上人为地打破技术僵局，又会有悖于网络文学自身的发展规律，容易造成"命题作文"的僵化局面。文学网站

① 关娟：《传播学视角下的网络文学》，《当代传播》2006 年第 3 期。
② ［法］鲍德里亚：《消费社会》，刘成富、全志钢译，南京大学出版社 2014 年版，第 87—88 页。

的传播能力不仅仅是扩大影响力这么简单，其中还折射出网络文学发展的现状和阻力，因为只有新的东西生长出来才需要介绍给他人了解，如果文学网站或网络文学本身形成了文化闭环，那也将是网络文学式微的先兆。并且，文学网站的传播效果及其盈利能力，都需要有特定的评价来检验。

三　文学网站价值取向从 "传播为主" 到 "内容为王"

要从内容创新的角度评估文学网站的功能，主要体现在文学网站对作家、作品、读者良性循环的促进，文学网站本身并不能直接参与网络文学创造活动，但是文学网站通过建立作家集群、作品分类、读者社区来更加公平、透明、多样地展现网络文学的样态，而不是时下什么火热就追什么，导致千篇一律、审美疲劳。当下的文学网站往往设有多样的子频道，除了子频道外还有各种各样的题材排行榜单、读者推荐榜单、大神榜单，虽然榜单在某种程度上也会沦为话语霸权的"指挥棒"，但确是丰富多样化的一种方式。文学网站的内容创新还体现在产业整合上，一些运营成熟的网络文学网站开始谋求"出圈"，例如盛大文学、中文在线都和腾讯文学进行频繁合作，他们将网络文学与游戏、影视进行结合，2012 年仅盛大文学一家就在影视领域出售了 900 余部作品的版权，内容输出声势浩大。同时，游戏、影视的逻辑开始与网络文学的写作规律结合，例如最早的《仙剑奇侠传》游戏引发了修真、仙侠类网络文学作品井喷式出现，这些对丰富网络文学作品类型、加深内容资源的整合都大有助益。这也进一步说明了网络文学受众不再是单一的文学爱好者，当下网络文学的受众往往为"多栖读者"，有的因为游戏进入网络文学，有的因为爆款改编剧进入网络文学，有的则因为网络文学进入了游戏世界、影视世界，凡此种种比比皆是。最具代表性的应当是腾讯文学与游戏商联合开办的《地下城与勇士》官方小说网站，这是最为典型的"游戏＋文学"运营模式，其背后的运营商也不再是纯粹的文学网站而是互联网公司，庞大的受众客体和受众数据保证了读者存量，"读者"也不再是文学爱好者那么简单，在新的内容整合模式下，读者真正与消费者画上了等号。随着文学网站从单纯的传播渠道走向"内容为王"，作品的品质将成为拓展阅读市场和 IP 转化的"压舱石"，此时，就需要有科学的网站评价尺度来衡量和评估，让市场绩效成为检验的重要"标的"。

四　逐渐以作家作品为"本位"的文学网站发展趋势

据《2017 年中国网络文学发展报告》，"截至 2017 年底，网文作家约达 1400 万，其中非签约作家约 1300 万，签约作家约 68 万（其中约 47% 为全职写作）；签约作品 132.7 万部"①，从整个网络文学的作家作品数来看签约作家仅占 5%，签约作品仅占 8%。文学网站与作家的签约方式更是多种多样，包括分成签约、买断签约、保底分成签约等，分成签约尤为广泛。分成签约方式规定了作家和网站对于稿酬的分成比例，稿酬与读者 VIP 订阅量直接相关，收益弹性大。网络文学平台中，17K 小说网、神起中文网、新浪读书、逐浪小说、潇湘书院、起点女生网等采用的是与作家五五分成；而爱作品网、飞卢小说网、风起中文网、凌云文学、暗夜文学网 5 家网站选择以 60%—75% 的高分成比例吸引优秀作家的加入。买断签约针对的是作品较成熟、实力较强的作家，按照"千字 N 元"标准付稿酬，分为全版权买断和部分版权买断。买断的收入较稳定，但完结后不再付酬，限制了作家更多收入。除了签约制度外，文学网站还为作家制定了作品的创作保障制度，创作保障制度又称"低保"制度，是指网站在扶持周期内（一般为 3—6 个月）会将更新状况达标的分成签约 VIP 上架作品的稿酬补齐至规定的金额，而对应作品领取低保期间所创作内容的电子版权自动卖断于网站。例如创世中文网、起点中文网、纵横中文网、红袖添香、起点女生网、云起书院、塔读文学、鲸鱼阅读、磨铁中文网均有

---

① 中国作家网：《中国网络文学作品已达 1647 万部》，http：//www.chinawriter.com.cn/n1/2018/0915/c403994 - 30294847.html，2023 年 6 月 17 日。

800—1800 元不等的"低保"制度。

除了签约制度和保障制度外，不同的文学网站还制定了不同的作家激励制度，例如全勤奖、月票奖等[1]。全勤奖顾名思义就是作家坚持不断更，每日保持在网站限定的最低日更字数基础上连续写作，一般而言，网站的最低日更字数限定在 2000—6000 字，这一制度被不少文学网站接受并设置了以自有平台半年周期内收入的 20% 左右为全勤奖奖金池。月票奖则是文学网站量化了读者对作品的支持，在量化基础上对作品热度进行排名，取排在前列的作品进行奖励。作家若想要获得月票奖，就需要不断通过提高作品的订阅量，也就是通过 VIP 订阅的渠道使作品获得更多读者的支持，进而提高获得月票和"打赏"的数量。即使作家的作品未获奖，作家也能在读者的额外"打赏"中抽取 50%—70% 的分成。对于新人作家来说，想从 VIP 订阅中获得月票并不是一件容易的事，因为每个 VIP 读者手中的月票数额有限，月票竞争实际上并不是双赢的结果，因此这类奖项在初期是难以获得的。对于大神级别的作家来说，其作品订阅量庞大，且已拥有一定数量的粉丝群体，稳定的读者群可以帮助成熟作家获得足量的月票支持。

从文学网站的作家制度和作品制度可以看出，文学网站为了保证盈利的目的制定了配套的"保底机制"和"增值机制"。保底机制针对的基本是写手群体，写手想要"升级"或取得一定的曝光度就需要勤奋更文；增值机制则针对作品而言，通过分割版权或打包版权的方式使版权营收最大化。可以看出，VIP 付费制度是保底机制与增值机制的中枢和纽带，VIP 付费机制将作家、作品、读者连接成一个整体，读者在付费机制下化身成写手相互争夺的砝码、作品增值的赋值者。但同时，VIP 机制、保底机制、增值机制嵌套的资本逻辑为网络文学创作埋下了危机，网络文学同质化现象与越来越成熟的资本运作方式

---

[1] 郝婷、杨蕾磊：《我国网络文学作家成长制度研究——基于 37 家网络文学平台的调研》，《科技与出版》2018 年第 11 期。

脱不了干系，在 VIP 机制、保底机制、增值机制下订阅量、排行榜、读者相互作用，网络文学作品的写手只能通过长篇化、套路化来争取生存空间，这自然不利于原创网络文学的长期健康发展。另外，网络文学作品的评判标准过于单一，而且缺少文学性、社会性的维度，对文学网站进行评估的目的也在于推动网络文学平台可对网络文学作品的评判标准进行优化：首先是改进文学网站依赖长篇小说盈利的固有模式，长篇小说虽然拥有"文学之王"的称号，但长篇小说并不等于文学本身，文学还有诗歌、散文、短篇小说、中篇小说等，在文学网站草创时期我们仍能看到一些活跃的诗歌网站、散文网站，现在这些网站已经因为自我封闭、年久失修逐渐凋零；其次是改变将字数作为唯一付酬标准的制度，网络文学平台可从加大对优质短篇、中长篇作品和小众类型作品扶持力度，根据不同体裁的审美性特征制定不同的报酬制度，对不同类型的网络作家提供不同的扶持和帮助，促进网站内作品种类的丰富；最后是完善作品推荐制度，为优质的短篇、中长篇作品提供适当的推广扶持，如设立不同文学体裁的榜单等，促进网络文学作品的多样化发展，推动作家创作积极性的持续。

从文学网站的写手群体来看，据《2017 中国网络文学发展报告》，"网络文学创作者阵营壮大，其中 20 岁以下新一代创作者群体已经崛起，占比超过 10%"[①]，越来越多的年轻人涌入网络文学的怀抱促进了写手的年轻化，众所周知，文学世界是作者价值观、世界观、宇宙观的艺术性表达，因此必须重视新生网络文学作家的培育。网络文学写手群体一直被诟病学历低、受教育程度不高，文学网站作为网络写手的"工作单位"，理应开展文化水平再教育的培训，这一方面取决于大部分写手的日常生活就是"宅家码字"，他们与外部世界的联系几乎完全依赖于网络，网络也就成了他们的"第三自然"；另一方面，关注青年网络文学作家的生存状态和职业状态，建立新人作家、青年

---

① 中国作家网：《中国网络文学作品已达 1647 万部》，http：//www.chinawriter.com.cn/n1/2018/0915/c403994－30294847.html，2023 年 6 月 17 日。

作家培育机制，并提供基本保障是保证文学网站生命力延续的根本。在写手曝光度和作品推荐上应当考虑到新人作家和新作品的相对弱势的问题，近些年部分平台和网站设立了专门针对新作品和新人网络文学作家的榜单，如小说阅读网设立的新书月票榜、凤鸣轩的新书上架榜和逐浪小说建立的鲜花新书榜等；而阿里文学、鲸鱼阅读则设立了新人奖。另外，还有一些高校和平台建设了培训基地、孵化基地、保障机构，如掌阅"北大原创人才基地"、掌阅中传"IP研究基地"的建立、掌阅"文学心源计划"为作家提供例如大病保险等基本保障制度也是有益的尝试。这些专门针对新书和新人网络文学作家的奖项增加了作家的曝光度，有助于其初期作品销售和原始粉丝积累。

从文学网站的作品创作制度而言，文学网站除了关联作者、读者外还与网络运营商、影视制片商、出版社有密切的联系，所以网络文学作品版权保护必然涉及多个部门，包括版权行政管理部门、网络文学平台、行业协会、版权联盟、作者个人及广大消费者等各方面。目前国内大部分网络文学平台、网络文学网站对网络文学作品的开发仍然从IP开发的角度入手，从签约方式上就可以看出，不少文学网站在与作者签约时会特别突出版权改编授权的要求。与此同时，由于网络文学IP开发的商业实践，版权改编与特许授权面临着被资本逻辑左右的情况，故事改编方向刻意迎合热点，歪曲甚至恶意篡改原作创作理念成为作品同质化的根源，另外，国内原创网络文学IP改编也在反作用于网络文学创作本身，较大的网络文学平台如掌阅、阅文等已开始进行跨媒介叙事IP作品运作，即以IP的方式影响网络文学写作，甚至于引导写手以"剧本"理念为主而非注重"文本"质量。在版权保护方面，IP改编有效地规避了盗版侵权带来的危害，但解决跨媒介叙事这种新型文化创作方式与传统版权许可制度、版权经营制度形成的冲突成为当下的主要矛盾，这也无疑使得作品版权保护变得更加复杂。

五　文学网站新转变：从注重传播利润到承担文化传播责任

论及网络文学的社会与文化传播，我们会发现网络文学一开始便是社会与文化传播的结果，网络文学最早诞生于海外华文文学，海外华文文学由四大部分组成：中国台湾、中国香港、中国澳门华文文学；东南亚各国华文文学；大洋洲华文文学；北美华文文学。20 世纪末应用网络的普及为海外华人书写自己的故事提供了跨领域、跨媒介的空间，网络除了提供方便的信息交换渠道还为海外华人直抒胸臆提供了场域，"留学生们在满足了了解祖国动态之余，还尝试着用文字阐发和交流在异乡的个人情感，学习工作的经历和经验，以及对许多时事文化话题的不同见解。互联网上逐渐有了散文、诗歌和小说，这就是北美网络华文文学的雏形。在随后的多年里，在网络上写作的作者越来越多，作品无论在数量还是质量上，都有惊人的进步。不断有散文、诗歌和小说被传统媒体认同，发表、出版、改编成影视作品……北美华文网络文学逐步走向成熟。而北美（尤其是美国），便成了华文网络文学的发源地"①。

此后，方舟子于 1994 年创办了世界上第一份中文网络文学刊物《新语丝》，并担任主持新语丝网站，紧接着"橄榄树"（www. wenxue. com）文学网站于 1995 年成立，第一个女子文学网站"花招"（www. huazhao. com）则于 1996 年成立，朱威廉在 1997 年成立了最大的中文原创文学网站"榕树下"（www. rongshu. com）。20 世纪最后的十年是"网络文学的第一个十年"，虽然这些"古早网站"均已在网络世界中销声匿迹，这些文学网站承载的数据也永久地沉睡在了数据库中，或许自此之后再也无法浏览这些网站上的档案，也就再也无从提及对它们的"考古"。但不可否认的是，进入 21 世纪后中国网络文学才真正走出中国走向了世界。

从网络文学网站的发展史我们可以清楚地看到网络文学的社会与文化传播轨迹，先是在海外华文文学中形成了文学圈子、文学社团、文学博客然后才是网络文学网站的雏形，但文学网站一经问世便迅速

---

① 参见林雯《论北美华文网络文学的第一个十年》，博士学位论文，福建师范大学，2012 年，第 5 页。

遍地开花，可以说中国大陆的网络文学网站和网络文学先是对海外华文文学和华文网络文学的反应。随后中国网络文学网站如雨后春笋般繁荣起来，红袖添香（www. hongxiu. com）网站创办于 1999 年、起点中文网（www. qidian. com）创建于 2002 年、17K 小说网（www. 17k. com）创建于 2006 年、纵横中文网（www. zongheng. com）成立于 2008 年，在 21 世纪的第一个十年中国网络文学网站迎来了最热闹、最鼎盛的十年，这些网站活跃至今，它们是中国网络文学最主要的阵地，也是这些文学网站进一步改变了中国网络文学的面貌，从最初的受海外华文文学影响到主导网络文学，形成了奇幻、玄幻、仙侠、耽美四大网络文学体裁，甚至成了"文学已死"焦虑下的强心剂。

网络文学出海是近年来的新走向，看似"反应—冲击"模式下的文化传播路径，但今日的网络文学与昔日的"网络上的文学"已不可同日而语，有论者认为"中国网络文学自孕育诞生之日（20 世纪末）便与世界流行文艺有着密切的关系。在发展初期，它是'被哺育方'——接受世界流行文艺输出大国的影响，模仿其成熟类型进行创作，在这一过程中进行本土化更新。经过 20 年的茁壮成长，中国网络文学不但形成'全球风景独好'的文化奇观，更原创出一套根植于网络性和粉丝经济的生产机制。随着其海外传播规模逐渐扩大，开始进入某种程度上的'文化反哺'阶段，有望与美国好莱坞电影、日本动漫、韩国电视剧等全球流行文艺一样，成为具有国际竞争力、能够代表本国特色的文化输出力量"[①]。的确，现今的网络文学已经渗透了许多游戏逻辑、影视逻辑在里面，甚至于有的网络文学更像"剧本"而不是"文本"；从传播的一面上看，除了起点中文网国际版是国内向外输出网络文学的平台外，国外纷纷建立起自助翻译网络文学的网站，例如东南亚的"书声 Bar""Hui3r"、北美的"Wuxiaworld""Gravity Tales"、俄罗斯的"Rulate"、法国的"Fyctia"等。这些网站建立的意

135

---

① 邵燕君、吉云飞、肖映萱：《媒介革命视野下的中国网络文学海外传播》，《文艺理论与批评》2018 年第 2 期。

义不仅在于网络文学社会传播与文化传播的扩大，任何传播都不是单向度的，将来的网络文学是否会迎合国外市场再一次发生变化也未可知，毕竟当下的网络文学也是由一次次蜕变而来的。

从出版质量、传播能力、内容创新、制度建设、社会和文化影响五个指标来看文学网站均有不同的优势与劣势，想要对文学网站进行体系性的评估不仅要选取合理的指标还需要科学的方法。文学网站评价体系旨在对文学网站不同指标进行量化的评估，这就需要对评估指标进一步逐级分层，例如出版质量方面又分社会价值、文学价值；传播能力又分为网站排行、网站投送、网站评论热度；内容创新又分为丰富性与个性化的区别；制度建设又分为作家、作品、版权、思想政治等；社会和文化影响又分为社会维度与国际维度，等等。只有合理、科学地制定文学网站的评估指标，正确评估文学网站的发展与网络文学的相互关系，才能更好地促进网络文学与文学网站的进一步繁荣，这也是构建文学网站评估体系的目的。

第二节　文学网站的评价方法

构建完善的文学网站评价体系还需要运用行之有效的评价方法，目前关于属性权重的评价方法很多，根据计算权重时原始数据的来源不同，可以将这些方法分为三类：主观赋权法、客观赋权法、主客组合赋权法。主观赋权法是根据决策者（专家）主观上对各属性的重视程度来确定属性权重的方法，其原始数据由专家根据经验主观判断而得到。常用的主观赋权法有专家调查法（Delphi 法）、层次分析法（AHP）、二项系数法、环比评分法、最小平方法等。这些方法主观性强，能够按专家意愿确定权重，但客观性不够充分，信服性稍差。常用的客观赋权法有：主成分分析法、熵值法、离差及均方差法、多目标规划法等。其中熵值法用得较多，这种赋权法所使用的数据是决策矩阵，所确定的属性权重反映了属性值的离散程度。这些方法客观性强，但有时可能会与专家意愿背道而驰，不易把握。主客观组合赋权法的两种常用方法是："乘法"集成法、"加法"集成法。这些方法能将主观判断与客观评价在一定程度上融合起来，是一种比较合理的方法，但使用这种赋权法时，主观赋权法和客观赋权法的缺点也将同时存在。

就文学网站评价方法而言，因为其评价带有社会化约束的主观意愿性，其社会效益这一指标很难完全客观化和计量化，因此，根据以往的经验，这类对象用得较多的是层次分析法与最小平方法。这两种方法都属于多指标综合评价，在多指标综合评价方法中，评价对象优劣顺序会根据分配给评价指标的权数不同而改变，因而多指标评价方法的可靠性取决于权数的合理性、准确性。权数的影响因素包括三个方面：首先是评价者的偏好，任何方法都含有主观因素，因而评价者偏好会影响总体评价权数的配比；其次是指标独立性大小，也就是同级指标之间是否存在重复；最后是指标差异程度，即评价指标是否符合评价对象，或评价对象的某些特征是否能够被指标涵盖。

一　主观赋权法

在多种评价方法中，主观赋权法更依赖于研究者的设计、判断和理想，研究者根据自身的价值判断或价值需求制定一套指标权数体系，然后根据指标权数体系进行分配评价。常见的方法有专家评价法、层次分析法。主观评价法可以很好地体现评价方法的价值目的，能够突出核心价值诉求，但是由于每一个参与者的价值诉求不同会导致价值不统一而失去评价方法的稳定性。

（一）专家评价法

专家评价法顾名思义是由专家组成评价组，每个专家根据指标来划分权数分配，根据不同专家之间的权数分配差异可以组成一个权数矩阵，权数矩阵将用于对评价对象的综合权重处理。这个方法的优点在于能够构建权威的权数分配矩阵，这个矩阵呈现了专家组对评价对象的综合认知，直观地反映出评价方法的价值诉求，并且方法原理简单容易操作。但专家评价方法基本完全依赖于主观评判，在组成专家组时需要保证专家之间组成一个全面、稳定的知识评判标准，否则评价方法将失于稳定而被人诟病。

（二）层次分析法

层次分析法有利于对多层次问题展开分析，一般而言，问题的存在不是单一因果的，层次分析法能够更加全面地构建问题层次，根据不同层次之间的权数配比反映问题的严重差异。层次分析法不仅使用于多因素评价，还能够通过构建复杂评价系统的多种因素和相互关系来呈现问题的树状图形关系或分布关系。层次分析法的原理在于将问题分解为多个方面，每个方面又包含不同的层次，层次之间差异性互补构成从局部到全部，从表层到深层的评价体系。层次分析法一般分为五步：设计问题、建立判断矩阵、检验判断矩阵的一致性、进行层次权数归一化、计算权重。设计问题即通过对研究对象的了解和调查，提出问题的方向，将问题方向设计为指标体系的总项，然后进行逐级层次化形成树状图或分布图；建立判断矩阵即对同一层次的指标针对上一层的某因素进行两两对比，如此形成多对对比矩阵，构造判断矩阵时一般还会用到 T. L. Saaty 的 1—9 标度尺，以此为不同对比项划分比例等级。检验判断矩阵的一致性即两两对比项应互为倒数。层次权数归一化指的是根据构造的判断矩阵进一步求特征向量，通过对某一层次各元素对应的上一层次某一元素为标准，通过对标准元素的重要次序再一次计算权值，也就是计算该判断矩阵的最大特征根和特征向量，特征向量的归一化即形成了本层各指标的对应权数。最后是计算各层指标所占的权重排序，这个排序就是评价系统目标的合成权重，通过主次递进的结构图形表达不同层次的权重配比。

层次分析法可以与专家调查法配合使用（参见第七章），既可以发挥主观评价的目标一致、价值需求明确等特性，又可以对主观因素进行科学的整理和综合，权数体现的即是评价者对各指标的认知差异，不同的认知会有不同的偏好侧重，两种方法结合可以对评价者偏好与评价目的有效结合。但这两种方法都建立在评价者对评价对象、评价问题、评价因素都十分了解并明确各层次之间逻辑递进关系的基础上，总的来说，专家调查法与层次分析的结合被广泛运用说明方法的可操作性和实用性，同时相互补足了缺陷，提高了评价方法的有效性、可靠性。

二 客观赋权法

客观赋权法与主观赋权法不同，客观赋权法根据数据进行分析，往往采用统计的方法来计算权数的分配，常见的客观赋权法有三种：多目标优化法、变异系数法及熵值法。这些方法与主观赋权法相比更加客观准确，避免了主观因素的不稳定性缺陷，但是客观赋权法也有自己的问题，客观赋权法在对数据处理时往往会忽略掉样本数据随机性的问题，也就是说，如果选择的样本不具备代表性或分布不均匀便会导致不同的权数结果。

（一）多目标优化法

客观赋权法的方法原理都是基于数学运算，最突出的便是多目标优化法，这个方法的设计原理在于将评价对象之间的差异化最大化，通过绝对差异来厘清不同评价对象之间的相关性。在对这种方法的运用过程中有多种表达方式，例如通过绝对离差综合来表达评价对象之间的差异程度，也可以用离差平方和来表达对象之间的差异程度。

（二）变异系数法

变异系数法便是用于衡量指标差异程度的方法，该方法的设计原理在于根据评价对象的差异程度来对其赋权，往往差异化程度越大的指标之间，权值的比值会越大。变异系数法为了避免指标的量纲和数量差异导致的差别问题，往往还需要采用归一化处理，以此保证指标权数的稳定性。

例如设计有 z 项评价指标，有 n 个评价对象，S 为原始数据矩阵的话，其中 S_{ij} 为第 i 个对象的第 j 个指数数值。

$$S = \begin{bmatrix} S_{11} & S_{12} & \cdots & S_{1m} \\ S_{21} & S_{22} & \cdots & S_{2m} \\ \cdots & \cdots & \cdots & \cdots \\ S_{n1} & S_{n2} & \cdots & S_{nm} \end{bmatrix}$$

通过计算各个指标的标准差来统计各指标的绝对变异程度：

$$C_j = \sqrt{\frac{\sum_{i=1}^{n}(S_{ij} - \bar{S}_J)^2}{n}}$$

其中，C_j 表示的是第 j 个指数的标准差数值。各指标的差异程度由公式 $V_j = \dfrac{S_j}{\bar{S}_j}$ 表示，归一化过程由公式 $W_j = V_j / \sum_{j=1}^{m} V_j$。

如上所述，变异系数法的设计原理在于，根据归一化结果赋予差异化越大的指标以越大的权数，这说明差异化程度越大对评价体系的总体影响越大，权重的大小体现了指标分辨能力的大小情况。但需要指出的是，该方法侧重于强调指标价值的差异化问题，并不适用于独立性指标的计算，如果评价对象的指标相互独立性较强，该方法并不能很好地表达权重向量结果。

（三）熵值法

熵值法最早的运用见于信息理论，"熵"（entropy）表达的是系统内信息的无序化程度，对熵值进行计算可以衡量一个系统内部的信息有效性。该方法可以用于评估文学网站信息的有效性、传播的有效性等，熵值法通过衡量指标与研究者决策信息的大小来规定指标权数的大小。根据熵值法，指标所涵盖的信息量越大权重就越大，可以以此规定指标的重要程度。

三　组合赋权法

组合赋权法是由于主观赋权法和客观赋权法都有难以克服的缺陷，

因此通过组合赋权的方式克服不同的缺陷问题，但组合赋权法也容易暴露不同的问题。组合赋权法的设计原理是根据不同的赋权方法计算出权数后，再运用不同的方法对权数进行组合，一般有乘法组合和线性加权组合两种方法。

第三节　评价指标的内涵

文学网站评价体系的指标设计至关重要，指标设计决定着文学网站评价体系研究的全面性、科学性、合理性。从宏观的角度来看，"一部好的作品，应该是经得起人民评价、专家评价、市场检验的作品，应该是把社会效益放在首位，同时也应该是社会效益和经济效益相统一的作品"①。社会效益第一位，同时社会效益应当与经济效益相结合，这是文学网站评估体系的出发点、落脚点、价值追求和目的性。任何评价体系如果仅仅只是对现象的分析和评价那是不够的，评价体系除了发现问题、揭露问题外还要针对问题提出解决方案，通过合理地运用评价体系来引导和促进文学网站的进一步发展才是最终目的。目前文学网站的问题也是整个网络文学存在的问题，即如国家新闻出版署出台文件中所说的："网络文学是我国数字出版产业的重要组成部分和网络文艺的重要类型，在满足人民群众精神文化需求、激发文化创造创新活力等方面发挥了积极作用。与此同时，网络文学也存在着数量大质量低，有'高原'缺'高峰'、抄袭模仿、内容雷同，机械化生产、快餐式消费以及片面追求经济效益等突出问题。"② 为了应对这些问题，国家新闻出版署出版了《网络文学出版服务单位社会效益试行评估指标和计分标准》，总共列出了 5 个一级标题、22 个二级标题、77 个打分子项，可以说是一份体系周全的指标评价

---

① 习近平：《在文艺工作座谈会上的讲话》，人民出版社 2015 年版，第 24 页。

② 国家新闻出版署：《关于印发〈网络文学出版服务单位社会效益评估试行办法〉的通知》，https：//www. nppa. gov. cn/nppa/contents/279/1424. shtml，2017 年 6 月 27 日，2022 年 1 月 30 日访问。

标准（见表 5－1）。

表 5－1　　网络文学出版服务单位社会效益试行评估指标和计分标准

一标	二级指标	计分标准
出版质量（45 分）	价值引领和思想格调（30 分）	1. 坚持社会主义先进文化前进方向，弘扬社会主义核心价值观，注重作品价值引导、精神引领、审美启迪等方面的作用，大力出版主旋律、正能量作品，全年未发现有错误导向问题的作品，计 30 分
		2. 无明显违规内容，但缺乏积极措施引导内容创作，主旋律不高昂、正能量不突出，弘扬社会主义核心价值观的作品比例低，视情况扣 10—20 分
		3. 无明显违规内容，但以人民为中心的创作出版导向不明显，存在娱乐至上、低俗猎奇现象，价值引领作用弱，视情况扣 10—20 分
		4. 漠视公序良俗、道德规范，混淆审美，作品存在违背正确人生观、价值观、伦理观、道德观问题的，视情况扣 10—20 分
		5. 出版思想消极、格调不高的作品，被读者投诉或举报、社会影响不好的，扣 1 分/部
		6. 把关意识不强，出版内容低俗、价值取向有问题的作品，被专家或媒体评论批评，扣 2 分/部
		7. 对涉及党史、军史、国史等题材作品缺乏把握能力，歪曲历史、戏说史实，亵渎经典，主观臆造成分多，引起社会不良反响的，扣 3—5 分/部
		8. 因导向偏差，被出版行政主管部门开展的网络文学出版服务单位作品阅评点名批评，扣 3 分/部
		9. 作品违反《出版管理条例》《网络出版服务管理规定》等法律法规相关规定，被行政管理部门处罚，扣 5—8 分/部
		10. 出现严重政治差错，社会影响恶劣，实行一票否决，整体评估为不合格
	文学价值和文化传承（10 分）	1. 积极出版思想性、艺术性和可读性有机统一的精品佳作，传承和弘扬中华优秀传统文化，作品整体具有较高文学水平和艺术价值，较好地满足人民群众精神文化需求，计 10 分
		2. 无明显违规内容，但缺乏积极措施引导精品创作，忽视作品艺术追求和文学坚守，较多作品文学水平低、艺术价值差，视情况扣 5—10 分
		3. 无明显违规内容，但缺乏措施传承发扬中华优秀传统文化，漠视中华文化立场及中华审美风范，视情况扣 5—10 分
		4. 内容粗制滥造，立意苍白、语言粗俗，被读者投诉举报或被媒体、专家批评，扣 1 分/部
		5. 因艺术品质低下，被出版行政主管部门开展的网络文学出版服务单位作品阅评点名批评或被专家、媒体公开评论批评，扣 2 分/部

一标	二级指标	计分标准
	编校质量 （3分）	1. 作品封面、插图等设计明显不符合作品思想内容或存在差错，扣1分
		2. 文字使用不规范，不符合《出版物汉字使用管理规定》等相关规定，扣2分
		3. 编校差错严重，超过《图书质量管理规定》图书差错率标准3倍，扣3分
	资源管理 （2分）	内容资源管理混乱，作品链接、作者署名、后台管理等存在较多差错或不足，扣2分
传播能力 （15分）	平台首页和栏目建设 （5分）	1. 未重视对践行社会主义核心价值观、弘扬真善美、传播正能量作品的重点推介，扣3—5分
		2. 刻意迎合市场需求，平台首页或栏目设置存在唯点击率倾向，扣5分
		3. 在平台首页或重点栏目推介缺乏文学内涵与艺术审美的作品，扣2分/部
		4. 在平台首页或重点栏目推介导向有严重问题的作品，实行一票否决，整体评估为不合格
	排行榜设置 （5分）	1. 忽视排行榜编辑把关，缺乏有效措施发挥排行榜示范导向作用，扣3分
		2. 刻意迎合市场需求，排行榜设置存在唯点击率倾向，扣5分
	投送效能 （3分）	1. 对主旋律、正能量作品缺乏宣传推广，技术、手段落后，扣1分
		2. 虚假宣传、夸大宣传，以不诚信手段等误导读者，诱导消费，扣2分
		3. 追求市场轰动效应，策划不当宣传方法，引起社会不良反响，扣3分
	评论引导 （2分）	对网站评论区管理不善，忽视评论引导作用，不实事求是，不能坚持人民评价、专家评价和市场检验的统一评价标准，误导读者或社会舆论，扣2分
内容创新 （10分）	丰富性和多样化 （5分）	1. 不注重内容丰富性、主题多样化，整体作品题材单一，主题单调，结构失衡，扣2分
		2. 较多作品内容雷同、抄袭模仿、千篇一律，同质化现象较普遍，扣5分
	创造性和个性化 （5分）	1. 原创能力不够，作品体裁、形式、风格、叙事方式等缺少特色，扣2分
		2. 创新精神不足，观念陈旧、手段落后，缺乏积极措施激发和调动作者创作活力，扣3分
		3. 片面追求作品点击率，存在机械化生产、快餐式消费倾向，扣5分

文学网站评价研究报告

144

一标	二级指标	计分标准
制度建设（30分）	编辑责任制度（5分）	1. 建立较完备制度，但执行不力或编校人员数量不能保障日常工作，扣2分
		2. 关键岗位缺失，制度不健全，内容把关不严，扣3—5分
		3. 未建立编辑责任制度，扣5分
	作者和读者服务制度（4分）	1. 建立较完备作者、读者服务制度，但未严格执行，扣2分
		2. 作者服务制度不健全，作者实名注册、个人信息保护等关键措施缺失，导致损害作者权益，扣3—4分
		3. 读者服务制度不健全，对读者反馈、合理要求不响应，导致损害读者权益，扣2—3分
		4. 未建立作者、读者服务制度，扣5分
	作品管理及质量控制制度（5分）	1. 建立较完备制度，但执行不力，扣2分
		2. 制度不健全，致使内容质量低下，扣3—5分
		3. 未建立作品管理及质量控制制度，扣5分
	版权管理制度（4分）	1. 建立较完备制度，但执行不力，扣2分
		2. 制度不健全，不能保护作者、消费者合法权益，扣3分
		3. 制度存在缺失，因抄袭、侵权盗版等行为在社会引起负面评价，扣4分
		4. 未建立版权管理制度，扣4分
	队伍建设和人才培养机制（4分）	1. 不重视队伍建设，人才结构不合理，扣1分
		2. 不重视人才培养，编辑等相关岗位人员不具备相关资质或全年未参加相关岗位培训，关键岗位人员不胜任工作未能及时调整，扣3分
		3. 人员存在违反职业道德、职业精神问题，社会影响恶劣，扣1分/人次
		4. 队伍管理混乱，人员出现违法违纪现象，扣2分/人次
		5. 缺乏队伍建设和人才培养的有效措施、相关机制，扣4分
	经营管理制度（4分）	1. 建立较完备制度，但执行不力，扣1分
		2. 制度不健全，违反行业规范或市场规则，不能诚信经营，在社会引起负面效应，扣1分/次
		3. 经营管理混乱，被相关管理部门处罚，扣2分/次
	党建和思想政治工作（4分）	1. 不重视党建工作，党组织机构不健全，未正常开展党组织活动，扣4分
		2. 编辑等关键岗位党员不能发挥先锋作用，扣3分
		3. 未采取有效措施加强员工思想教育，企业精神缺失，发展理念不足，扣2分
		4. 不重视员工思想动态和利益诉求，不能很好地解决员工思想或实际问题，扣1分
		5. 违反政治纪律和政治规矩等重大问题，实行一票否决，整体评估为不合格

一标	二级指标	计分标准
社会和文化影响（30分）	荣誉奖项（7分）	1. 作品获得省市级奖项、扶持或地区推介等，加1分/部
		2. 作品获得国家级奖项、扶持或全国性推介等，加2分/部
		3. 单位或单位员工获得省市级奖项、奖励等，加1分/人（次）
		4. 单位或单位员工获得国家级奖项、奖励等，加2分/人（次）
		5. 上述加分最高累计7分
	社会评价（7分）	1. 作品被中央媒体或专业权威媒体宣传报道，影响积极正面，效果突出，加2分/部
		2. 作品被专家研究或评论，在学界产生一定影响，或被第三方专业机构重点研讨和传播，具有积极正面作用，加2分/部
		3. 作品读者关注度高，收藏量超过5000，影响积极正面，加1分/部
		4. 单位或单位员工被中央媒体或专业权威媒体作为正面典型宣传报道，效果突出，加2分/人（次）
		5. 上述加分最高累计7分
	文化影响（7分）	1. 作品版权转化出版图书，受到读者喜爱，加1分/部
		2. 作品版权改编影视剧、游戏等，在社会公众中产生积极影响，加2分/部
		3. 上述加分最高累计7分
	国际影响（7分）	1. 作品签订版权输出合同，或被国外研究者评论、译介，在世界舞台讲述中国故事、传播中国声音、阐发中国精神，产生良好影响，加1分/部
		2. 上述加分最高累计7分
	公益服务（2分）	积极参与社会捐赠，参与全民阅读、农家书屋建设等，视效果及影响加1—2分

评分说明：

1. 本表1－61项为基本分部分，合计100分，根据实际情况按计分标准扣减，但不超过各项指标最高赋值

2. 62—77项为加分项，合计30分，根据实际情况按计分标准加分，但不超过各项指标最高赋值

3. 评估最低分为0分

　　国家新闻出版总署的这份评估指标和计分标准，所涉及的不仅仅是文学网站社会效益评价，还包括文学网站相关的出版行业，例如网络运营商、影视制片商、出版社等。显然，这份评价指标设计对文学网站的评价体系设计也是适应的，学界对此也有许多探讨。

　　关于文学网站的评价和研究近年来受到学者广泛关注，有论者提出从作品维、受众维、管理维三个方面出发考量文学网站的现状、发

展和问题①。

构建文学网站评价体系的指标要遵从全面性、科学性、排他性、易取性原则，在指标选取时要仔细斟酌，认真筛选。必须明确，文学网站不是创作作品，而是承载和传播文学作品，所以，它首先是一家数字出版企业，是网络出版商，具有文化传媒企业的性质。其次，文学网站需要利用虚拟网络空间承载和传播文学作品，是网络传媒业，需要运营管理，因而具有技术传媒产业的性质。故而，文学网站的评价指标应考虑以下几个必备的元素。

第一，文学网站的社会效益评价指标。对于一个文化企业来说，不能只看它的经济指标，还要看它的社会责任和社会影响，即看其在政治导向、精神文明建设、审美引导、文化传承、文化产品、文化服务等方面做了些什么，看其是否为读者提供了好的作品，好的精神食粮；是否让读者得到了审美的愉悦、阅读的快乐，精神的陶养；是否为文学的繁荣发展做出了贡献；是否对有才华的作者进行了挖掘和培养，等等。因此，网站评价体系离不开社会效益方面的评价指标。2015年9月15日，中共中央办公厅、国务院办公厅印发的《关于推动国有文化企业把社会效益放在首位、实现社会效益和经济效益相统一的指导意见》中，明确提出，文化企业"社会效益指标考核权重应占50%以上，并将社会效益考核细化量化到政治导向、文化创作生产和服务、受众反应、社会影响、内部制度和队伍建设等具体指标中，形成对社会效益的可量化、可核查要求"②，这是我们要遵循的指标设置原则。

第二，文学网站的运行管理评价指标。网站的运行既表现为外在性，即网站的运行状态和水平，又表现为网站的内部管理情况——网站运行要为写手服务，为读者服务，保证其运转正常，这样，文学网站管理运行具有双重性：一是保证网站内部的员工管理，这属于一般

---

① 欧阳友权、吴钊：《我国文学网站社会效益评价研究》，《人文杂志》2017年第2期。

② 中国政府网：《中办 国办印发〈关于推动国有文化企业把社会效益放在首位、实现社会效益和经济效益相统一的指导意见〉》，http://www.gov.cn/zhengce/2015-09/14/content_2931745.htm，2015年9月14日，2022年1月31日访问。

企业行为的内部管理，二是网站上无数作者、读者的管理，可称为外部管理，后一种管理一般性企业是没有的。为简化指标，我们将这两种管理放在一起，统一为网站管理指标。其下级指标可根据企业的内部管理要求与文学网站管理的特点予以设置。

第三，文学网站的经营状况评价指标。企业要讲求经济效益，在社会效益优先的情况下，参与市场竞争，形成可持续的盈利模式，达成利润的最大化，是商业性文学网站的正当要求。一个长期亏损、入不敷出的企业是无法持续经营的，更不用说很好地运营自己的网站了。"榕树下"的命运就是一个例证，作为最早的专业性文学网站，因为没有找到恰当的盈利模式，经营不善，日渐式微，该网站被多次转卖，现归到阅文集团名下，从国内第一到寄人篱下，沦为二流文学网站。所以，我们要考虑的第一个大指标是网站的经营状况。

基于上述 3 个一级指标延伸出 17 个二级指标、53 个三级指标，这里尝试设计出文学网站不同指标的权重系数，从而组成一个完整的评价体系。这个评价指标的系统构成可如下表 5－2。

表 5－2　　　　　　　　　　文学网站评价指标体系

一级指标	二级指标	三级指标
社会效益 A1	作品导向 B1	政治导向
		审美导向
	作者影响力 B2	签约写手人数
		顶尖写手人数
	作品影响力 B3	作品累积量
		畅销作品量
		版权转让量
		百万以上点击量作品
		5 千以上收藏量作品
		作品出口数
	社会反响 B4	作品获奖情况
		媒体报道关注
		被投诉情况

一级指标	二级指标	三级指标
社会效益 A1	读者影响力 B5	读者总数
		注册读者数
		付费读者数
		平均付费值
		读者平均上线时间
	读者参与度 B6	读者长评数
		读者打赏数
	文化服务 B7	免费作品率
		文化传承
		其他文化公益活动
管理机制 A2	网站规划 B8	长期目标
		短期目标
	制度建设 B9	部门架构
		内部管理制度
		写手管理制度
	技术层级 B10	网站构架层级
		网站页面设计
		APP 开发
		监管软件
	队伍建设 B11	高管人员
		编辑人员
		技术人员
		营销人员
		写手培训
	企业文化 B12	文化理念
		识别系统
经营状况 A3	基本情况 B13	资产规模
		员工总数
		注册读者
		作品总数
		IP 转让率

一级指标	二级指标	三级指标
经营状况 A3	年度产值 B14	总产值
		人均产值
		税务贡献
	年度利润 B15	利润值
		利润率
	写手收益 B16	写手总收益
		写手平均收益值
	推广费用 B17	广告投入
		其他推广

第六章　文学网站评价体系的基本构架

　　网络文学网站评价是整个网络文学评价的重要组成部分，也是网络文学评价有别于传统文学评价的特殊之处。文学网站评价体系的建构是一项开拓性的工作，具有较大的挑战性。这是因为，与网络作家评价、网络作品评价相比，网站评价有很大的不同。从管理性质上说，文学网站是一个经济实体，属于企业体制，但它不是一般的企业，而是一个传媒性的企业，一个文化企业；并且，文学网站不同于一般的文化企业，它是一个经营原创文学（部分网站兼顾经营传统文学作品）的企业，要以网络文学作为自己的经营对象，通过文学阅读及其衍生市场来实现盈利并扩大再生产。这使得文学网站既具文学性、文化性、传媒性和意识形态性，又具有经济性和产业性，亦即具有文化与经济的二重性。所以，构建文学网站的评价体系既不能单纯按一般文化性企业去评价，也不能简单按纯商业性的企业去评价。本章的任务就是选择合适的评价方法，建立科学的网站评价体系，以便为文学网站的社会效益评价、经济效益评价、管理效益评价提供准确可靠的评价工具模型和标准。

　　根据广泛调研构建的评价模型和方法，遴选不同类型的代表性文学网站进行具体评估，对照网站在各指标中的得分情况，经过具体计算以及横向、纵向的比较研究，发现其在社会效益、经济指标、管理运营水平等方面的成功经验与成效，找出带有普遍性性、规律性问题。对成功的做法予以推广，对存在的问题要分析原因，提出应对之策，为政府监管网站、评价网站提供依据，为文学网站建设和运营提供参考，提高我国文学网站的整体水平。最后试图为我国当前运营的知名文学网站提供一个评价榜单。

第一节　文学网站评价的模型建构

评价体系建模是现代数理研究的一般方法，起源于模糊数学与运筹学。1965 年美国自动控制专家查德（L. A. Zadeh）教授提出模糊集合理论（fuzzy sets），用以表达事物的不确定性。它现在发展出许多具体的方法，如模糊数学综合评价法、层次分析法、多属性综合评价法、灰色系统评价法、多元统计分析法等。

现在评价体系的运用几乎涉及了所有领域。因为模糊集合对以前人们认为无法用数字计算问题的解决，数学方法已是广受青睐；加以传统主观定性的各种不靠谱而广受诟病，所以，几乎所有大大小小的事物都用建立评价体系的方法去评价。大到国家竞争力，小到一个单位员工的效率，都在用评价体系的方法进行考察。目前广为大众所熟知的、影响很大的，如国家（城市）总体实力评价、科研实力评价、文化竞争力评价等，以及世界大学排名、亚洲大学排名、中国大学排名等。

评价模型的关键是指标是否设计科学，权重分配是否合理。这两大因素直接关系到评价体系的成功与否，只要其中一个出现较大问题，评价的客观性、准确性就大打折扣。指标要具备科学性，就要充分把握对象的属性，把握对象的主要特点，对对象的各个方面有充分的认识。而每类对象是千差万别的，如大学与文学网站，根本不同；如人文社会科学研究与城市文化竞争力等相差万里。因此，同是用评价体系去评价对象，但所设指标完全不同。这样，别的评价指标可以作为我们思考问题的参考，却不能照抄照搬。所以，有各种各样的评价体系研究，但没有相同的两个体系。

如前所述，权重的分配，一般有三种方法：主观赋权法、客观赋权法、组合赋权法。除此之外，常用的还有 AHP 方法（层次分析法）。

AHP 方法（The Analytic Hierarchy Process）亦即层次分析法，是当下常用的决策评价方法之一。19 世纪是数学的世纪，数学的方法渗透到各个领域，AHP 也以一定的数学运算为基础。数学的使用使问题分析变得高效、直观、准确，在数学的帮助下人们的决策越来越"正确"，出现了线性规划（linear programming）、非线性规划（nonlinear programming）、多目标规划（multi-objective programming）、多准则决策分析（Multi-criteria decision analysis）等，数学虽然在决策中起到重要的作用，但随着目标问题越来越复杂，人们往往习惯于使用数学模型将实际问题简单化、抽象化，这在某种程度上导致了问题的失真。到了 19 世纪下半叶，最优化技术越来越抽象、复杂、艰深，想要熟练掌握一门高效的最优化方法需要长年累月的数学训练，同时，最优化方法需要的计算设备耗资巨大，这造成了数学模型的"危机"。针对数学泛滥带来的危机，运筹学家开始反思何种方法既能够针对现实又能够准确科学，匹兹堡大学的萨蒂（Thomas L. Saaty）教授提出了AHP 方法，AHP 关注决策的起点和终点，即人的选择和判断作为模型的重要的变量，基于一定数学原理的 AHP 方法，而本质上则是一种用于决策排序和权重分配的模型。也就是说，AHP 本质上可以体现出决策人的判断思维并对这种思维进行综合。

AHP 方法与网络（信息、交通、运输）有着密不可分的渊源，早在 1971 年，萨蒂就为美国国防部研究所谓的"应急计划"，1972 年为美国科学基金会研究能源分配问题，1973 年为苏丹政府研究过运输问题，这些跨领域的研究使萨蒂开始注重综合定性和定量分析的规范化问题，在《用于排序和计划的特征根分配模型》和《层次和排序——特征根分配》两篇文章中萨蒂讨论了一种分组优化的方法，在 1977 年第一届国际数学建模会议上萨蒂发表了《无结构决策问题的建模——层次分析理论》也就是 AHP 方法，从这次会议之后 AHP 方法开始全面运用于各个领域，萨蒂也于 1980 年开始系统地建立 AHP 方法的各项理论著作，最为出名的便是《排序的逻辑》和《领导者的决策》。

选择 AHP 方法作为评价体系的主要方法，其原因在于评价服务与决策的引导性。首先，AHP 方法的优势在于适用性，AHP 方法作为较为基础并简捷高效的决策分析方法，比较温和的入门门槛可以保证使用者的操作性，这大大提高了时效，毕竟网络世界瞬息万变，我们需要及时高效地反馈一些有价值的信息。其次，AHP 方法的优势在于简捷性，AHP 方法的基本步骤可以在简单计算器或 Excel 上实现计算，并不需要庞大数据的处理器，这一点增加了 AHP 方法的普及性。再次，AHP 方法的实用性最为突出，AHP 方法是量化与定性分析的结合，同时结合了最优化技术的长处，这使得 AHP 方法能够兼顾多种需求，应对多种分析模式。最后，AHP 方法的系统性备受人们的青睐，在因果式推断、概率推断、系统推断当中，系统推断能够有效结合各组成部分的相互联系以及以环境因素为判断基础，在复杂问题上显得尤为有效，其原因正在于 AHP 方法的递阶层次系统推动特点。

但任何方法都有缺陷，没有放之四海而皆准的唯一方法。AHP 方法的局限性在于，首先，AHP 主要应用于大概率确定的决策问题，也就是说，AHP 是优化方法而不能生成方法本身，事先对决策的各种方法要有明确的规定。其次，AHP 因为基于基础数学原理而不是精细化方法，对于高密度量化分析显然无能为力，AHP 只是在递阶层次分析中对最优解进行模糊性的判断，当然，具有弹性的优化方案同时也可以视为优点。最后，AHP 方法在使用中注重决策者判断，因此人的判断、思维、偏好对结构影响很大，判断失误则会直接导致决策失误。AHP 方法的本质便是使人的判断条理化，但这并不能超越人本身的判断思维。

AHP 方法的运算步骤分为四步：（1）建立问题的递阶层次结构；（2）构造两两比较判断矩阵；（3）由判断矩阵计算被比较元素相对权重；（4）计算各层元素的组合权重。

一　建立问题的递阶层次分析结构

建立递阶层次分析结构是将决策目标分为若干个子项，即把复杂问题分解为多个元素，再将这些元素按照属性分为若干个子项，形成不同的层次。因此，我们可以将"文学网站的评价体系"问题设计如下：

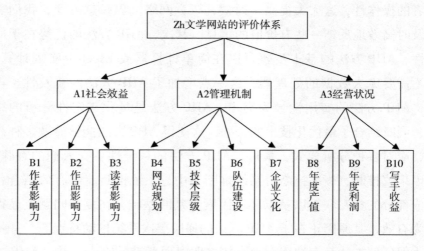

图6-1 文学网站的评价体系

二 构造两两比较判断矩阵

在构建了递阶层次分析结构后，还需要对各层次的重要程度进行判断，然后才能进行两两矩阵比较从而确定评价指标的权重系数。通过权重系数的不同分类我们可以构造判断矩阵，判断矩阵有单个专家对比较元素进行两两比较的矩阵，也有多个专家组成意见群共同完成的矩阵。多重的组合有利于在群组决策中做到最优化的结构目标。

上下层次确定之后就可以根据隶属关系建立判断矩阵，假定上一层的元素 Zh 作为准则，对下一层次的元素 A1，A2，…，An 有支配关系，我们的目的是在准则 Zh 之下按照相对重要性赋予相应的 A1，A2，…，An 权重。通过对 Zh 准则下两个元素 Ai，Aj 对比重要性得出赋权的一定数值，数字的基本运算基于 1—9 的比例标度，它们的意义见表 6-1。

表 6 –1				专家咨询表重要性比例标度				
尺度 a_{ij}	1	2	3	4	5	6	7	8	9
A_i：A_j 的重要性	相同		稍强		强		明显强		绝对强

其解释含义为：准则为"文学网站的评价体系"下的子准则"社会效益""管理机制""经营状况"中如果认为社会效益比经营状况重要，它们的比例标度为 5 的话，经营状况对社会效益的比例标度为 1/5，对于 n 个元素来说，就有两两比较判断的矩阵图 S：

$$S = (a_{ij})_{n \times n} \tag{1.1}$$

判断矩阵具有以下性质：

（1） $a_{ij} > 0$

（2） $a_{ij} = \dfrac{1}{a_{ji}}$ （1.2）

（3） $a_{ii} = 1$

本评价体系采用多个相关专家共同决策来构造判断矩阵。步骤如下。

第一，根据建立的"文学网站评价体系"指标体系，设计一份专家问卷咨询表（见第四节）。

第二，找到了相关领域的专家，这些专家必须是多方面的，包括网络文学作家、文学网站管理者、网络文学理论研究专家、网络出版经营专家等；其中，网络文学作家有 4 位，文学网站管理者 2 位，网络文学理论研究专家 4 位，网络出版经营专家 2 位。通过调查问卷的方式，请各位专家对同一层次下的指标进行两两比较，判断其相对重要程度，并在适当地方打"√"。

本次专家咨询是定向发放问卷，主要是通过邮件方式，一共发放了 12 份，回收 12 份，问卷回收率为 100%。虽然发放对象比较少，但考虑到是专家咨询，并且是定向发放问卷，每一个咨询都是有效的、有权威性的。

在问卷回收完毕之后，进行的具体的问卷统计过程中我们采用的是判断矩阵元素的几何平均法，通过计算两两指标间相对重要程度得到一个综合判断矩阵。令 h 个专家对同一准则层次给出的判断矩阵为 $A_h = (a_{ijh})_{n \times n}$（$h, i, j = 1, 2, \cdots, n$），则综合判断矩阵为：$A = (a_{ij})_{n \times n}$，其中

$$a_{ij} = \sqrt[h]{a_{ij1} \cdot a_{ij2} \cdot \cdots \cdot a_{ijk}} = \sqrt[h]{\prod_{h=1}^{h} a_{ijh}}$$

在经过了 10 份专家问卷调查和群组决策的数据统计之后（原始数据见第四节），我们构造了各个准则、层次的四个判断矩阵。首先构造 Z—A 层的判断矩阵，如表 6 - 2 所示。

表 6 - 2　　　　　　　　Z—A 判断矩阵几何平均结果

Z—A 判断矩阵几何平均结果	A1	A2	A3
A1	1	5	3
A2	1/5	1	1/2
A3	1/3	2	1

随后，我们分别构造了 A1—B1，B2，B3 几何平均矩阵、A2—B4，B5，B6，B7 几何平均矩阵、A3—B8，B9，B10 几何平均矩阵，分别如表 6 - 3、6 - 4、6 - 5 所示。

表 6 - 3　　　　　　　　A1—B1，B2，B3 几何平均结果

A1—B1，B2，B3 几何平均结果	B1	B2	B3
B1	1	1	2
B2	1	1	3
B3	1/2	1/3	1

表 6 - 4　　　　　　　　A2—B4，B5，B6，B7 几何平均结果

A2—B4，B5，B6，B7 几何平均结果	B4	B5	B6	B7
B4	1	2	1/2	2
B5	1/2	1	1/2	1
B6	2	2	1	2
B7	1/2	1	1/2	1

表6-5   **A3—B8，B9，B10 几何平均结果**

A3—B8，B9，B10 几何平均结果	B8	B9	B10
B8	1	1	1
B9	1	1	1
B10	1	1	1

第二节　计算权重向量与评价结果

在构造了判断矩阵之后，通过计算各个判断矩阵 Z 的最大特征根 λ_{max} 与特征向量 w ＝ $(w_1, w_2, \cdots, w_n)^T$。层次单排序计算，即是求同一层次相应因素对于上一层次相应某因素相对重要性的排序权重数值。计算步骤如下：

①将矩阵 A 进行归一化处理后得到每一列元素为：$\tilde{a}_{ij} = \dfrac{a_{ij}}{\sum_{j=1}^{n} a_{ij}}$ $(i, j=1, 2, \cdots, n)$；

②将归一化后的元素矩阵按照每行相加得到：$\tilde{w}_i = \sum_{i=1}^{n} \tilde{a}_{ij}$ $(i=1, 2, \cdots, n)$；

③将向量 $\tilde{w}$ 得到特征根近似解公式：$w_i = \dfrac{\tilde{w}_i}{\sum_{j=1}^{n} \tilde{w}_j}$ $(i=1, 2, \cdots, n)$，$w = (w_1, w_2, \cdots, w_n)^T$；

④求最大特征根为：$\lambda_{max} = \sum_{i=1}^{n} \dfrac{(Aw)_i}{nw_i}$。

之后需要对求得的特征向量做一致性检验。这是因为在判断矩阵的构造中，会出现一些违反常识的情况，比如出现甲比乙极端重要，乙比丙极端重要，而丙比甲极端重要的情况。运算公式如下：

①根据萨蒂 AHP 方法，矩阵 Z 特征根的一致性指标表达为：若 CI ＝ 0 则 A 一致，否则 CI 越大则 A 的不一致性越严重；

②若 CI ＞ 0 时求一致性比率 CR 用于确定 A 的不一致性的容许范

围；$CR = \dfrac{CI}{RI}$，其中 RI 为随机检测一致性指标，萨蒂的 AHP 方法中 RI 对应的指数如表 6 - 5 所示。

表 6 - 5　　　　　　对 n ∈ [1, 11] 所对应的 RI 指数

n	1	2	3	4	5	6	7	8	9	10	11
RI	0	0	0.58	0.90	1.12	1.24	1.32	1.41	1.45	1.49	1.51

其中 n 为矩阵阶数。因此，当 CR < 0.1 时，Z 的不一致性程度在容许范围内，此时可用 Z 的特征向量作为权重向量。由于矩阵向量、最大特征根 λ_{max} 及对应的特征向量 w 均需要庞大的计算量，因此我们需要借助一定的计算工具，在构造了判断矩阵后，在相应数值处输入公式求出相应的 λ_{max}、w 和 CI、CR 指标。

按照上述算法与计算步骤，得出的各层层次单排序及一致性检验计算结果，如下表 6 - 6—6 - 9 所示。

表 6 - 6　　　　　　Z—A 判断矩阵几何平均运算

Z—A 判断矩阵几何平均运算	A1	A2	A3	
A1	1.00	5.19	3.24	
A2	0.19	1.00	0.49	
A3	0.31	2.02	1.00	
1. 将矩阵 Z—A 每一列元素向量归一化				
Z—A 判断矩阵几何平均运算	A1	A2	A3	
A1	0.67	0.63	0.68	
A2	0.13	0.12	0.10	
A3	0.20	0.25	0.21	
2. 将每列归一化后的判断矩阵按行相加				
	$\tilde{w}$			
	1.98			
	0.35			
	0.66			
3. 将向量 $\tilde{w}$ 归一化				
	$\tilde{w}$			

	0.66			
	0.12			
	0.22			
4. 求最大特征根				
A＊W	=	AW		
		1.99		
		0.35		
		0.66		
λmax	=	3.00		
因为是（3，3）矩阵				
所以 RI＝0.58				
CI	=	0.0002		
CR	=	0.0003	<0.1	符合一致性检验

表 6－7　　　　　**A1—B1，B2，B3 几何平均运算**

A1—B1，B2，B3 几何平均运算	B1	B2	B3	
B1	1	1	2	
B2	1	1	3	
B3	1/2	1/3	1	
1. 将矩阵 A1 每一列元素向量归一化				
A1—B1，B2，B3 几何平均运算	B1	B2	B3	
B1	0.42	0.48	0.31	
B2	0.33	0.38	0.50	
B3	0.26	0.14	0.19	
2. 将每列归一化后的判断矩阵按行相加				
	$\tilde{w}$			
	1.20			
	1.20			
	0.59			

3. 将向量$\bar{w}$归一化					
	w				
	0.40				
	0.40				
	0.20				
4. 求最大特征根					
A * W	=	AW			
		1.23			
		1.23			
		0.60			
λ_{max}	=	3.06			
因为是（3，3）矩阵					
所以 RI = 0.58					
CI	=	0.03			
CR	=	0.05	< 0.1	符合一致性检验	

表 6 - 8　　　A2—B4，B5，B6，B7 几何平均运算

A2—B4，B5，B6，B7 几何平均运算	B4	B5	B6	B7	
B4	1	2	1/2	2	
B5	1/2	1	1/2	1	
B6	2	2	1	2	
B7	1/2	1	1/2	1	
1. 将矩阵 A2 每一列元素向量归一化					
A1—B1，B2，B3 几何平均运算	B4	B5	B6	B7	
B4	0.23	0.30	0.18	0.34	
B5	0.11	0.14	0.18	0.12	
B6	0.55	0.36	0.45	0.38	
B7	0.11	0.20	0.19	0.16	
2. 将每列归一化后的判断矩阵按行相加					

续表

	$\tilde{w}$			
	1.05			
	0.55			
	1.74			
	0.66			
3. 将向量$\tilde{w}$归一化				
	w			
	0.26			
	0.14			
	0.43			
	0.16			
4. 求最大特征根				
A * W	=	AW		
		1.08		
		0.56		
		1.80		
		0.66		
		3.07		
λ_{max}	=	4.08		
因为是（4，4）矩阵				
所以 RI = 0.90				
CI	=	0.03		
CR	=	0.03	< 0.1	符合一致性检验

表 6 – 9　　　　　**A3—B8，B9，B10 几何平均运算**

A3—B8，B9，B10 几何平均运算	B8	B9	B10	
B8	1	1	1	
B9	1	1	1	
B10	1	1	1	
1. 将矩阵 A3 每一列元素向量归一化				

A3—B8，B9，B10 几何平均运算	B8	B9	B10	
B8	0.30	0.27	0.33	
B9	0.34	0.30	0.28	
B10	0.36	0.43	0.40	
2. 将每列归一化后的判断矩阵按行相加				
	$\tilde{w}$			
	0.90			
	0.91			
	1.19			
3. 将向量$\tilde{w}$归一化				
	w			
	0.30			
	0.30			
	0.40			
4. 求最大特征根				
$A * W$	=	AW		
		0.90		
		0.92		
		1.19		
λ_{max}	=	3.01		
因为是（3，3）矩阵				
所以 RI = 0.58				
CI	=	0.004		
CR	=	0.01	< 0.1	符合一致性检验

　　根据 AHP 层次分析法，当 CI = 0，或 CR < 0.1 时，层次单排序符合一致性检验。从表 6 - 6—6 - 9 的计算结果可以看到，各层层次单排序的一致性指标 CR 分别是 0.0003、0.05、0.03、0.01，满足 CR < 0.1，均符合一致性检验。

　　通过对层次元素的组合权重计算，我们能够得到所建构矩阵模型的各个层次的各个元素的层次模型，对层次模型中进行相对权重排序，通过这种计算方法我们便能得到方案层中的各个元素在总目标 Z 下的排序权重。而评价结果的计算步骤如下所示：

①在元素层次模型中，计算出 h－1 层的各个元素相对总目标的组合排序权重向量表示为：$w^{h-1} = (w_1^{h-1}, w_2^{h-2}, \cdots, w_n^{h-1})^T$；

②进一步，计算出第 h 层对在 h－1 层中作为准则的第 j 个元素的排序权重向量为：$v_j^h = (v_{1j}^h, v_{2j}^h, \cdots, v_{mj}^h)^r$，并进一步构成矩阵 $V^h = (v_1^h, v_2^h, \cdots, v_n^h)$；

③最后，我们便可以得出第 h 层的各元素在总目标层中的总排序，组合排序向量为：$w^h = V^h \times w^{k-1}$。所得向量表达式就是组合权重的最终计算成果公式。

由此，我们根据以上的计算方式，在之前的单层次排序基础上再进行层次总排序，所得即是组合权重的计算，其结果则是各元素对应的总排序权重。

表 6－10　　　　　　　　　　各元素层次排序权值

层 A	A1	A2	A3	A 层总排序权值
层 B	1.98	0.35	0.66	
B1	0.4	0	0	0.792
B2	0.4	0	0	0.792
B3	0.2	0	0	0.396
B4	0	0.26	0	0.091
B5	0	0.14	0	0.049
B6	0	0.43	0	0.1505
B7	0	0.16	0	0.056
B8	0	0	0.3	0.198
B9	0	0	0.3	0.198
B10	0	0	0.4	0.264

在得到组合权重结果之后，再次对层次总排序权重的一致性检验进行检验，即逐层计算 CI。计算步骤及公式如下：

①得到 h－1 层的计算结果为 CI^{h-1}，进而根据表 6－5 得出对应的

RI 指数，即 RI^{h-1}；

②相应的第 h 层的 CI、RI 指数分别为：$CI^h = \sum_{i=1}^{n} a_i^{h-1} CI_i^{h-1}$，$RI^h = \sum_{i=1}^{n} a_i^{h-1} RI_i^{h-1}$；

③此时，我们便能得到第 h 层的总排序一致性比率为：$CR^h = \dfrac{CI^h}{RI^h}$。其中，当 $CR^h < 0.1$ 时，该层对目标层的总排序权值符合一致性检验，也就是说，此时得到的便是该层中各指标的权重，表达式为：$w = (w_1, w_2, \cdots, w_n)$。

通过以上步骤的计算，我们可以对"文学网站评价体系"的各个评价指标及各层次总排序进行一致性检验，其结果如表 6 – 11。

表 6 – 11　　　　　　　　　　层次总排序的一致性检验

	w	CI	RI	wCI	wRI	CR
A1	0.66	0.03	0.58	0.0198	0.3828	
A2	0.12	0.03	0.9	0.0036	0.108	
A3	0.22	0.004	0.58	0.00088	0.1276	
Σ				0.02428	0.6184	0.039263

从表 6 – 11 的数据结果可知，4 个判断矩阵的一致性指标 CR = 0.039263 < 0.1，均符合一致性检验。

因此，我们根据以上表格可以得出"文学网站评价体系"的各个指标，根据权重排序的结果我们可以得知：首先，"社会效益""管理机制""经营状况"等三个一级指标的权重不同；其次，在三个一级指标下，"作者影响力""作品影响力""读者影响力""网站规划""技术层级""队伍建设""企业文化""年度产值""年度利润""写手收益"等 10 个二级指标也具备各个不同的权重。在一级指标中，"社会效益"占比重 0.66 成为最显著的考量标准；在二级指标中，"社会效益"权重下"作者影响力"与"作品影响力"各占 0.4 成为二级指标中的显著考量标准，在一般显著的"管理机制"指标下，"队伍建设"占比重 0.43 成为最为显著的评价指标，在较为显著的"经营状况"指标下,"写手收益"占比重0.4成为最为显著的评价指标。

最终,由10位专家学者根据经验、研究、数据得到的调查问卷组成了混合权重的打分方法,我们可以将各个评分指标的分值设计为 $X = (x_1, x_2, \cdots, x_{10})^T$,由我们得到的不同均一化权重向量组成打分公式:$Y = \sum_{i=1}^{10} w_i x_i$,其中的 w 就是我们得到的 B 级指标的总排序权值。

第三节　文学网站评价构架的多维与适配

文学网站评价体系的建构并非只有一种,能够使用的方法也不止一种,可以说,想要全面评价文学网站需要更多的方式方法,甚至越多方法的综合越能够全面地反映文学网站的现状,也可以避免片面武断地对文学网站进行印象式的评价。但是,在宏观方面上有几个重要尺度可以用作参考,例如有的学者指出的:计算机网络功能发挥尺度,跨媒介、跨艺类尺度,技术性—艺术性—商业性的融合尺度,"虚拟世界"的开拓尺度,主体网络间性与合作生产尺度,"数字此在"对存在意义领悟尺度,"数字现代主义"美学尺度,等等。也有学者指出要以网络文学自身发展为根本,将价值、理论、审美、文化、技术、接受、市场等维度纳入学术考量之中。从中可以看,"何为网络文学的评价标准?""何为文学网站的评价标准?"仍然是一个开放的、等待探索的领域。

这些问题的争鸣也反映出评价体系作为网络文学的重要问题得到了学术研究者的重视,我们所采取的方法则是将专业研究者的主观评价标准与客观发展实际相结合,通过将主观评价标准的权重分配量化处理,在不同权重之间进行交叉比较,从而可以在多组评价标准当中得到一个总体分配方案。在不同判断矩阵当中不同的权重分配,例如"作者影响力"与"写手收益"所占权重均为0.4,但其对应的上层评价标准所占权重的不同导致了在总体评价标准中所占得分的不同,这便有利于将评价重心由经济效益向社会效益转变，但同时又不损害经济效益带给文学网站发展的重要推动力，因为在二级评价体系当中经济效益仍然占有较为显著的权重分配占比。

同时，在接受的维度上，近些年来网民对网络文学作品的偏好呈现出从"求爽""求快"到追求艺术性、审美性的趋势。娱乐性、可读性和思想性、艺术性的统一，越来越成为网民对网络文学的认同标准。更为可贵的是，欧阳友权在自己的破冰之旅中就提出了"网络文学向何处去"的问题。他认为，网络文学要从婴儿成长为巨人还有很长的一段路要走。在这个过程中它还须尽快克服自身的缺憾，迈向成熟和健康。不可否认，网络文学发展30年的时间里取得了辉煌成就的同时也出现了许多矛盾，尤其是近几年随着IP改编范式的成熟，资本协作的深度、广度超乎人们的预料，出现许多措手不及的矛盾也伤害了网络文学的生态环境。

随着网络文学发展与矛盾的显现，越来越需要构建一个符合文学规律又切中网络特征的评价体系和批评标准，因此，我们主张从文学性与网络性两方面介入网络文学批评体系的建构和批评标准的创制。首先，文学性意味着网络文学的审美特性，网络文学是作家、读者、批评家相互作用下的开放文本，因此在评价体系和批评标准中要充分体现这三者的地位；其次，网络文学的另一面是网络性、市场化的作用，没有网络和市场的支撑网络文学无以为继，所以要保证网络环境的可持续发展，保证资本市场的有秩序发展，这要求评价体系和批评标准充分考虑网络文学的传播维度、市场价值维度，这两方面体现了网络文学的客观性，我们通过相关的数据排名体现。而本文所建构的专家权重评价模型就是将主观的传统的文学批评方法与客观的数据化了的量化统计进行结合，不可否认，不论文学还是网络文学作为人文学科的研究对象区别于社会科学的研究对象，网络文学也好文学网站也好都不是一个绝对客观的社会现象或社会对象，其中有众多主观的成分，创作、接受、再生产等维度都是以人的精神世界为落脚点。但客观的、数据化了的量化统计则适合于对网络文学或文学网站引起的社会现象进行评价，例如价值、影响、效益等维度都是以实实在在的数据的形式呈现在人们的眼前。

从中可以看出网络文学的评价体系不能采取以往的单一向度方法，其原因在于商业生态文明与网络文学产业的深度融合，而文学网站正是切入、阐释、分析这一现象的重要着力点。从历史上看，商业生态文明与网络文学产业的融合大体经历了四个历史时期，首先是网络文学草创时期的"野蛮生长"时期，大体可以划分为1991—2001的十年间，这段时期涌现了《橄榄树》《花招》等电子刊物，又有榕树下、幻剑书盟等文学网站。2002—2007年则是文学产业化的成熟期，尤其是2003年起点中文网的VIP收费制度，付费阅读的施行使文学网站向商业化运营模式迈进了一大步，也是资本与文学交融的重要历史事件。2008—2014年则是网络文学的增殖期，这一时期不仅原有的文学网站保持高速增长势头，还吸引了腾讯、百度等互联网公司的加入，网络文学的"出圈"自然进一步刺激到资本的关注，这一时期内的另一特点就是并购、收购文学网站的现象层出不穷，文学网站从草创时期的文学爱好者易主到资本家手中，紧接着就是一系列的运营改革与营收分配调整。2015年至今（2021）是网络文学的转型期，IP改编范式的出现、成熟促使网络文学创作模式发生了改变，也带动了文学网站的运营模式发生改变，付费阅读制度受到IP改编范式的冲击，知识产权打包兜售区别于以字节为计算单位的付费阅读，知识产权彻底将文学内容资本化，某一文学形象不再是作者的想象或读者的想象，而是资本塑造的结果，并且这个"结果"的最终解释权只能归资本所有，任何的"亵渎"都会被盖上侵权的罪名。

商业生态文明与网络文学的融合贯穿了网络文学发展的三十年，正如有的学者指出商业生态文明与网络文学具备涌现性一致、协同进化性一致、自组织性一致、适应性一致等四个特点[①]，也有学者从计

---

① 贺予飞：《商业生态系统理论与网络文学产业的关联逻辑》，《福建论坛》（人文社会科学版）2020年第12期。

算主义的角度进一步阐释了文学网站下资本与文学融合的事实，计算主义"源于 20 世纪早期形成的认知计算主义和更早期的理性主义，也可以被理解为一种世界观，它的形成经历了智能和心灵计算理论、生命计算理论和宇宙计算理论三个阶段"①，在计算主义的阐释下，作者、作品、读者都是可以被数据化的主体。

对于作者而言，数据化意味着作者不再享有创作的主权，作者的创作自由受制于数据计算，其中包括排行榜、销售量、影响系数。如果想要提高自身的知名度就必须承受"影响的焦虑"，与传统文学不同的是，网络写手的焦虑来自资本的认可，如果不能有效地将自身优势转化为数据输出便要面临被淘汰的危险。作者不得不接受数据化的"肉身"，键字符裹挟着作者的全部信息行走在网络世界，作者被标签化、数据化、名牌化。对于作品而言，内容则面临着数字化带来的全面瓦解，文学形象可以脱离语境凭靠大众文化的印象再次"复活"，甚至是被塑造成图像形象，同时资本的权力为其冠名"唯一性"，以对抗多余的想象性侵权。对于整体作品而言，数据化使作品脱离了作者，作品本身不再局限于文字本身而转换为音频、视频、游戏等。对于读者而言，数据化带来的影响则是将读者集群化，通过模拟、统计、对比读者的审美趣味，呈现出读者的群像数据，这首先服务于数字资本的运营需求，只有知道读者在想什么才能最大化作品的利益空间；其次则是引导作者的写作，通过将题材类型与读者审美趣味相互结合，作者写作被数据化与读者审美趣味的数据化成为逻辑闭环，这是市场与文学协同性的关键所在。

因此，基于以上几类问题：首先是网络文学及文学网站的评价标准问题，其次是文学网站历史发展中与资本融合的问题，最后是数字化下作者、作品、读者被编码、解码进而成为商品的问题。进而结合

---

① 廖声武、谈海亮：《走向计算主义：数据化与网络文学业态的裂变》，《湖北大学学报》（哲学社会科学版）2020 年第 4 期。

我们的评价模型与相关问题反思，我们得到以下几种观点。

一是防止作者过于迎合商业写作模式。商业写作模式要求文本刻意营造冲突，拖长故事架构，为满足读者需求情节上过度节外生枝又不能有完善的交代，这些因素都对作品形成负面影响。这也从反面说明了网络文学作品仍然遵循一般文学作品的评价体系，在文学性问题上一般文学作品与网络文学作品仍然有互通的地方，这要求作者遵循一般创作规律。

二是坚持文学作品原创性的创作底线。任何文学作品都是凭借原创性为读者和历史所尊重，网络文学自然不能例外，不同的是，网络文学尤其是利用多媒体和 Web 交互作用创作作品。把文字与视频、音频结合起来制作超媒体、超文本链接式作品，这种开放性、多样性、综合性是网络文学有别于传统文学的根本标志，也是最贴近网络本性的创作革命，应该成为网络文学的发展方向。可由于习惯和技术使然，目前这类作品还不多见。

三是突出个性，办出特色网站。文学网站同网络作品一样正以几何指数猛增，可有个性、有特色的网站不多。栏目的大同小异、作品的相互转贴、非文学的无端炒作，使一些网站成了人来人往、搬货卸货的文字码头，热闹倒是热闹，就唯独没有属于网站自己的东西。由于艺术眼光和技术水平的原因，有许多文学网站用搜集整理代替了原创，用拷贝抄录代替创意，用自由上传代替编辑遴选。没有自己的宗旨和创意，必然缺乏自身的特色和个性，这样的网站只能像一滴雨水落进茫茫海洋之中。

时至今日，网络文学已显露两大变化：一是网络写手浮出水面"网而优则名"，二是网络文学对传统文学的"归顺与招安"。一些网络写手（多是理工科出身）原本是在网上撒撒欢，没曾想却无心插柳柳成荫，因网上创作而一夜成名。痞子蔡的成功撩拨得无数网民与网络文学"亲密接触"，李寻欢、宁财神、安妮宝贝、邢育森、今何在、黑可可等，他们的作品不仅被许多网站做成个人专集收藏，而且被出版社争相出版，可谓名利双收。成名后的写手不时从幕后走到前台，成为传媒炒作和评论的热点，更为"网而优则名"添油加火。这种现象可能导致网络文学的功利化转向，也有可能催生更多网民的文学热情，诱发新一轮的网络文学热潮。

网络文学究竟能走多远？应该说这一文学的前景取决于网民的参与程度和创作水平，也取决于文学网站活出个样儿来。时下的一些文学网站，特别是那些学生社团办的校园文学网站和文学发烧友办的个人网站（文学主页），多是靠列入各类搜索引擎和转贴他人作品撑起门面，它们中有的是自得其乐地"活着"，有的是不死不活地"活着"，有的是一盘散沙地"活着"，有的甚至靠美女图片加网恋故事而低三下四地"活着"。懂得文学创作与鉴赏的人不懂网站建设，懂网站建设的人不一定懂得文学创作与鉴赏，再加上资金和技术的限制，难免使网站与文学同网异梦。如何实现文学性与商业性的接轨、技术与艺术的统一，是众多文学网站需要认真解决的难题。[①]

第四节　原创文学网站评价指标数据采集

文学网站的评价体系与应用研究离不开脚踏实地的调查研究。为了使相关研究拥有真实可信的现实依据，必须获取大量准确可靠、直观可信的调研数据。为此，我们特地设计了一个调研问卷，以便更直接地了解文学网站的生存与发展状况，为建构网络文学网站评价体系提供必要的参考依据。在这里，我们以附录的形式将课题组设计的"专家意见咨询表"收录于此。

　　附：原创文学网站评价指标体系专家意见咨询表
　　尊敬的专家：

---

① 欧阳友权：《互联网上的文学风景——我国网络文学的现状调查与走势分析》，《三峡大学学报》（人文社会科学版）2001 年第 6 期。

您好！《文学网站的评价体系与应用研究》欲构建一个文学评价指标体系，现需对体系中各个指标的重要程度加以确定。得知您在此方面有较高的学术造诣和实践经验，恳请您抽出宝贵的时间，为此次调查进行评估，并对您的大力协助表示诚挚的感谢！

请看已确定的原创文学网站评价指标体系（见下表）。

原创文学网站评价指标体系表

目标	准则	指标	指标说明
Z 文学网站的评价体系	A1 社会效益	B1 作者影响力	签约作者为文学网站赢得的关注度
		B2 作品影响力	发行作品为文学网站赢得的关注度
		B3 读者影响力	文学网站读者的活跃度和黏合度
	A2 管理机制	B4 网站规划	文学网站的设计水平、发展理念
		B5 技术层级	文学网站的技术储备、故障频次
		B6 队伍建设	文学网站的人员配备、职能划分
		B7 企业文化	文学网站的价值观导向
	A3 经营状况	B8 年度产值	文学网站一年的总价值产能
		B9 年度利润	文学网站一年的总利润
		B10 写手收益	文学网站分配给写手的收入

请参照上表的内容，对下表中各个层次的指标按照重要程度，进行两两对比，请您在恰当的地方打"√"。比如，"社会效益"与"管理机制"指标相比，如果您认为"社会效益"比较重要，请在该行的"比较重要"列打"√"；反之，如您认为"管理机制"相对重要，请在该行的"相对重要"列打"√"。每行只有一个选项。

指标两两对比表

对比项	绝对重要	相对重要	重要	比较重要	同等重要	比较重要	重要	相对重要	绝对重要	对比项
准则										
A1 社会效益										A2 管理机制
A1 社会效益										A3 经营状况
A2 管理机制										A3 经营状况

左侧竖排：文学网站评价研究报告

对比项	绝对重要	相对重要	重要	比较重要	同等重要	比较重要	重要	相对重要	绝对重要	对比项
A1 社会效益										
B1 作者影响力										B2 作品影响力
B1 作者影响力										B3 读者影响力
B2 作品影响力										B3 读者影响力
A2 管理机制										
B4 网站规划										B5 技术层级
B4 网站规划										B6 队伍建设
B4 网站规划										B7 企业文化
B5 技术层级										B6 队伍建设
B5 技术层级										B7 企业文化
B6 队伍建设										B7 企业文化
A3 经营状况										
B8 年度产值										B9 年度利润
B8 年度产值										B10 写手收益
B9 年度利润										B10 写手收益

再次对您填写此表表示由衷感谢，祝工作顺利！

您的姓名：

您的职业：

职务/职称：

E-mail：

H1 原始数据矩阵

	A1	A2	A3	
A1	1	5	3	
A2	1/5	1	1/3	
A3	1/3	3	1	
	B1	B2	B3	
B1	1	3	1	
B2	1/3	1	3	
B3	1	1/3	1	
	B4	B5	B6	B7

B4	1	1	1/5	3
B5	1	1	3	1
B6	5	1/3	1	3
B7	1/3	1	1/3	1
B8	B9	B10		
B8	1	3	3	
B9	1/3	1	1	
B10	1/3	1	1	

H2 原始数据矩阵

	A1	A2	A3	
A1	1	5	3	
A2	1/5	1	1/2	
A3	1/3	2	1	
	B1	B2	B3	
B1	1	3	1	
B2	1/3	1	3	
B3	1	1/3	1	
	B4	B5	B6	B7
B4	1	1	1/5	3
B5	1	1	1/3	1
B6	5	3	1	3
B7	1/3	1	1/3	1
	B8	B9	B10	
B8	1	1	1	
B9	1	1	1	
B10	1	1	1	

H3 原始数据矩阵

	A1	A2	A3	
A1	1	3	1	
A2	1/3	1	1/3	
A3	1	3	1	

	B1	B2	B3	
B1	1	1/5	1/5	
B2	5	1	1	
B3	5	1	1	

	B4	B5	B6	B7
B4	1	5	1	1/3
B5	1/5	1	1/3	1/5
B6	1	3	1	1
B7	3	5	1	1

	B8	B9	B10	
B8	1	3	1	
B9	1/3	1	1	
B10	1	1	1	

H4 原始数据矩阵

	A1	A2	A3	
A1	1	7	3	
A2	1/7	1	1/7	
A3	1/3	7	1	

	B1	B2	B3	
B1	1	1	9	
B2	1	1	9	
B3	1/9	1/9	1	

	B4	B5	B6	B7
B4	1	1	1/3	3
B5	1	1	1/3	1
B6	3	3	1	3
B7	1/3	1	1/3	1

	B8	B9	B10
B8	1	3	3
B9	1/3	1	1
B10	1/3	1	1

H5 原始数据矩阵

	A1	A2	A3
A1	1	9	7
A2	1/9	1	1
A3	1/7	1	1

	B1	B2	B3
B1	1	1/7	7
B2	7	1	7
B3	1/7	1/7	1

	B4	B5	B6	B7
B4	1	7	7	7
B5	1/7	1	1/7	7
B6	1/7	7	1	7
B7	1/7	1/7	1/7	1

	B8	B9	B10
B8	1	1/9	1/7
B9	9	1	1/7
B10	7	7	1

H6 原始数据矩阵

	A1	A2	A3	
A1	1	5	5	
A2	1/5	1	1	
A3	1/5	1	1	

	B1	B2	B3	
B1	1	1	1	
B2	1	1	1	
B3	1	1	1	

	B4	B5	B6	B7
B4	1	7	1/5	1
B5	1/7	1	1/5	1/7
B6	5	5	1	3
B7	1	7	1/3	1

	B8	B9	B10	
B8	1	1	1	
B9	1	1	1/5	
B10	1	5	1	

H7 原始数据矩阵

	A1	A2	A3	
A1	1	5	3	
A2	1/5	1	1	
A3	1/3	1	1	

	B1	B2	B3	
B1	1	3	3	
B2	1/3	1	3	
B3	1/3	1/3	1	

	B4	B5	B6	B7
B4	1	1	1/3	3
B5	1	1	1	1
B6	3	1	1	3
B7	1/3	1	1/3	1

	B8	B9	B10
B8	1	1/3	1/3
B9	3	1	1
B10	3	1	1

H8 原始数据矩阵

	A1	A2	A3
A1	1	5	3
A2	1/5	1	1/3
A3	1/3	3	1

	B1	B2	B3
B1	1	5	1
B2	1/5	1	3
B3	1	1/3	1

	B4	B5	B6	B7
B4	1	1	1/5	3
B5	1	1	1/3	1
B6	5	3	1	1/3
B7	1/3	1	3	1

	B8	B9	B10
B8	1	1	1/3
B9	1	1	1
B10	3	1	1

H9 原始数据矩阵

	A1	A2	A3	
A1	1	5	5	
A2	1/5	1	1	
A3	1/5	1	1	

	B1	B2	B3	
B1	1	1	1	
B2	1	1	1	
B3	1	1	1	

	B4	B5	B6	B7
B4	1	7	1/3	1
B5	1/7	1	1/3	1/5
B6	3	3	1	3
B7	1	5	1/3	1

	B8	B9	B10	
B8	1	1/3	1	
B9	3	1	1	
B10	1	1	1	

H10 原始数据矩阵

	A1	A2	A3	
A1	1	5	3	
A2	1/5	1	1/3	
A3	1/3	3	1	

	B1	B2	B3	
B1	1	3	3	
B2	1/3	1	3	
B3	1/3	1/3	1	

	B4	B5	B6	B7
B4	1	1	1/3	3
B5	1	1	1/3	1
B6	3	3	1	3
B7	1/3	1	1/3	1

	B8	B9	B10	
B8	1	1	1	
B9	1	1	1	
B10	1	1	1	

第七章 目标文学网站计分结果与排名

通过上述章节的整理分析，我们针对文学网站评价体系建立了递阶层次分析结构，把这一问题按照属性分为不同层次的若干子项，从而确定了原创文学网站评价指标体系（见表7-1）。

表7-1 文学网站评价指标体系

目标	准则	指标	指标说明
Z 文学网站的评价体系	A1 社会效益	B1 作者影响力	签约作者为文学网站赢得的关注度
		B2 作品影响力	发行作品为文学网站赢得的关注度
		B3 读者影响力	文学网站读者的活跃度和黏合度
	A2 管理机制	B4 网站规划	文学网站的设计水平、发展理念
		B5 技术层级	文学网站的技术储备、故障频次
		B6 队伍建设	文学网站的人员配备、职能划分
		B7 企业文化	文学网站的价值观导向
	A3 经营状况	B8 年度产值	文学网站一年的总价值产能
		B9 年度利润	文学网站一年的总利润
		B10 写手收益	文学网站分配给写手的收入

在构建了的递阶层次分析结构后，通过专家咨询的方式对不同子项的重要程度以及计算权重进行了计算和设计，将一级指标的权重值与二级指标权重值相乘，即可得到各因素对目标层的总权重，其结果如表7-2所示。

表 7 – 2 一级、二级评价指标对评价目标层的总权重

一级指标	权重	二级指标	权重	总权重
A1 社会效益	0.66	B1 作者影响力	0.4	0.264
		B2 作品影响力	0.4	0.264
		B3 读者影响力	0.2	0.132
A2 管理机制	0.12	B4 网站规划	0.26	0.0312
		B5 技术层级	0.14	0.0168
		B6 队伍建设	0.43	0.0516
		B7 企业文化	0.16	0.0192
A3 经营状况	0.22	B8 年度产值	0.3	0.066
		B9 年度利润	0.3	0.066
		B10 写手收益	0.4	0.088

在本章中，首先，将赋予各二级指标 10 分的基础分值，在将各子项分值与总权重相乘后进行合计，得出各文学网站的评价总分，确认各文学网站的建设优劣。其次，考虑到中国网络文学网站数量庞大，本文选取起点中文网、17K 小说网、咪咕阅读和掌阅书城为代表性的文学网站进行计算。

第一节 社会效益

当前，实现社会效益与经济效益的统一已经成为我国文化产业发展的共识和基本原则。因此，评价一个文化企业，不能只看它的经济指标，更要关注它所产生的社会影响力。就文学网站来说，它是否提供了好的作品供读者进行阅读？它是否为精神文明的建设、文化审美的传承提供指引？它是否为文学的繁荣做出了相应的贡献？是否为作家的培养、社会阅读氛围的培育提供支持？这些都是考量文学网站社会效益的方向。考虑到量化的问题，本文对于文学效益的评价主要集中在作者、作品、读者三方面上。

一 作者影响力

作者影响力主要指网络文学网站的签约作者为文学网站赢得的关注度。"粉丝化"阅读已经成为网络文学行业的重要特征之一，优秀的网络文学作家往往拥有扎实的粉丝基础，能为文学网站提供优质的流量收益以及活跃读者。因此作者影响力是评判文学网站建设好坏的重要指标之一。

为了将"作者影响力"进行量化统计，本节以"橙瓜见证·网络文学 20 年人物篇盘点报告百位大神作家"以及"第四届茅盾新人奖·网络文学奖"两个具有代表性的榜单为基础进行评分。

（一）"橙瓜见证·网络文学 20 年人物篇盘点报告百位大神作家"

"橙瓜见证·网络文学 20 年人物篇盘点报告百位大神作家"是橙瓜网与十余家省级网协、数十家业内主流网站进行充分的交流后，在专访大量的资深网络作家以及从业者的基础上，通过对橙瓜网数以百万计的资深网络文学爱好者做持续的数据调研，最终于 2020 年 12 月发布的网络文学 20 年人物篇盘点报告，百位作家具体名单见表 7 - 3。

表 7 - 3 　　　　橙瓜网见证网络文学 20 年百位行业人物名单
（按首字母排序）

阿耐	顾北	孔令旗	善良的蜜蜂	无罪
阿越	顾漫	孔毅	沈浩波	吴文辉
艾德鹏	关心则乱	骷髅精灵	失落叶	萧鼎
爱潜水的乌贼	管平潮	老猪	说不得大师	萧潜
冰心	海宴	李青福	宋海龙	邢月
蔡雷平	韩子笑	李歆	苏小暖	宣伟
沧月	鹤俊	李智第	孙毅	玄雨
辰东	侯小强	刘雄	唐家三少	血红
陈瑞卿	蝴蝶蓝	流浪的蛤蟆	天蚕土豆	血文
戴和忠	黄花猪	流浪的军刀	天下霸唱	烟雨江南
蛋妈	黄志国	柳下挥	天下归元	杨阿里

丁墨	火星引力	六道	跳舞	妖夜
段伟	蒋钢	罗森	童之磊	叶非夜
耳根	蒋胜男	猫腻	汪海英	于静
发飙的蜗牛	孑与2	梦入神机	王良	鱼人二代
匪我思存	净无痕	明晓溪	王树波	月关
风凌天下	静官	南派三叔	忘语	云天空
烽火戏诸侯	九戈龙	priest	文舟	张金国
冯振	玖伍贰柒	千幻冰云	我本纯洁	张君宝
付强	酒徒	饶耿	我吃西红柿	猪王

考虑到从该榜单发布到本节撰写期间，可能会有作者改变签约的文学网站，故本节以作者最新作品发布的文学网站为准。文学网站签约作者上榜人数1—5人计1分；6—10人计2分；11—15人计3分；16—20人计4分；20人以上计5分。

其中起点中文网上榜的签约作者共38人，分别是：爱潜水的乌贼、苍天白鹤、辰东、丛林狼、打眼、鹅是老五、耳根、发飙的蜗牛、方想、愤怒的香蕉、风凌天下、横扫天涯、蝴蝶蓝、孑与2、卷土、骷髅精灵、老猪、林海听涛、流浪的蛤蟆、柳下挥、猫腻、齐橙、上山打老虎额、天蚕土豆、跳舞、忘语、我吃西红柿、萧鼎、萧潜、徐公子胜治、玄雨、血红、烟雨江南、鱼人二代、远瞳、跃千愁、zhttty、宅猪。计5分。

17K小说网上榜签约作者共10位，分别是：风御九秋、皇甫奇、麦苏、平凡魔术师、善良的蜜蜂、失落叶、伪戒、骁骑校、小鱼大心、鱼歌。计2分。

咪咕阅读上榜签约作者共4位，分别是：阿彩、梦岂、缪娟、我本纯洁。计1分。

掌阅书城上榜签约作者共5位，分别是：纯情犀利哥、洛城东、天使奥斯卡、月关、陨落星辰。计1分。

（二）"第四届茅盾新人奖·网络文学奖"

"茅盾文学新人奖"于2014年由中华文学基金会、桐乡市人民政府发起，每两年颁发一次，目的是奖励有突出成就的青年文学家，对弘扬中华民族文化、推动和繁荣当代中国文学创作、造就和奖掖文学新人将起到积极的推动作用。从第二届开始，中华文学基金会茅盾文学新人奖增设了网络文学新人奖，将网络文学作品纳入评奖范围，每届评选45周岁以下（含45周岁）网络文学新人10名。该奖项的设立旨在引导网络文学创作、服务新文学群体，自设立以来得到了文学界的鼓励和支持。自第四届起更名为"茅盾新人奖"。具体名单如表7-4。

表7-4　　　　茅盾文学新人奖·网络文学新人奖获奖者名单

届别	获奖作者
第二届	张威（唐家三少）、蒙虎（酒徒）、云宏（子与2）、卢菁（天下归元）、徐震（天使奥斯卡）、朱洪志（我吃西红柿）、曾登科（愤怒的香蕉）、董俊杰（骠骑）、袁野（爱潜水的乌贼）、裴云（希行）
第三届	刘晔（骁骑校）、张戬（萧鼎）、林俊敏（阿菩）、徐磊（南派三叔）、崔浩（何常在）、艾晶晶（匪我思存）、刘炜（血红）、杨振东（辰东）、蒋达理（蒋离子）、于鹏程（风御九秋）
第四届	王冬（蝴蝶蓝）、任禾（会说话的肘子）、陈徐（紫金陈）、刘勇（耳根）、段武明（卓牧闲）、蔡骏（蔡骏）、叶萍萍（藤萍）、朱乾（善水）、杨汉亮（横扫天涯）、程云峰（意千重）

考虑到从该榜单发布到本节撰写期间，可能会有作者改变签约的文学网站，故本节以作者最新作品发布的文学网站为准。文学网站签约作者上榜人数1—5人计2分；5—10人计4分；10人以上计5分；无人上榜计0分

其中起点中文网上榜的签约作者共13人，分别是：唐家三少、子与2、我吃西红柿、愤怒的香蕉、爱潜水的乌贼、萧鼎、血红、辰东、蝴蝶蓝、会说话的肘子、耳根、卓牧闲、横扫天涯。计5分。

17K 小说网上榜签约作者共 2 位，分别是：骁骑校、风御九秋。计 2 分。

咪咕阅读和掌阅书城没有签约作者上榜，均计 0 分。

综上所述，在"作者影响力"指标下，起点中文网总计分 10 分；17K 小说网总计分 4 分；咪咕阅读总计分 1 分；掌阅书城总计分 1 分。

二 作品影响力

作品影响力主要指发行作品为文学网站赢得的关注度。优质的网络文学作品是一个文学网站的根本和基础，"内容为王"已经逐渐成为网络文学行业的共识。不断提供优秀的网络文学作品是保证文学网站读者留存率的关键所在，也是网站生存和发展的活力之源。同时，优秀的网络文学作品也是优质的 IP，能为网站提供诸如影视改编、游戏改编、周边商品贩卖等下游文化产品收益。因此作品影响力是评判文学网站建设好坏的重要指标之一。

为了将"作品影响力"进行量化统计，本书以"第三届网络文学双年奖"以及"庆祝新中国成立 70 周年优秀网络文学原创作品推介"两个具有代表性的榜单为基础进行评分。

（一）"第三届网络文学双年奖"

网络文学双年奖由浙江省网络作家协会、宁波市文联、中共慈溪市委宣传部共同设立，浙江省网络作家协会、宁波市网络作家协会、慈溪市网络作家协会联合承办的奖项。是面向全球华语网络文学界的评奖活动，是全国乃至华语世界网络文学的权威奖项。该奖项的设立旨在通过表彰和奖励在华语网络文学界有影响、有实力的作家作品，加强网络文学创作队伍建设，推动网络文学创作与发展，促进华语网络文学的健康发展。该奖每两年颁发一次，评选作品为颁奖前两年度华语发表和出版的网络文学作品。"第三届网络文学双年奖"于 2019 年 11 月颁奖，以作品的思想性、艺术性、创新性为主要评审标准，从

106 部推荐作品中评选出金奖 1 部、银奖 3 部、铜奖 6 部，另有优秀奖 15 部。具体榜单见表 7 – 5。

表 7 – 5　　　　　　　　第三届网络文学双年奖获奖名单

奖项	作品	作者
金奖	《燕云台》	蒋胜男
银奖	《写给鼹鼠先生的情书》	吉祥夜
	《剑王朝》	无罪
	《银狐》	子与2
铜奖	《孺子帝》	冰临神下
	《无缝地带》	李枭
	《乌云遇皎月》	丁墨
	《零点》	骠骑
	《老妈有喜》	蒋离子
	《参天》	风御九秋
优秀奖	《西出玉门》	尾鱼
	《翅膀之末》	沐清雨
	《网络英雄传Ⅱ：引力场》	郭羽　刘波
	《山海经·候人兮猗》	阿菩
	《巫神纪》	血红
	《大逆之门》	知白
	《山海经·瀛图纪之河藏之战》	半鱼磬
	《东都岁时记》	写离声
	《你是迟来的欢喜》	顾了之
	《交手》	何常在
	《盛世帝王妃》	解语
	《白耳夜鹭》	艾玛
	《楚河汉界》	灰熊猫
	《玫瑰时代》	Clara 写意
	《蜂麻燕雀》	夜半微风之老鬼

文学网站签约作品上榜金奖计 5 分；上榜银奖计 4 分；上榜铜奖计 3 分；上榜优秀奖计 1 分。若文学网站有多部签约作品上榜，取获奖最高作品计分。

起点中文网上榜的签约作品有 3 部，分别是：《银狐》（子与 2）、《孺子帝》（冰临神下）、《巫神纪》（血红）。其中子与 2 的《银狐》获银奖，计 4 分。

17K 小说网上榜的签约作品为风御九秋的《参天》，获得铜奖，计 3 分。

咪咕阅读上榜的签约作品为郭羽和刘波的《网络英雄传Ⅱ：引力场》，获得优秀奖，计 1 分。

掌阅书城上榜的签约作品为解语的《盛世帝王妃》，获得优秀奖，计 1 分。

（二）"庆祝新中国成立 70 周年优秀网络文学原创作品推介"

2019 年 10 月 11 日下午，国家新闻出版署和中国作家协会联合推介了 25 部"庆祝新中国成立 70 周年"主题网络文学作品暨 2019 年优秀网络文学原创作品。该推介活动旨在遴选追求真善美、传播正能量的优秀网络文学原创作品，并通过其示范作用，引导网络文学行业健康有序发展，突出设置了"庆祝新中国成立 70 周年主题网络作品评选"，入选作品多层次、多角度、多侧面、多样式、多风格地展示了新中国成立 70 年来走过的光辉历程、取得的伟大成就和宝贵经验，很大程度上代表了网络文学在现实题材创作上的丰硕收获与艺术成就。该榜单见表 7 - 6。

表 7 - 6　庆祝新中国成立 70 周年优秀网络文学原创作品推介名单

序号	作品	作者	来源
1	《大江东去》	阿耐	读客文化/北京联合出版公司
2	《繁花》	金宇澄	上海文艺出版社
3	《浩荡》	何常在	阿里文学
4	《宛平城下》	任重、邱美煊	咪咕阅读
5	《传国功匠》	陈酿	连尚文学
6	《粮战》	洛明月	掌阅小说网
7	《铁骨金魂》	红雨	书海小说网

序号	作品	作者	来源
8	《大国重工》	齐橙	起点中文网
9	《致我们终将逝去的青春》	辛夷坞	白马时光/百花洲文艺出版社
10	《为了你，我愿意热爱全世界》	唐家三少	中南博集天卷/湖南文艺出版社
11	《长干里》	姞文	红薯中文网
12	《太行血》	骠骑	阿里文学
13	《朝阳警事》	卓牧闲	起点中文网
14	《燕云台》	蒋胜男	QQ阅读
15	《青春绽放在军营》	千崖秋色	大佳网
16	《雷霆突击》	刘猛	掌阅小说网
17	《观音泥》	马玫	阿里文学
18	《一脉承腔》	关中老人	纵横中文网
19	《全科医生》	肖尧月	红薯中文网
20	《八四医院》	王鹏骄	网易云阅读
21	《吻安，我的费先生》	袁语	咪咕阅读
22	《魔力工业时代》	二目	创世中文网
23	《地球纪元》	彩虹之门	创世中文网
24	《星域四万年》	卧牛真人	起点中文网
25	《沉鱼策》	解语	17K小说网

文学网站签约作品上榜1人计1分；上榜2人计2分；上榜3人计3分；上榜4人计4分；上榜5人及以上计5分。

起点中文网上榜的签约作品有3部，分别是：《大国重工》（齐橙）、《朝阳警事》（卓牧闲）、《星域四万年》（卧牛真人）。计3分。

17K小说网上榜的签约作品是解语的《沉鱼策》。计1分。

咪咕阅读上榜的签约作品有2部，分别是：《宛平城下》（任重、邱美煊）、《吻安，我的费先生》（袁语）。计2分。

掌阅书城上榜的签约作品有2部，分别是：《粮战》（洛明月）、《雷霆突击》（刘猛）。计2分。

综上所述，在"作者影响力"指标下，起点中文网总计分8分；17K小说网总计分4分；咪咕阅读总计分3分；掌阅书城总计分3分。

三 读者影响力

读者影响力主要指文学网站读者的活跃度和黏合度。读者是网络文学网站的主要服务对象，读者的数量和活跃度往往直接与文学网站的收益挂钩。如何吸引读者、如何激发读者的付费意愿是每一个文学网站都要思考的问题。某种程度上来说，读者的活跃度和黏合度直接影响网络文学网站的生存与否。因此读者影响力是评判文学网站建设好坏的重要指标之一。

为了将"读者影响力"进行量化统计，本书以 MAU（月活跃用户人数）基础进行评分。

月活跃用户数量（Monthly Active User，MAU）是用于反映网站、互联网应用或网络游戏的运营情况的统计指标。月活跃用户数量通常统计一个月（统计月）之内，登录或使用了某个产品的用户数（去除重复登录的用户）。受统计方式限制，网络文学网站使用的月活跃用户数一般指在统计周期（周/月）内，启动过该 App 的用户数。本书中 MAU 数据主要来自第三方数据平台"易观千帆"对数字阅读 App 相关数据的采集和统计。文学网站 MAU 低于 500 万人计 2 分；500 万—600 万人计 4 分；600 万—700 万人计 6 分；700 万—800 万人计 8 分；800 万人以上计 10 分。

起点中文网：根据数据统计，起点读书 App 在 2020 年 1 月—6 月的月活跃人数见表 7-7。

表 7-7 　　起点读书 App 在 2020 年 1 月—6 月的月活跃人数

时间	活跃人数（万人）
2020.01	647.90
2020.02	672.44
2020.03	732.06
2020.04	739.50
2020.05	747.47
2020.06	762.29
平均越活跃人数（万）	716.94

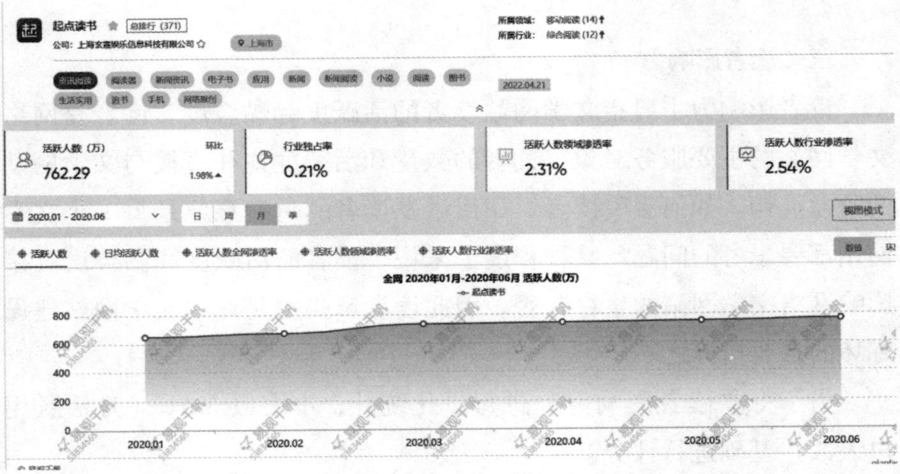

图 1　"起点读书" 2020 年上半年活跃人数

数据来源：易见千帆。

"起点读书" App 在 2020 年上半年平均月活跃人数为 716.94 万人，计 8 分。

17K 小说网：因 17K 小说网当前没有公布任何月活跃人数信息，故计 0 分。

咪咕阅读：根据数据统计，咪咕阅读 App 在 2020 年 1 月—6 月的月活跃人数见表 7－8。

表 7－8　　咪咕阅读 App 在 2020 年 1 月—6 月的月活跃人数

时间	活跃人数（万人）
2020.01	743.13
2020.02	728.67
2020.03	735.35
2020.04	678.43
2020.05	660.81
2020.06	642.28
平均越活跃人数（万）	698.11

"咪咕阅读" App 在 2020 年上半年平均月活跃人数为 698.11 万人，计 6 分。

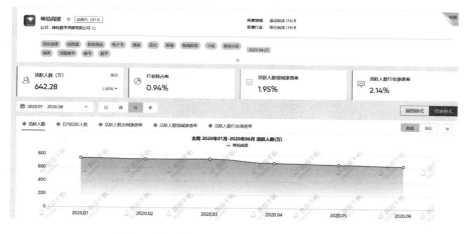

图 2　"咪咕阅读"2020 年上半年活跃人数

数据来源：易见千帆。

掌阅文学：根据数据统计，掌阅文学 App 在 2020 年 1 月—6 月的月活跃见表 7 - 9。

表 7 - 9　　　　掌阅文学 2020 年 1 月—6 月的月活跃人数

时间	活跃人数（万人）
2020. 01	5532. 49
2020. 02	5974. 97
2020. 03	5700. 41
2020. 04	5661. 30
2020. 05	5888. 48
2020. 06	6020. 81
平均越活跃人数（万）	5796. 41

"掌阅" App 在 2020 年上半年平均月活跃人数为 5796.41 万人，计 10 分。

综上所述，在"读者影响力"指标下，"起点读书"活跃人数项得分计 8 分；17K 小说网活跃人数项得分计 0 分；"咪咕阅读"活跃人数项得分计 6 分；"掌阅"文学活跃人数项得分计 10 分。

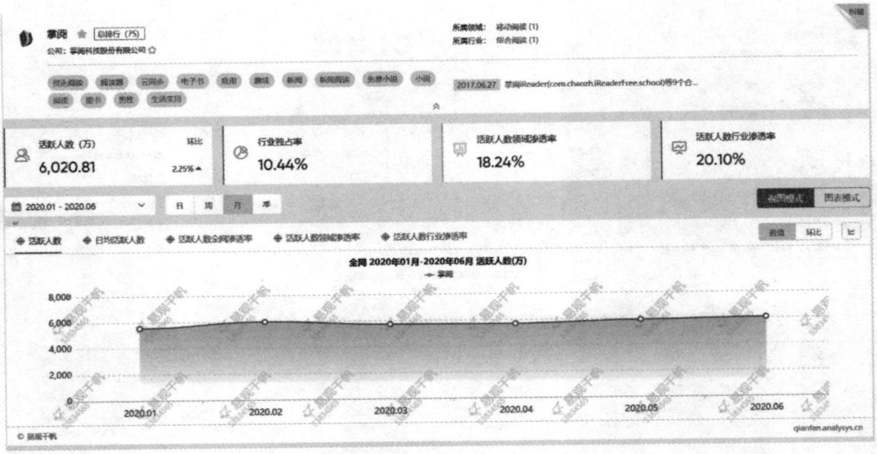

图3　"掌阅" 2020 年上半年活跃人数

数据来源：易见千帆。

第二节　管理机制

网站的运行既表现为外在性，即网站的运行状态和水平，又表现为网站的内部管理情况——网站运行要为写手服务、为读者服务，保证其运转正常，这样，文学网站管理运行具有双重性：一是保证网站内部的员工管理，这属于一般企业行为的内部管理，二是网站上无数作者、读者的管理，可称为外部管理，后一种管理一般性企业是没有的。为简化指标，我们将这两种管理放在一起，统一为网站管理指标。

一　网站规划

网站规划主要指文学网站的设计水平、发展理念。网络文学发展早期很少有人会注意网页界面的用户体验，外加当时国内宽带水平有限，所以那时候我国的网络文学网站界面基本上都是框架式页面。但随着二十多年来网络文学的发展，文学网站的页面设计在外观上越来越有创新意识，也越来越注重用户的体验。在文学网站百花齐放的今天，文学网站的外观设计以及使用体验能够在很大程度上影响到读者对网站的选择。

本指标主要采取主观赋权法进行评分，依据色彩设计、文字和排版设计、网页图形优化和应用、实际应用体验等原则进行评分。评分标准为优秀 10 分、良好 8 分、一般 6 分、有待改进 4 分、差 2 分。

起点中文网：起点中文网作为老牌的网络文学网站，网站内容丰富，布局比较合理。首先，网站首页内容丰富，包括作品分类、本周强推、月票榜、畅销榜、粉丝榜、阅读指数榜、新人·签约新书榜等。通过网站上的各类榜单，读者可以很容易找到网站中优秀作品，拓展自己的阅读广度。其次，搜索栏位置合理，用户搜书体验较好。起点中文网的搜索栏处于网页正上方，用户能够在进入网站的第一时间找到并进行搜索。同时，起点中文网首页还具有起点女生网、创世中文网、云起书院等网络文学网站的链接，可以快速进入这些相关网站。另外，在具体小说的介绍页面，读者可以很轻松地看到小说的各种信息，包括所获得的各种荣誉、月票数量、打赏人数等，也包括作者曾经写过的其他作品，方便粉丝进行快速查阅。起点中文网的网站页面设计具有上述一系列优点的同时，也不可避免地存在一些设计上的不足。一方面，起点中文网的整体布局较为紧凑。起点中文网的首页中包括大大小小数十个榜单和版块，这造成网站整体的排版布局紧凑、使用文字较小等问题。另一方面，起点中文网网站中包括大量广告版块。网站中的广告往往与文学网站的整体基调不符，造成网页的不协调感，这尤其体现在色彩设计方面，花里胡哨的广告版块与以黑白为主的书籍榜单形成了强烈的色彩对比，让用户对网站整体的观感下降。从总体来说，起点中文网网站设计较为出色，但依旧存在一定问题，因此为良好级别，得分 8 分。

17K 小说网：17K 小说网是中文在线旗下集创作、阅读于一体的在线阅读网站，也是国内著名的大型网络文学网站之一。17K 小说网的网页设计布局与起点中文网的相比既存在相似之处，也具有独到之处。首先，17K 小说网页面右侧设计了多个快捷按钮。这些快捷键的设计优化了用户体验，方便读者快速进行下载客户端、联系客服、快速返回页面顶端等操作。其次，17K 小说网首页中的部分榜单设计更加合理。例如新作品榜相较于其他榜单，列出的作品数量更多；作品点击榜下存在多种类型的子榜单，可供用户快速切换，等等。同时，网站页面设计风格和谐统一。17K 小说网色彩以橙色和黑色为主，网站内的各版块以介绍和推荐各种网络文学作品为主，不存在外来广告版块的干扰。因此网站设计的目的性较强，更容易为用户所接受。此外，在具体书籍的介绍页面，用户可以看到该书读者的最新书评，通过这种方式了解该小说，决定自己是否阅读该小说。尽管 17K 小说网做出了优秀的网页布局设计，也考虑到了用户的实际应用体验，但还是存在一定的不足。比如 17K 小说网在搜索栏设计方面有所不足。该网站的搜索栏颜色与处于左侧的网站商标以及处于下方的分类栏颜色高度重合，容易造成用户视觉的混淆，不方便读者进行搜索。总体而言，17K 小说网网站设计较为出色，虽然存在一些问题，但瑕不掩瑜，因此评为优秀级别，得分 10 分。

咪咕阅读：咪咕阅读是咪咕数字传媒有限公司推出的数字阅读产品，该网络文学网站主要依托移动设备平台进行运营和传播，电脑端的文学网站也主要为移动端设备服务。咪咕阅读的网站网页设计相比传统网络文学网站有不少创新之处。首先，咪咕阅读首页的快转链接不是指向其他相类似的网络文学网站，而是指向咪咕旗下的其他子项目，例如咪咕视频、咪咕游戏、咪咕体育等。这实现了网站运营的多元化，并通过这种多次元的合作，实现了各子项目之间的用户共享，拓展了网站用户群体。咪咕阅读通过这种网站设计，巧妙完成了公司内部资源整合，使文学网站不再仅仅是"文学"的网站，开始向网络文学产业链上下游一体化方向发展。其次，咪咕阅读的网页在设计方面有较多创新之处。一方面，咪咕阅读首页采用大版块版头的形式向读者宣传主推的网络小说。网站通过运用宣传海报式的图片展示来吸引用户眼球，引起读者的阅读兴趣。另一方面，咪咕阅读在很大程度上抛弃了传统文学网站榜单式的推荐版块，转而通过将各个小说的封面进行组合展示的方式进行呈现。这种拼接式的网页设计风格虽然使网站的内容相对展示较少，但展现了每一个推荐作品的特色风格，方便用户快速选择，也使网站整体更加清晰简洁。咪咕阅读的网页设计虽然存在不少创新之处，但也存在不少缺陷，其根源在于电脑端的网站设计完全是在为移动端服务的。咪咕阅读网站中的小说无法在网站中进行阅读。网站为用户提供的只有书籍的简介和目录，用户需要下载移动端 App 后才能在手机上阅读具体内容。这增加了用户的操作流程，削弱了部分用户的阅读热情。同时，咪咕阅读的网站中多处出现下载移动 App 的提示，这些提示的重复也容易造成用户的审美疲劳。总体来说，咪咕阅读的网站网页设计在美术和审美方面具有多处创新点，整体观感也非常优异。但是由于服务移动端的目的，电脑端网站丧失了大部分实用性，出现"中看不中用"的现象。这种美术设计与实用设计两极分化的现象亟须纠正，因此评为有待改进级别，得分4 分。

掌阅文学：掌阅书城是掌阅文学旗下的原创内容平台。与咪咕文学相似，掌阅书城主要运营方向也是倾向于移动端设备。因此在掌阅书城的网站网页设计当中，首页的分类版块较少，主要分为出版图书、精选圈子、男生频道和女生频道四个版块，每个版块中所推荐介绍的作品数量也比较少。虽然各个分类版块之间间隔较大，但版块内部的文字设计存在不足，文字型号与版面设计并不匹配。但从整体来看，掌阅书城的网站风格较为素雅，外观设计尚可。同时，掌阅书城将App 下载版块以及通往其他网站的链接放置在网站网页的最下方，使之不影响网站用户的正常使用体验。在具体书籍介绍页面，掌阅书城设计了评分系统，用户可以通过看到其他用户对该书籍的打分情况，直观地认识这本书质量的好坏。此外，"书圈"，即读者评论界面在具体书籍介绍页面中占据了大量空间，使用户对于书籍的认识可以更加具体。但同时，掌阅书城的书籍介绍并没有目录页面，用户必须进入阅读界面后才能够通过内置的目录功能跳换至具体想阅读的章节。因此从整体来看，掌阅书城的网站网页设计既具有一些亮点，也还存在很多需要改进的地方，但基本满足了文学网站用户的使用需求，因此评为一般级别，得分 6 分。

综上所述，在网站规划打分项目中，起点中文网获得 8 分；17K 小说网获得 10 分；咪咕阅读获得 4 分；掌阅文学获得 6 分。

二 技术层级

技术层级主要指文学网站的技术储备、故障频次。网络文学与互联网密切相关，优秀的网络文学作品需要依托先进的网络技术才能更好地展现。优秀的网络文学网站往往具备较高的技术层级，能够运用相关技术迎合读者的阅读需求，从而达到吸引读者阅读，促进网站发展的目的。目前网络文学的阅读主要集中在电脑端和移动设备端两种类型上。因此技术层级是评判文学网站建设好坏的重要指标之一。

本节将从"App 开发"这个方面出发对文学网站的"技术层级"这一指标进行评分。

随着移动互联网技术的成熟和智能设备的更新换代，我国移动阅读行业已经进入了高速发展阶段，数字阅读的重心逐渐从 Web 端向移动端转移，如今移动阅读已经发展为数字阅读的主流模式。随着网络技术的不断赋能以及网民群体的不断扩展，移动阅读 App 已经成为文学网站发展不可或缺的一部分。在这样的时代背景下，移动阅读 App 的使用体验成为读者对网站的选择的重要影响因素。

本指标主要采取主观赋权法进行评分，基于界面视觉设计、功能设计和情感设计三个方面对文学网站的 App 进行评分。评分标准为优秀 10 分、良好 8 分、一般 6 分、有待改进 4 分、差 2 分。

起点中文网：起点中文网的官方 App 是"起点读书"。起点读书的主推书目以网络小说为主，在发现页面还会更新一些 App 主办的相关活动，部分当期主推的活动可能会以弹窗的形式出现。书籍阅读界面是点击屏幕中央出现菜单，底部则包括目录、书友圈、夜间模式、字体设置以及上下章切换等项目。同时也在底部工具栏中整合了听书、写章评、角色和设定集等功能。其中听书功能以 AI 合成音为主，部分优秀小说也存在人声朗读的选项。而页面的顶部工具栏是订阅、月票以及更多设置。"书架"部分可以显示今日阅读时间，同时可以设置6本小说置顶，方便用户及时查阅自己喜爱的小说的更新状况。而"精选"版块则分为男生、女生、胶囊、漫画、听书五个频道，通过不同的图墙式榜单向用户推荐小说。此外，起点读书 App 建立和发展了网络小说的段评制度，使用户在小说中的段落后可以运用文字或者图片对小说的段落进行交流，互相阐述阅读感受，吐槽小说内容，等等。该产品的视觉风格较为舒适，内容密度也相对适中，但部分内容布局也存在不恰当之处。从总体上来看，起点读书 App 内容丰富，功能完善，视觉设计适当，但"发现"等版块的设计存在不足，因此评为良好级别，评为 8 分。

17K 小说网：17K 小说网的官方 App 是"17K 小说"。17K 小说的主推书目也是以网络小说为主，应用内没有发现与网络小说阅读无关的活动和弹窗。书籍阅读界面也是采用了点击屏幕中央出现菜单的形式，底部工具栏包括目录、黑夜模式、字体设置、下载以及上下章切换等项目。值得注意的是，在底部工具栏右上侧，该应用设计了一个显眼的"写章评"按钮，方便用户快速进行章节评论的撰写，满足了读者的表达愿望。而页面的顶部工具栏则整合了评论贴、送礼物、听书以及更多设置。17K 小说的听书也主要以 AI 合成声为主，虽然与其他公司合作进行了部分小说的"有声化"，但这些听书内容无法在书籍内置的听书系统中使用，需要进入专门的听书版块搜索小说后才可以使用。"书架"部分的书籍摆放顺序是以加入书架的顺序进行排序的，但只有这一种排序方式，无法按照读者的喜好进行重新排列。"书城"部分也是通过不同的图墙式榜单向用户推荐小说，但顶部的列表栏由于整合了过多子项，导致文字过小，容易造成用户的误触。"分类"部分包括男生、女生、出版、听书四大版块，每个版块下还存在若干分类项。而在付费阅读方面，17K 小说设置了三种付费模式：一是传统的充值订阅付费阅读；二是充值成为包月会员，享受部分书籍免费读以及订阅付费折扣；三是付费成为超级会员，享受全站作品免费读的权利。从整体上来看，17K 小说 App 是一款纯粹的网络小说阅读应用，美术设计风格舒适，内容设计也具备明确的指向性，但是在一部分用户体验的设计方面还存在不足，需要加以改进。因此该应用评价为良好级别，评分为 8 分。

咪咕阅读：咪咕阅读的官方 App 应用名称是"咪咕阅读"。咪咕阅读的主推书目覆盖党政经典作品、出版图书、原创小说、热播影视原著等内容品类，囊括电子、有声、纸质等多种内容形态。书籍阅读界面同样采用了点击屏幕中央出现菜单的形式，底部工具栏包括目录、亮度、夜间模式、字体设置以及上下章切换等项目。在底部工具栏右上侧，存在两个圆形的功能按钮，一个是听书，另一个是写笔记。值得注意的是，听书功能虽然也是以 AI 合成音为主，但音效选项比较多，甚至包括广东话和四川话的方言版本。而页面的顶部工具栏则整合了打赏、下载、更新提醒开关以及更多设置。"书架"部分可以显示本周阅读时长，同时也包括了 WiFi 传书以及上传云盘等功能。"图书"部分以不同的图墙式分类向用户进行小说推荐，同时也可以通过右上角的"书库"按钮快速跳转到书库部分。此外，用户还可以通过设置阅读偏好的方式改变"图书"部分的推荐内容，更好地找到自己喜欢的书籍。"听书"部分是咪咕阅读与第三方公司进行合作之后对部分图书进行"有声化"，听书部分的单独列出体现出咪咕阅读对听书业务的重视。"书库"部分包括作家、男生、女生、出版、听书五个版块，其中作家版块中通过排行榜的方式开始介绍咪咕阅读中的各种作者。但是咪咕阅读 App 中出现大量广告，尤其出现在书籍阅读页面的底部，会造成用户阅读体验不佳，需要开通会员才能去除广告。从整体上来看，"咪咕阅读"App 的视觉风格较为舒适，产品内容设计具有一定特点，但出于推销 App 会员的目的也造成了部分用户的使用体验不佳，因此该应用评价为一般级别，评分为 6 分。

掌阅文学：掌阅文学的官方 App 应用名称是"掌阅"。掌阅的主推书目包括正式出版图书以及网络小说等书籍。书籍阅读界面依然选择传统的点击屏幕中央出现菜单的形式，底部工具栏则包括目录、亮度、夜间模式、字体设置以及上下章切换等项目。该应用在底部工具栏右上侧也设计了听书的功能按键，其中的 AI 语音包括在线语音和离线语音两种模式可供用户按需使用。而页面的顶部工具栏则整合了抽代金券、购买和更多设置。其中掌阅还在应用中设计了"全知之眼"功能，开启后可以看到书籍中的特殊词汇或者延伸知识链接，而且还可通过它寻找类似的书籍，或是跳转进入互联网中搜索更加丰富的相关内容。掌阅通过这种方式，加深用户对书籍的阅读深度，帮助读者更好地理解书本内容。"书架"部分可以显示用户本周的阅读时长，也可以很方便地通过筛选功能找到书架中指定类型的书籍。但同时对书架进行调序等工作则更加烦琐，使用体验较差。"发现"部分除了今日排行的各榜单以外，主要内容还是集中在展现众多读者针对书籍阅读发布的想法和评论。值得注意的是，掌阅将自身的书籍分成出版书籍和网络小说两个类型，二者都以图墙展现的方式呈现给用户，方便不同类型的读者进行查阅。从整体上来看，掌阅 App 外观设计完善，内容品质丰富，也在有关用户体验的设计方面展现出了创新点，虽然还存在一些不足，但总体来说可以评价为良好级别，得分 4 分。

综上所述，在"技术层级"指标下，起点中文网总计分 8 分；17K 小说网总计分 8 分；咪咕阅读总计分 6 分；掌阅书城总计分 4 分。

三 队伍建设

队伍建设主要指文学网站的人员配备、职能划分。本指标主要采取主观赋权法进行评分，依据高管人员、编辑人员等网站运营人员的招募以及网站作者的培训成果等作为原则进行评分。评分标准为优秀 5 分、良好 4 分、一般 3 分、有待改进 2 分、差 1 分。

起点中文网创立于 2002 年 5 月，是国内领先的原创文学网站，隶属于引领行业的正版数字阅读平台和文学 IP 培育平台——阅文集团旗下。起点中文网以推动中国原创文学事业为宗旨，长期致力于原创文学作者的挖掘与培养，并取得了巨大成果。

2003 年 10 月，起点中文网开启"在线收费阅读"服务，成为真正意义上的网络文学赢利模式的先锋之一，就此奠定了原创文学的行业基础。此后，起点中文网又推出了作家福利、文学交互、内容发掘推广、版权管理等机制和体系，为原创文学的发展注入了巨大活力，有力推动了中国网络文学原创事业的发展。

经过长期努力，起点中文网已经形成了完善的创作、培养、销售为一体的电子在线出版机制，并得以向文化产业全面延伸。通过与国内优秀的网络游戏公司、影视公司和出版社全面展开版权运营，带动了起点中文网众多优秀作品成功改编成网络游戏、影视剧、话剧以及出版线下图书等，形成了一套完整的产业链条。此外，在自有平台保持高速增长的同时，起点中文网积极推进渠道拓展，在互联网、手机及其他手持阅读终端方面开拓出了巨大的市场。成立近10年以来，起点中文网诞生了诸多经典，在历年各大原创作品排行榜占据领先位置。通过起点中文网资深内容专家团队的努力，培养出了众多著名网络作家，有力推动了网络职业作家这一全新职业群体的形成和扩大。总体来说，起点中文网在队伍建设上可圈可点，故计8分。

17K小说网创建于2006年，是中文在线旗下集创作、阅读于一体的国内在线阅读网站。中文在线（股票代码：300364）数字出版集团股份有限公司2000年成立于清华大学，以"夯实内容，服务产业，决胜IP"为企业发展战略，致力于成为数字文化内容领跑者。2015年1月21日，中文在线在深交所创业板上市，成为中国"数字出版第一股"。但因为部分数据不透明，故只能计为5分。

咪咕数媒挂牌成立于2015年4月20日，隶属于咪咕文化科技有限公司，其前身中国移动手机阅读基地于2009年初在中国移动浙江公司启动建设，2010年5月正式推出手机阅读业务。2015年4月，中国移动手机阅读基地正式挂牌转型成为咪咕数字传媒有限公司。2017年4月14日，"第三届中国数字阅读大会"在杭州举办。咪咕文化作为承办方，通过咪咕阅读平台推动大会的传播推广，助力全民阅读落地。2021年，由咪咕数字传媒有限公司承办的"第七届中国数字阅读大会"于4月16日至4月23日在杭州举办，首次举办中国数字阅读大会文化创意展，引入 5G 技术，给大家带来"5G＋阅读"的全新感受。从中可以看出咪咕阅读发展的活力，队伍建设逐步扩大，影响力向纵横发展，故可计为 7 分。

掌阅 iReader 阅读器是一款手机阅读软件，通过这款阅读软件，你可以随时随地阅读和查找自己想要的书籍，而阅览效果的优化，也是这款软件的一大亮点，经过多年积累，公司已与上千家出版公司、文学网站等建立了良好合作关系，数字内容资源丰富，品类众多，拥有海量正版优质好书，涵盖严肃出版、原创网络文学、有声读物、漫画、杂志等多种类型，对优质重磅书籍始终保持了较高的覆盖比例，能够满足用户各种类别、各种场景的阅读需求。主要包括名家权威推荐、大奖书系、高分书籍、畅销佳作、头部原创小说等精品内容，如：《平凡的世界》《百年孤独》《三体》《繁花》《射雕英雄传》《冰与火之歌》《哈利·波特》系列等经典作品。此外，掌阅还上线了"新时代　新经典：学习习近平新时代中国特色社会主义思想重点数字图书专栏"，具有丰富权威的党建学习资源。同时，公司大力发展"掌阅文学"内容孵化生态体系，累计签约作者数万名，通过挖掘、签约、培养、推荐、衍生增值等手段向内容市场输出优质原创内容。公司一直注重产品的研发及创新，强调用户阅读体验的产品策略贯穿始终。公司自主研发了数字阅读平台，在不断优化产品细节及性能的同时，在业内率先实现了 3D 仿真翻页、护眼模式等技术创新的产品应用，并在文档识别、转化、续读技术以及数字内容的精装排版等方面形成了核心技术优势。为加强知识产权保护，特别是合作出版机构、内容供应商和作者的版权权益，为公司的版权内容审核、制作、管理提供更严格、便捷的操作系统，掌阅自主研发搭建了版权支撑系统，建起了一个拥有海量内容版权管理能力的系统平台，该系统具备 3 重预警机制、16 项版权风险识别、5 种风险应对方案，已经过多次创新升级，逐步完善服务内容和使用体验。同时，掌阅拥有完善、透明、及时的定价系统和运营系统，并开放建立 CP 联运。掌阅科技在队伍建设方面可计 6 分。

综上所述，在队伍建设打分项目中，起点中文网获得 8 分；17K 小说网获得 5 分；咪咕阅读获得 7 分；掌阅科技获得 6 分。

四 企业文化

企业文化主要指文学网站的价值观导向。本指标主要采取主观赋权法进行评分，依据企业理念、价值导向、文化软实力等原则进行评分。评分标准为优秀 10 分、良好 8 分、一般 6 分、有待改进 4 分、差 2 分。

"起点中文网"经过 20 年的努力和奋斗，在众多热爱起点的作者与用户的关心下，建立了完善的以创作、培养、销售为一体的电子在线出版机制，成为国内优秀的文学作品在线出版平台，树立了业内具有影响力的行业领导地位。起点中文网今后将继续以建站宗旨为发展核心，为建立国内领先的文化品牌而奋斗。起点中文网先后获得过数博会"年度最佳品牌"奖、优秀网站评选"优秀传统企业"奖和"福布斯中国新锐媒体"大奖等多项荣誉。2006—2007 百度小说年度搜索排行榜前 10 部作品中，有 8 部来自起点中文网，点击率超过千万的作品已不在少数。网站流量排名上居于全国网站 30 强。在 2008 年 4 月召开的上海文艺工作会议上，起点中文网创业成就激起热烈反响。起点网将寻求商业模式的进一步创新，在广告和 WAP、KJAVA 等无线产品上进行新的拓展，创造新的可持续的盈利增长点。起点网还将涉足实体出版、影视改编、动漫改编等领域，并寻求众多周边媒体衍生产品的合作开发。起点网还将积极拓展海外市场，致力于进一步扩大作者群和读者群，挖掘起点网成功商业模式的潜力，打造成全球最大的华文文学创作与阅读平台。故可计为 10 分。

17K 小说网创建于 2006 年，是中国数字出版领跑者中文在线旗下集创作、阅读于一体的国内领先的在线阅读网站，目前已拥有网络作者超过 30 万名，并推荐骁骑校、酒徒等多名作者加入中国作家协会。17K 小说网注重网络作家的培养，2011 年 1 月创办的 17K 商业写作青训营，公开课学习人数已达 112 万人，1 对 1 培训作者达 18253 人，其中有超过 30 部由青训营作者创作的作品点击量过百万。17K 小说网是网络文学大学的首批共建单位之一，网络文学大学于 2013 年 10 月由中文在线发起成立，诺贝尔文学奖得主莫言担任名誉校长，将免费培养百万网络文学作者。同时，17K 小说网通过举办网络文学联赛等活动，请大神作者为新人作者近距离指导，为新老作者创造教学相长、沟通交流的机会，并为新人作者提供快速成长的土壤。除了培养作者，为了保证作者获得应有的收益，内容变现渠道的建设同样重要。17K 小说网依托中文在线强大的"全渠道分销"策略，同时是中国移动手机阅读基地的运营合作伙伴和最大的内容提供商之一。此外，17K 小说网的《杀手房东俏房客》《暧昧高手》等数十部作品因其极高的点击量和人气，受到影视制作机构的青睐，进而被改编为电影、电视剧。故可计 6 分。

咪咕数字传媒有限公司（Migu Digital Media Co. Ltd.，简称咪咕数媒）成立于 2014 年 12 月 18 日，隶属于咪咕文化科技有限公司，是中国移动旗下开展全媒出版、人工智能、富媒体手机报业务的专业互联网公司。其前身中国移动手机阅读基地于 2009 年初在中国移动浙江公司启动建设，2010 年 5 月正式推出手机阅读业务。2011 年，中国移动手机阅读基地与原新闻出版总署签署了战略合作备忘录，实现了与国家政策平台的进一步对接。2013 年 12 月，中国移动发布商业主品牌"和"，手机阅读业务更名为"和阅读"。2015 年 4 月，中国移动手机阅读基地正式挂牌转型成为咪咕数字传媒有限公司，2015 年 10 月，"和阅读"正式更名为"咪咕阅读"。2016 年，秉承"三全三者"企业使命，即做"全媒出版的创新者，全民阅读的践行者，全新知识的传播者"，咪咕数媒建立了以咪咕阅读、咪咕灵犀、手机报为核心的三大产品体系。截至 2017 年底，咪咕数媒实现行业价值 51 亿元，旗下咪咕阅读业务平台汇聚了超 50 万册精品正版图书内容，全场景月活跃用户数 1.1 亿，已在全国 200 多个城市举办超过 1000 场名家活动，全力服务全民阅读发展，推动开创中国数字阅读崭新纪元。故可计 6 分。

掌阅科技股份有限公司成立于 2008 年 9 月，专注于数字阅读，是全球领先的数字阅读平台之一。公司以"做全球最专业的阅读平台"为愿景，以"让阅读价值无处不在"为使命，以"自驱敢为　客观坦

诚 简单高效 追求极致"的"掌阅范"为一致的行为倡导。公司与国内外千余家出版公司、文学网站等建立了良好合作关系，为全球150多个国家和地区的用户提供高品质的图书内容和智能化的服务体验。2017年9月21日，掌阅科技股份有限公司在上海证券交易所挂牌上市。公司拥有丰富的用户及内容运营经验，坚持数字内容精品理念，大部分出版图书内容均采用图文并茂等富媒体的内容展现形式，充分满足用户的精品阅读体验。同时，公司通过大数据技术筛选优质内容，高效精准将优质内容触达到用户，形成了以内容挖掘和用户行为为导向的精细化且高效的数字阅读运营体系。深耕数字阅读领域十余年来，掌阅始终在积极探索新技术在文化阅读领域的应用，打造新型数字阅读平台，已拥有涵盖产品App、电子书阅读器、数字借阅一体机等多种终端，以及可根据客户需求定制个性化的阅读场景，打造多媒体、全平台的智能阅读空间。故可计8分。

综上所述，在企业文化打分项，起点中文网获得10分；17K小说网获得6分；咪咕阅读获得6分；掌阅科技获得8分。

第三节 经营状况

企业要讲求经济效益，在社会效益优先的情况下，参与市场竞争，形成可持续的盈利模式，达成利润的最大化，是商业性文学网站的正当要求。一个长期亏损、入不敷出的企业是无法持续经营的，更不用说很好地运营自己的网站了。"榕树下"的命运就是一个例证，作为最早的专业性文学网站，因为没有找到恰当的盈利模式，经营不善，日渐式微，该网站被多次转卖，现归到阅文集团名下，从国内第一，到寄人篱下，沦为二流文学网站。所以，网站的经营状况成为我们评价原创文学网站的一大重要指标。

一 年度产值

年度产值主要指文学网站一年的总价值产能。当前，原创文学网站在承担其文化属性和社会效益的同时，也存在商业属性的要求。文学网站作为文化商品的生产者和经营者，通过把网站中的书籍提供给用户，收取相应的报酬，提高自身的经济效益。文学网站在报告期内以网络文学作为自己的经营对象，即通过文学阅读及其衍生市场（如时下热门的 IP 版权运营）来实现盈利并扩大再生产。因此，原创文学网站的年度产值在很大程度上反映了该网站在报告期内的实际经营状况。由于文学网站的年度产值往往属于企业的内部信息，因此本指标主要依据文学网站所属的集团企业发布的年度报告进行评分。本指标主要按照数量的多少进行排序，年度产值最多的文学网站得 10 分，其次得 7 分，再次得 4 分，最后一名得 1 分。

起点中文网：《阅文集团年度报告 2021》指出，截至 2021 年 12 月 31 日，阅文集团总收入为 86.68 亿元，计 10 分。

表 7 – 10　　阅文集团 2017—2021 年简明综合全面收益/（亏损）表

截至十二月三十一日年度

	二零二一年 人民币千元	二零二零年 人民币千元	二零一九年 人民币千元	二零一八年 人民币千元	二零一七年 人民币千元
收入	8668244	8525701	8347767	5038250	4095066
毛利	4599443	4234076	3692023	2557979	2075440
经营盈利/（亏损）	2172640	(4474668)	1193907	1114951	614563
除所得税前盈利/（亏损）	2303068	(4538720)	1179797	1077801	645730
年内盈利/（亏损）	1842927	(4500197)	1112134	912398	562692
本公司权益持有人应占盈利/（亏损）	1846609	(4483869)	1095953	910636	556129
年内全面收益/（亏损）总额	1764723	(4532508)	1167355	1342293	412562
本公司权益持有人应占全面收益/（亏损）总额	1769207	(4516202)	1151165	1340538	405999
非国际财务报告准则本公司权益持有人应占盈利	1229721	917105	1194618	900490	721817

17K 小说网：《中文在线 2021 年年度报告》指出，中文在线在 2021 年报告期内，公司实现营业收入 11.89 亿元，计 4 分。

表 7 – 11　　　　　　　　中文在线 2019—2021 年财报数据

	2021 年	2020 年	本年比上年增减	2019 年
营业收入（元）	1188852604.86	975901260.74	21.82%	705377023.73
归属于上市公司股东的净利润（元）	98791485.93	48923099.74	101.93%	−603290627.06
归属于上市公司股东的扣除非经常性损益的净利润（元）	23438878.94	−46407455.58	150.51%	−645089041.26
经营活动产生的现金流量净额（元）	31176935.29	198894498.54	−84.32%	34218596.53
基本每股收益（元/股）	0.1358	0.0673	101.78%	−0.7853
稀释每股收益（元/股）	0.1317	0.0659	99.85%	−0.7853
加权平均净资产收益率	6.55%	3.41%	3.14%	−31.96%
	2021 年末	2020 年末	本年末比上年末增减	2019 年末
资产总额（元）	2195140363.02	1980089115.36	10.86%	1802583811.25
归属于上市公司股东的净资产（元）	1562827085.50	1453573019.66	7.52%	1415848334.22

咪咕阅读：因未批露相关财报数据，故计 1 分。

掌阅文学：《掌阅科技股份有限公司 2021 年年度报告》指出，掌阅科技在 2021 年间，公司营业收入达到 20.71 亿元，计 7 分。

表 7 – 12　　　　　　　　掌阅科技 2019—2021 年财报数据

主要会计数据	2021 年	2020 年	本期比上年同期增减（%）	2019 年
营业收入（元）	2070784337.34	2060658761.60	0.49	1882346953.45
归属于上市公司股东的净利润（元）	150604584.97	264152561.71	−42.99	161003908.56
归属于上市公司股东的扣除非经营性损益的净利润（元）	151112323.47	257497671.68	−41.32	140349010.94

主要会计数据	2021 年	2020 年	本期比上年同期增减（%）	2019 年
经营活动产生的现金流量净额（元）	104116489.76	322901128.83	−67.76	308800798.29
	2021 年末	2020 年末	本期末比上年同期末增减(%)	
归属于上市公司股东的净资产（元）	2536519773.22	1438673332.82	76.31	1240683659.45
总资产（元）	3452833458.53	2284396340.71	51.15	1911656793.69

综上所述，2021 年阅文集团总收入为 86.68 亿元，计 10 分。中文在线在 2021 年报告期内，公司实现营业收入 11.89 亿元，计 4 分。咪咕阅读因未批露相关财报数据，故计 1 分。掌阅科技在 2021 年间，公司营业收入达到 20.71 亿元，计 7 分。

二　年度利润

年度利润主要指文学网站一年的总利润。原创文学网站的年度产值与年度利润并不等同，年度产值衡量的是文学网站的经营能力，年度利润指的是文学网站盈利的部分。文学网站是文化企业，是社会的"经济细胞"，它要求文学网站不断追求盈利。本指标依旧根据文学网站所属的集团企业发布的年度报告进行评分。本指标主要按照利润的高低进行排序，年度利润最多的文学网站得 10 分，其次得 7 分，再次得 4 分，最后一名得 1 分。

起点中文网：《阅文集团年度报告 2021》指出，截至 2021 年 12 月 31 日，阅文集团净利润 18.47 亿元，计 10 分。

17K 小说网：《中文在线 2021 年年度报告》指出，中文在线在 2021 年报告期内，公司实现净利润 9879 万元，计 7 分。

咪咕阅读：因未披露相关财报数据，故计 1 分。

掌阅文学：《掌阅科技股份有限公司 2021 年年度报告》指出，掌阅科技在 2021 年间，公司净利润达到 1.51 亿元，计 4 分。

三 写手收益

写手收益主要指文学网站分配给写手的收入。文学网站是网络文学的发布和传播平台，而网络文学作者是网络文学作品的实际创作者。因此网络文学作者是一个文学网站的基础，而写手的收益将直接影响作者的创作热情和驻站抉择。因此写手收益的情况是评判文学网站建设好坏的重要指标之一。本指标依据各文学网站公布作家福利进行评分，主要按照作家福利的好坏进行排序，写手收益最高的文学网站得10分，其次得7分，再次得4分，最后一名得1分。

起点中文网：起点把驻站作家大概分为八个等级，由低到高分别为：普通作家、LV1、LV2、LV3、LV4、LV5、大神、白金。所谓普通作家，就是在起点通过了作家认证，并且发布了作品第一章通过审核，就处于这个等级。这个等级的作者也是起点作家中规模最为庞大的一个群体，几乎占据起点作家群体的九成。因为没有签约的原因，这个等级的作家收入为零。达到LV1后，如果有人给作品打赏，写手是可以拿得到打赏的钱的，而且如果作品可以上架的话，也可以拿到订阅的钱。LV2作家的数量相比LV1会更少，但要求作品获得积分达到一万以上。而所谓的起点积分，指的是稿酬，一元钱对应一个积分。所以作品在上架后累计稿酬达到一万元以上两万元以下，就可以成为LV2级别作家。LV3作家要求作家积分达到两万以上五万以下，也就是说累计稿酬达到两万元以上五万元以下就能达到这个等级，而且达到LV3级别就可以向起点申请全勤福利。所谓全勤，就是作为起点新手作家的一个福利，新书上架前三个月，如果每天保持四千到六千字的更新，就可以拿到每月1500元的全勤奖励。当然三个月过后就要求均订达到500才能拿到全勤，全勤奖励为1000元。LV4级别要求作家积分达到五万以上十五万以下，LV4级别作家相比于LV3并没有太多资源的倾斜，不过能达到LV4级别，说明作品受欢迎程度比LV3要高，均订如果能达到一千左右，加上全勤基本上月收入能达到4000元以上。LV5作家要求积分达到十五万以上，每月均订能达到两千元左右，但这个级别的话差距也是很大的，成绩一般的话月入大概 8000 元左右，成绩好的年收入能达 15 万元以上。一般来说 LV5 已经是作家等级的最高级，但如果你的成绩特别好，起点会让你签订一个新的合同，也就是我们说的大神签约。大神级别的收入差异更大，这个要看作品 IP 的火热程度，如果是冷门作品的话差不多也只能达到均订水平。当然即便是均订，一个月收入也能达到 50000 元左右，热门作家月入能达到 15 万元以上。大神级别作家如果有一本作品均订可以达到一万以上，就可以申请白金签约，也就是我们所说的白金大神，目前起点的白金大神仅有 41 位，故起点中文网此项可计 10 分。

17K 小说网：17K 小说网在 2022 年制定了多项作家福利制度，针对不同情况的网络小说作家采用不同的分类方式，以此保证作家收益，提高优秀作家收入，赋予更多新人作家创作激情。

首先是销售激励计划，17K 小说网的作品在自有平台上架入 V 后，当月 VIP 字数更新≥6 万字，作品享受自有平台销售收入的 50% 分成和额外 20% 的销售激励金。而参与渠道奖励金项目的作品，可获得 17K 小说网全渠道收益的 50%。其次是作家激励计划。作者将获得读者赠送的礼物等值的 50% 的分成收益。针对位于 17K 主站小说网推荐票总榜或推荐票新人榜前三名的作品，17K 小说网将给予现金奖励甚至是一定比例的当月订阅收入分成。最后是保障全勤福利。针对"日更新≥4000 字且月更新≥15 万字"以及"日更新≥8000 字且月更新≥25万字"的作品，17K 小说网将分为三个档次向作者提供晋级模式的全勤保证金，17K 小说网还提供上架保障金和完本续约奖等奖励来鼓励作者创作。此外，该网站针对有志在 17K 小说网长期发展的优秀作家还提供了买断签约的方式，买断或保底分成的稿酬每千字 15 元起。最后，17K 小说网还制定了作家健康计划，为与 17K 小说网签约的优秀作家每年提供一份保额最高 1000 万元的作家商业保险，计 7 分。

咪咕阅读：咪咕阅读也建立了一系列制度来保障写手的收益。首先是全勤奖，图书上架后，每自然月内男频、女频作品在日更新字数以及自然月更新字数达到一定数量后，将按照三个标准提供相应的现金奖励。其次是推荐奖。推荐其他作者投稿，被推荐作者签约咪咕阅读，作品上架后，推荐人享有推荐奖，可发放奖金500元。再次是打赏分成。读者用户通过咪咕阅读平台的打赏功能，对某本图书产生的打赏消费，此笔费用稽核后将与作者五五分成发放。此外针对买断模式签约作品，咪咕阅读设立提价制度，图书有一定创作成绩后作者可向编辑申请提价，申请提价图书经审核通过后，可享有买断提价福利，每本书可获得多次提价机会。最后咪咕阅读还设立了运营奖励和完本奖励作为额外奖励项目，以此激发创作者的写作热情，鼓励广大作家的自我运营，计4分。

掌阅文学：第一，签约奖励。只要能够和掌阅小说网签约，然后更新达到五十万字以上，便可以在两个月内申请这个奖励，只要不断更，基本上都会有500元的收入，虽然不多，但是比起阅文集团来说，还是可以的。第二，分成全勤奖励。掌阅的这个全勤奖励有些特殊，它是根据作品上架之后的只要每个月的订阅分成收入超过600元，便可以有相应的全勤收入，这个全勤奖励虽然有，但是需要作品均订达到三百以上才有机会。因为只有均订达到三百以上，每个月的订阅分成才会超过600元，网站才能够收益，才会给予奖励，毕竟，网站的最终目的就是要赚钱的，这一点不用怀疑。不过根据我们所得到的数据，一部作品能够达到均订三百以上，看似简单，实则达到标准的作品并不多，一百本小说上架，达到这个标准的不到十本，甚至更低。如果上架后的成绩可以超越三百均订，那么，便会有全勤，总共十个等级，不过九成的作者只能够拿到第一级，千字8元，每天六千字的话，一个月便可以得到全勤1400多元。第三，普通全勤奖励。这是针对买断作品的，月更新十五万字，可以有600元，月更新二十五万字，可以有1200元。这点钱对于买断类的作品来说，基本上不算什么。第四，半年奖。这一点针对的是分成作品，上架后，坚持更新，每年发放两次，奖励为半年周期内作品自有平台后台分成收入的 25% ，当然了，需要坚持更新，月更新最低也得十二万字，计1 分。

综上所述，在写手收益指标中，起点中文网计 10 分；17K 小说网7 分；咪咕阅读 4 分；掌阅文学 1 分。

第四节 总结、计分与排名

通过以上章节的阐述，我们得到起点中文网、17K 小说网、咪咕阅读、掌阅书城四家原创文学网站关于各二级指标的基础评分值。将各文学网站的基础评分值与各二级指标所占的权重相乘将得到网站的最终评分。该评分将展现文学网站的整体发展状况。具体计分见表7 – 13。

表 7 – 13　　　　　　　　网络文学网站权重影响评价表

	起点中文网	17K 小说网	咪咕阅读	掌阅文学
作者影响力	10	4	1	1
作品影响力	8	4	3	3
读者影响力	8	0	6	10
网站规划	8	10	4	6
技术层级	8	8	6	4
队伍建设	8	5	7	6
企业文化	10	6	6	8
年度产值	10	4	1	7
年度利润	10	7	1	4
写手收益	10	7	4	1
乘以权重后的总计分	8.7328	4.2904	3.0172	3.958

正如数据所显示的，依据该网络文学网站评价体系，起点中文网的运营情况要明显优于其他三家网站。作为老牌的网络文学网站，起点中文网在绝大多数子项的评价方面都占有优势，具有独到之处，值得其他文学网站学习效仿。其次是 17K 小说网。它在网站规划和技术层级方面比较有优势，在年度利润和写手收益方面也有独到之处，可

以看出 17K 小说网将运营的重心放在了增强自身内容上。掌阅文学的网站运营状况排第三位，它充分利用了自身的设备优势，增强了自身对读者的影响力。咪咕阅读的网站运营状况最差，在大部分方面都存在需要改进的情况。

第八章　当下文学网站的发展现状

第一节　起点中文网（https：//www.qidion.com/）

一　网站基础资料

起点中文网的前身为成立于 2001 年 11 月的一个论坛——玄幻文学协会，创始人为吴文辉与其他五位网络文学爱好者。2002 年 5 月，该协会筹备成立文学性质的个人网站，起点中文网正式成立。以被盛大网络收购为标志，截至目前，起点中文网的发展大致可分两个阶段。第一阶段，起点中文网更为重视的是网站的文学性定位与建设：其进行了第一版、第二版网站的改良工作，它的页面设置成为今天众多网络文学网站竞相模仿的对象；启动了 VIP 付费阅读制度，此做法标志着起点中文网正式开始了商业模式化运作，千字 2 分钱的收费标准后来成为整个业界的标准，VIP 制度推出后不到一年，起点中文网在 ALEXA 的排名即进入了世界百强；2003 年在全国个人网站大赛中获得第一名，使其知名度得到了迅速提升。

同时，起点中文网作为华语文学最大的网络文学阅读与写作平台，也是国内网络文学最重要的旗帜性网站。它推出的"在线收费阅读"服务、作家福利、版权管理等政策，成为中国原创文学产业的先锋，对国内网络文学网站具有巨大的启示意义。2004 年，起点中文网在 ALEXA 世界互联网排名中排位第 100，成为国内首家进入世界百强的原创文学门户网站。来自艾瑞咨询的数据显示，2013 年 7 月，起点中文网的日均覆盖人数达到了 214 万人，日均网民到达率为 0.9%，两项数据在所有文学网站中都居于第一。可以说，起点中文网是国内网络文学网站中当之无愧的"大佬"。

2004 年 10 月，起点中文网正式宣布被盛大网络收购，标志着其进入了"盛大"时代。盛大给予其资金、技术等方面的支持，使起点中文网获得了迅猛发展。除进一步采取各种措施，不断发展、完善 VIP 付费阅读模式外，起点中文网不断拓展其业务领域。它与国内著名的影视公司、网游公司、出版社合作，将网络小说改编为影视、游戏，出版优秀网络文学图书，形成了较为完善的产业链。2005 年 7 月，起点中文网当月签约作品稿酬发放突破 100 万元，创造了当时业内的奇迹；2005 年 12 月，起点累计支付作者稿酬已达 1500 万元；2007 年 4 月，起点启动了"千万亿计划"，出资为网络文学作者开创高级研修班，并进一步提高原创作者的待遇与福利。2007 年，在由中国社会科学院等共同举办的优秀文学网站推荐活动中，起点中文网荣获"最佳原创平台""十大最具影响力文学网站""网络文学杰出贡献网站"等称号；2008 年，起点中文网荣获中国版权协会所颁发的"中国版权产业最具影响力企业荣誉称号"；2011 年，起点中文网已经成为用户黏性最强的 10 家独立文学网站之首，成为国内文学网站的标杆。

二 网站发展现状

网站页面设置上，起点中文网充分重视用户的舒适度与便捷性。网站页面以红色与白色为基调，文字则主要采用绿色与黑色，对比清晰、醒目。进入页面后，读者即可看到起点中文网的各个主要版块，包括排行榜、搜书、商城、微博、作者专区、论坛、充值、起点秀、盛大手机、电子书、客户端、文学精品和 Web 游戏等类别。类别下面即为书库、各种题材小说、搜索功能项目以及排行榜，保证了读者的操作效率，使读者能够以最少的点击次数到达作品。主页面上还包括了各类排行榜、热点作品推荐、热门作品精选、起点女生网、起点文学网、实体出版频道等其他几个重要的子网站，能够有效地帮助读者快速找到所需服务。

　　内容建设方面，起点中文网试图走一条多元化发展道路，将作品题材分为玄幻、奇幻、武侠、仙侠、都市、青春、历史、军事、游戏、竞技、科幻、灵异、同人、动漫几类。在大的类别下，起点还进一步进行细分，例如"都市"类别下又细分为官场浮沉、娱乐明星、商战风云、异术超能、都市生活、恩怨情仇等小类，"战争"类别下又分为抗战烽火、军事战争、战争幻想等。并且特别针对女性读者，起点中文网还开辟了女生频道——起点女生网。女生网的作品题材细分为古代言情、现代言情、浪漫青春、玄幻仙侠、异界奇幻、游戏竞技、灵异推理、同人美文几类。

　　作者队伍方面，起点中文网重视原创作者的培养，旗下囊括了大部分以玄幻小说为代表的网络文学作家。文学网站吸引读者的关键性因素当然在于网站内容的优劣，这就是所谓的"内容为王"，而作品品质的保证直接来自作家。因此，各网络文学网站十分重视培养、挖掘原创作者。起点中文网自成立初便有此做法。在起点，读者所付阅读费用，大部分都付给了作家，以此鼓励作家创作。起点还推出了各种针对作家的鼓励计划、扶持制度，如有针对新手的"雏鹰展翅计划"，有"完本奖励计划"，有"全勤奖计划"，等等。2013 年，起点又推出了新的福利计划，提高作家待遇，如，针对那些订阅数低于1000 人的签约作家，给予每月 1300 元的最低保障，提升原创作者的医疗保障、奖励制度、收益分成等。目前，起点拥有超过业内 80% 的优秀作者，著名作者如唐家三少（《天珠变》《斗罗大陆》《琴帝》）、我吃西红柿（《星辰变》《盘龙》《吞噬星空》）、天蚕土豆（《斗破苍穹》《武动乾坤》）、辰东（《不死不灭》《神墓》《长生界》）等。其中，唐家三少等还加入了中国作协。

　　业务模式方面，起点主要通过付费阅读、广告、实体出版、作品改编、无线增值服务等方式盈利，已经形成了较为完整的产业链。起点实行会员收费阅读制度，普通会员大致每千字 5 分钱阅读起点 VIP

作品内容，初级 VIP 会员则需每千字 3 分钱，高级 VIP 每千字 2 分钱。可以说，收费阅读是起点盈利的主要来源，有数据表明，付费阅读收入占起点总收入的 90% 以上。此外，起点还积极拓展自己的业务模式，通过授权漫画、影视、游戏改编等方式，将丰富的原创内容延伸到其他产业，形成了较为完整的产业链。起点中文网创始人吴文辉曾将网络文学作品比喻为苹果，认为这些苹果既可以直接拍卖，也可以制作苹果酱，将内容改编成游戏策划、影视剧本、手机文章等。最近的数据显示，起点拥有网络文学作家、作品的数量，几乎占据整个市场的半壁江山。如此众多的资源，保证了起点能够充分从中获利。以天下霸唱作品《鬼吹灯》为例，该作品在 2006 年迅速蹿红，迅即出版纸质作品，并被译为英文、法文、泰文等，改编为游戏后，仅两年时间，起点便从中获利 500 万元。依附于盛大文学，盛大也积极进行资源整合与开发，将起点的资源与其旗下其他 10 余个子公司之间有序流传并创造价值。盛大文学 CEO 侯小强表示，未来，起点还会加速与其他网站整合，使起点中文网的版权不是只能在起点卖，也可以拿到红袖去卖。图书出版、广告、无线增值服务、图书周边等领域都给起点带来了收益，有效地提高了其抗风险的系数。据称，2012 年，盛大文学营收 10.8 亿元，其中，起点中文网即贡献了 3.6 亿元。

2020 年起点中文网推出了《万族之劫》《我师兄实在太稳健了》《诡秘之主》《大奉打更人》《第一序列》《轮回乐园》《亏成首富从游戏开始》《当医生开了外挂》《我真没想重生啊》《明天下》等作品。2021 年起点中文网则推出了《不科学御兽》《我就是不按套路出牌》《这个明星很想退休》《我在斩妖司除魔三十年》《弃婿当道》《镇妖博物馆》《术师手册》《我不可能是剑神》《末日拼图游戏》《穿越八年才出道》《金刚不坏大寨主》《从今天开始做藩王》等作品。

三　网站重大事件

然而，2013 年 3 月，起点中文网却发生了一起令业界震动的事件，起点中文网创始人、起点中文网原 CEO 吴文辉携近 20 余位中层以上编辑出走至腾讯旗下，联手腾讯成立了创世中文网，这也即业内有名的"起点中文网核心团队离职事件"，被称为"起点风波"。同时，原起点中文网白金作者猫腻、苍天白鹤等，也加盟创世中文网，给起点带来了不小的打击。起点中文网则宣布，将斥资亿元升级原创作者基本收入保障、医疗保障、收益分成、奖励制度等，以此稳定作者队伍。核心团队的离职给起点中文网带来的影响还不可估算，但凭借自身强大的实力基础，起点中文网仍是国内最顶尖的文学网站。

2020年5月5日部分网文作者发起"55断更节"以抵制霸权合同，维护自身的权益。"55断更节"，是由网文作家在网络平台，针对网络文学平台阅文集团发起，以断更（停止更新）的方式，抵制阅文集团推出的作者权益缩水的新合约。2020年5月5日，阅文集团相关人员表示，将在2020年5月6日启动"系列作家恳谈会"，做面对面的调研和沟通。该次恳谈会的与会人员包括：作家、阅文集团CEO程武、总裁侯晓楠、总编辑杨晨和主要内容负责人。该次会议将就商业模式、作家生态以及作家合约等大家关切的问题展开讨论。程武明确表示，事实上，著作权包括著作人身权和著作财产权两部分。著作人身权，是作者不可转让、不可剥夺的权利，属于作家独有。阅文绝不会通过任何方式分享或获取这种权利。关于付费和免费模式，侯晓楠坦言，目前关于免费阅读的机制还在讨论中。付费阅读肯定要继续巩固并且做大，而未来在考虑免费模式时，也会有明确的作家收益。同时，需要为付费和免费规划不同的作品内容库，匹配不同的产品渠道及对应的收益体系。当然，无论哪种模式，都由作家自主选择。

第二节　晋江文学城 (http：//www. jjwxc. net/)

一　网站基础资料

晋江文学城创立于2003年8月，原名晋江原创网，是福建晋江市的一家文学网站。2007年11月，晋江原创网接受了盛大网络发展有限公司的投资，成为盛大文学旗下品牌，盛大文学拥有晋江文学城

50%股权。2010年2月，晋江原创网正式更名为晋江文学城，总公司设于北京。

晋江文学城以建设全球最大女性文学基地为宗旨，经过多年发展，已经成功成为国内最大的女性文学基地之一，吸引了众多女性文学写手与读者。在牛华网2012年2月评选的国内十大文学网站排名中，晋江文学城位列第五。国内知名调查公司艾瑞咨询网络用户行为监测工具iUser Tracker数据统计显示，2013年7月，晋江文学城在国内垂直文学网站中，无论是在日均覆盖人数还是用户有效浏览时间方面，均仅次于起点中文网，排名第二，日均网民到达率到达了0.6%，月度有效浏览时间达到了851万小时。晋江文学城也曾多次荣获"十大最具影响力文学网站"、"年度最佳文学网站"等奖项，是业内公认的品牌文学网站。

二 网站发展现状

目前，晋江文学城主要分为原创言情站、耽美同人站、完结作品库、出版影视、游戏娱乐、晋江商城、晋江论坛七大版块。与大部分文学网站不同的是，用户点击进入晋江文学城后，并非直接进入某一版块的主页面。其首页即为这七大版块的链接以及这七大版块的精品内容推荐或站点简介，用户可以根据需要自行选择，内容非常清晰、明朗。晋江文学城的最新作品主要集中于原创言情站与耽美同人站内。原创言情站首屏导航栏的背景色以及大部分分频的频首背景色都使用了鲜绿色，鲜亮、富有活力；耽美同人站则使用了墨绿色，相对而言更为典雅、端庄。这两个版块页面设计相差不多，内容主要包括网站强推作品、各种排行榜以及不同类型小说导引等。考虑到很多用户来自海外或者中国香港、中国台湾，晋江文学城还特别设计了繁体版页面。注册晋江文学城用户的步骤也比较简单，用户还可以使用盛大通行证、支付宝、腾讯QQ、新浪微博、手机号等诸多方式登录。晋江文学城为用户设置了个人管理中心，为读者提供个性化的服务，非常注重与用户间的交流互动。值得一提的是，晋江文学城的搜索栏较很多网站都很有特色，设计了诸如根据原创性（细分为原创、同人两类）、性向（分为言情、耽美、百合、女尊几种）、时代（近代现代、古色古香、架空历史、幻想未来几类）、类型（爱情、武侠、奇幻、仙侠等15类）、风格（悲剧、正剧、轻松、爆笑、暗黑几类）、标签（灵魂转换、性别转换、幻想空间等几十种）进行搜索的选项，用户可以轻松地找到所需作品。不过，晋江文学网页面各频之间空隙有较多的广告，页面还有一些弹出广告，推荐作品过多，信息量很大，给用户一种拥挤感，影响了用户的使用体验。

晋江文学城拥有数量庞大的作品，其官网称，晋江文学网平均每2分钟就有一篇新文章发表，每6秒就有一个新章节更新，拥有版权作品3万部以上，平均每个月新增版权2000部以上。截至2013年7月底，网站累计发布字数达到260亿字。晋江文学城创作主要是以女性为导向。其官网上的数据显示，晋江文学城男女用户比例达到了7∶93，有旺盛消费力的女性用户是其主力消费人群。虽然其原创作品有多种形式，包括小说、散文、诗歌等，且小说也分为古言武侠、都市青春、科幻悬疑网游、短篇小说等多种，但是仍以最贴近女性文学的穿越、言情、都市爱情、职场婚姻、青春校园、耽美同人类最受欢迎，这些也是晋江文学城重点建设的内容。其中，穿越小说尤其是晋江文学城的一大亮点，曾产生过《木槿花西月锦绣》《鸾：我的前半生，我的后半生》《迷途》《末世朱颜》《梦回大清》《步步惊心》《瑶华》《独步天下》等为广大读者所喜爱的作品。后4部作品又为清穿小说，也即穿越回清朝的穿越小说经典代表作，因为清朝最接近现代，史料丰富，还有许多野史秘闻流传于世，足以吸引读者胃口。在这些小说及部分经由小说改编的电视剧影响下，读者与观众中还衍生出了"四爷党""八爷党"等群体。穿越小说并不仅限于回到清朝，还有穿越回汉朝、唐朝，甚至还有一些进入了武侠仙魔世界。晋江文学城作者蜀客的一系列穿越言情之作如《穿越之第一夫君》《穿越之武林怪传》《落花时节又逢君》等也极受读者欢迎。此外，反映女性婚后生活的小说《新婆媳战争》、描述汉代幔帐幕帘之后的美人尔虞我诈、斗智斗勇的小说《未央·沉浮》、描述女明星爱情生活的小说《票房毒药》等都是晋江文学城的优秀原创作品。晋江文学城十周年庆典活动页面上则开辟了专区，盘点自 2003 年成立以来晋江文学城的优秀作品，它们在读者中都享有着较高的人气。

晋江文学城原创作者队伍庞大，官网数据显示其拥有注册作者 50 万人，签约作者 12000 人，这个数字每天还在递增。这里曾诞生了很多优秀的作者，如顾漫、天籁纸鸢、安宁、沧月、明晓溪、梦三生、匪我思存等。为吸引、培养更多优秀的原创作者，晋江文学城力推作家培养计划，推荐旗下作者参加作协举办的网络作家培训班，为作者提供尽可能多的福利政策，协助作家打击盗版，等等。2013 年伊始，在 2012 年九周年庆典时推出的推陈出新奖、发扬光大奖基础上，晋江文学城又推出了全勤奖、续约奖、创新奖三大奖励政策，尽量为作者提供良好的待遇，而且，对作品的版权要求较之以前更为放松，将签约作者的实体、影视版权由独家代理改为非独家代理，允许作者自行洽谈改编事宜，晋江文学城不再收取代理费。晋江文学城还积极拓展各种渠道，增加作者的收益，如为读者进行无线业务操作、扩大电子书以及实体出版渠道等，事实上达到了双赢的效果。不过，较之其他大多数文学网站清晰的作家福利体系，晋江文学城的页面上并未明确其给作家提供的福利体系，对于最初进入晋江文学城写作而想要了解福利信息的作者而言并不太便利，用户的收入需要在页面上方"账务"一栏下"收益记录"中查询。

盈利模式上，晋江文学城已经形成了经营作品的在线版权、无线传播权、纸媒体出版权、影视动漫游戏改编权等一套成熟的全版权营销模式。目前，其盈利主要来自 VIP 收费阅读，影视、动漫、游戏改编，线下与定制出版、电子商务几大方面，形成了自己多元化的盈利模式。晋江 VIP 收费系统开始运行于 2008 年 1 月，之前其主要依靠广告收入维持网站运行，此举则标志着读者付费正式成为其盈利模式。短短时间内，凭借着数量众多的版权作品和大量的读者，晋江文学城获得了不小的收益。2009 年，晋江文学城改革了 VIP 阅读制度，将原来的每千字收费 3 分钱的单一付费制改为灵活浮动制，VIP 作者可以自行定价，给读者折扣等。晋江文学城的作品实体出版非常火热，目前，已有超过千部作品成功出版，平均每天都有 2 本新书被成功代理出版。晋江文学城与魔铁图书、江苏文艺出版社、浙江出版联合集团乃至港台的麦田出版、禾马文化等达成了合作意向，为优秀作者提供实体出版机会。同时，晋江文学城还为读者提供了定制印刷的方式，读者可以通过晋江网下订单，获得个性化的印刷图书。作品的影视、动漫、游戏改编也是晋江文学城获取利润的重要方式，《步步惊心》《佳期如梦》《来不及说我爱你》等小说都被搬上了荧幕。游戏本来就是盛大商业体系中最具竞争力的版块，晋江的原创作品可以成为游戏内容的素材来源，《星辰变》《大清后宫》已被改编为游戏，晋江游戏娱乐城也为用户提供几款游戏。无线增值方面，晋江文学城与中国移动、中国联通、腾讯阅读等成为无线渠道合作方。电子商务无疑是晋江文学城商业运营的一大特色，晋江商城"囧囧商城"成为其销售自己网站图书的一大平台，至此，读者看书、评书、购书都能在晋江文学城一个网站内完成。目前，囧囧商城并不仅限于售卖图书，还扩大了营业范围，包括图书、手机通信、电子书、箱包、数码、厨房电器、卡通玩偶、家居用品等，逐步向更广阔的市场延伸。

可以说，晋江文学城在国内文学网站中已经成功建立起了自己的品牌，吸引了大量读者与优秀作者驻站写作，盈利模式也日益成熟。不过，针对腾讯、新浪、百度等著名网站在 2013 年网络文学市场的大动作，目前晋江文学城还未见到相应的应对措施。在竞争日益激烈的网络文学市场，如何继续保持自己的优势，这是晋江文学城必须思考的问题。

在 2020 年晋江文学城推出了《死对头今天也想娶我》《娇气》《东宫藏娇》《神明今夜想你》《她的 4.3 亿年》《难哄》《满级绿茶穿成小可怜》《影帝他妹三岁半》《凶案现场直播》《我给男主当嫂嫂》等作品。在 2021 年晋江文学城则推出了《剑名不奈何》《无限旅游团》《这该死的求生欲》《太岁》《三伏》《魔尊他念念不忘》《危险人格》《顶流夫妇有点甜》《陷入我们的热恋》《和影帝协议结婚之后》等作品。

第三节　潇湘书院(http：//www. xxsy. net/)

一　网站基础资料

潇湘书院创建于 2001 年，最初是由鲍伟康（网名"潇湘子"，现任潇湘书院文化发展有限公司总经理）和几个热爱武侠文学的人组建的武侠小说网站。2007 年，潇湘书院全面转型为女性言情原创文学网站，是国内最早发展女生网络原创文学的网站之一。2010 年，潇湘书院为盛大文学所收购，成为盛大文学旗下的子品牌。目前，潇湘书院已经成为国内领先的原创文学网站，用户数量、访问流量在国内文学网站中均名列前茅。据国内知名调查公司艾瑞咨询网络用户行为监测工具 iUser Tracker 数据统计显示，潇湘书院在 2013 年 7 月国内垂直文学网站日均覆盖人数排名方面位列第六，日均网民到达率为 0.2%，用户有效浏览时间排名方面位列第四，月度有效浏览时间达到了 812 万小时。潇湘书院与国内另一家女性原创文学网站晋江文学城，都吸引了大量女性原创文学作者和读者聚集于此。

潇湘书院的网站标识是一位年轻女性手捧书籍坐在草地上阅读，显示出了网站的特色，其目标定位人群主要为女性。网站以淡蓝色与白色作为基础底色，频道题目、榜单名称等使用了天蓝色，其余作品题目、内容简介等则多用红色、绿色与黑色。页面使用的颜色整体给用户清新、活泼的感觉。首屏展示给用户的是潇湘书院主要内容版块链接（包括古言馆、现代馆、玄幻馆、手机版、图书馆），各类型小说导引以及提供给用户的诸如包月书库、VIP 小说、如何申请潇湘书院的作家等服务。各分频包括网站强力推荐、编辑推荐、热门推荐、月票榜、钻石榜、更新榜、潇湘论坛以及各类型小说库等。在潇湘书院申请用户也非常简单，用户按照网站注册提示操作即可，还可以通过腾讯 QQ 登录。不过，潇湘书院首页给读者的信息量偏大，页面稍显拥挤，并且首屏还有一些广告。

潇湘书院95%以上的用户为15—35岁的女性，其内容设置也主要针对女性。目前，潇湘书院的小说类型主要分为穿越、架空、历史、都市、青春、豪门、魔幻、玄幻、异能、短篇、耽美等。"玄幻"类型为2009年潇湘书院新加入的类型，旨在打破玄幻作品由男性文学一统天下的格局。穿越、架空类小说是潇湘书院的主打类型小说，其曾成功打造了"红楼同人小说"精品品牌。潇湘书院也有男生频道"昆仑中文网"，其小说类型主要有玄幻·奇幻、武侠·仙侠、都市·娱乐、历史·军事、竞技·同人、科幻·游戏、悬疑·灵异诸多种类。作为国内知名女性原创文学网站，潇湘书院推出了众多具有相当高人气的作品，如《血嫁》《凤隐天下》《绝色锋芒》《妾本惊华》《扶摇皇后》等。目前占据潇湘书院总点击量前五名的作品为《宝宝他爹是哪位》《地下情》《百变闺秀》《恋上吸血鬼大叔》《暴戾王爷的贱妾》，2012年作品粉丝人数榜前五位的作品为《鬼王的金牌宠妃》《神医傻妃》《市长夫人》《天才儿子腹黑娘亲》《嫡妃不如美妾》几部。天下归元的作品《扶摇皇后》曾获中国当代文学研究会女性文学委员会颁发的2011年度十大优秀女性文学奖。

潇湘书院拥有众多优秀的写手，如天下归元、风行烈、君幻凤、夏广寒、萧萧十香、沧海明珠、蓝色紫色、周玉、倾城之恋、古默、任逍遥等。目前，潇湘书院的作者等级分为签约作者、铜牌作者、银牌作者、金牌作者以及白金作者几级。作者的等级越高，其VIP分成比例也越高。白金作者的分成比例达到了70%。为吸引更多优秀写手到潇湘书院发表作品，潇湘书院给予了作者较为优厚的待遇。其2013年福利体系包括签约100%保障、VIP完结红包、买断计划、月票奖励、道具分成、步步高升、金品征文几大类，类别上与其他文学网站相差不大。其中，签约100%保障针对A签作者（A级签约是指作者将名下所有作品独家授权潇湘书院，除A签外，潇湘书院还有B签类，即作者将某一部作品授权给潇湘书院），A签作者只要正常完结书稿，即可得到稿酬。金品征文的目的是鼓励作者进行精品创作，而给予其每月保底稿酬，加入此计划的金牌作者每月保底稿酬达到了1万—2万元。不过，潇湘书院对新写手的推荐力度很大，曾为新人开辟过绿色通道，新人作品上架概率较高。目前，潇湘书院大约拥有编辑40人，其主要任务即是管理、帮助、辅导作者，让作者尽快步上正规的写作道路。

二　网站发展现状

营收方面，2010年加入盛大文学后，潇湘书院当年营收有1800万元人民币，2012年这一数字达到了9000万元，2013年，其营收预计将过亿。目前，潇湘书院的盈利方式包括广告、在线收费阅读、实体出版、影视改编、无线阅读等。2007年之前，潇湘书院的运营主要依靠广告收入。在文学网站纷纷推出收费阅读制度的大环境下，2007年7月，潇湘书院正式推出了收费阅读制度。然而资金仍是潇湘书院的短板，为了网站的发展，2010年3月，潇湘书院接受了盛大文学的收购。之后，潇湘书院的营收实现了翻番。据鲍伟康介绍，收入的增加源于用户群的增大，实施收费阅读之初，潇湘书院每个月付费用户只有几万人，现在每个月都有几十万人。此外，盈利方式的多样性也是潇湘书院营收增长的重要原因。潇湘书院与国内众多出版社形成了良好的合作关系，获得了长江文艺出版社、春风文艺出版社等知名出版社的作品连载授权，并发行了多部优秀作品，包括《血嫁》《凤隐天下》《绝色锋芒》等，这些作品在当当网、卓越网等销量靠前。《暴君，我来自军情9处》《盗情》等作品则成功签约影视。移动互联网是潇湘书院收入的较大来源，据鲍伟康介绍，移动端收入已经大致占到了潇湘书院总收入的55%，而这55%只是在潇湘网站上在线订阅的部分，并不包括营运商阅读基地的收入。其在杭州的移动阅读基地也收入颇丰。目前，潇湘书院有自己的无线事业部，并在积极开发自己的App，在产品层面保持独立。

凭借雄厚的作者实力与庞大的读者数量，潇湘书院已经成为目前国内最具知名度的原创中文女性言情小说网站。2013年，潇湘书院宣布其发展重心为作品培养、移动阅读与对外合作三大方面，这些都已初见成果。然而，目前，文学网站之间的竞争已白热化，腾讯、百度等都对网络文学市场形成了很大的竞争力，在吸引作者方面推出了新的政策。未来，潇湘书院必须根据市场环境的变化，不断积极进行自我调整，以期获得更大的发展。

2021 年潇湘书院还推出了《暖妻成瘾》《凤临之妖王滚下榻》《王爷求你休了我之妃常闹腾》《豪门暖媳》《豪门重生之妇贵逼人》《孤王寡女》《国师重生在现代》《重生之国民男神》《神医废材妃》《渣王作妃》等作品。

第四节　红袖添香（http：//www. hongxiu. com/）

一　网站基础资料

红袖添香网正式创立于 1999 年 8 月，是目前国内历史最悠久的文学网站，也是为数不多的长、短篇共存，涵盖了长、短篇小说，日记，散文，杂文，诗歌以及剧本等多种体裁的文学网站。2008 年，红袖添香接受了盛大文学投资，现隶属于盛大文学。在国内众多文学网站中，红袖添香以其丰富的内容、独特的风格、为用户提供的优质服务独树一帜，成为国内最受欢迎的原创文学网站，同时也是目前国内最富知名度、最受推崇的女性原创文学平台、中文女性阅读第一品牌。

"绿衣捧砚催题卷，红袖添香伴读书"——这是古人读书的一种理想境界，也是红袖添香网现任 CEO 孙鹏的一种美好向往。1999 年，孙鹏与几位热爱文学的网友成立了荆棘鸟工作组，这正是红袖添香网的前身。其后，红袖添香见证了国内网络文学发展的两个重要历程：首先是短篇文学逐渐让步于长篇文学，其次是由免费阅读过渡到收费阅读。红袖添香自身也经历了多次改版。最初，红袖添香集中力量制作个人文集，网站多以短篇文学为主；2003 年，红袖添香正式启用了长篇连载系统；2005 年确定了网站目标为建成内容最精细、最专业、最有深度的文学网站；2006 年红袖博客开通；2007 年实施 VIP 付费阅读，并推出"听网—红袖版"。现在，红袖添香在业界享有极高声誉，获得诸如"2010 年度最佳文学网站奖"（中国网络文学节颁发）、"2011 年度新闻出版业网站百强"（中国出版协会颁发）、"2011 年度最佳女性文学网站"（国家产业服务平台评选）等重量级奖项与荣誉。

红袖添香的网站设计独特，功能完备，用户使用起来快捷、方便。为适应用户多为女性的特殊性，红袖添香网页色调柔丽，部分版块使用淡粉、浅紫、浅蓝为底色，重要标题、栏目名称则使用醒目的红色，精美、细致。用户进入红袖添香主页后，首先进入眼帘的是左上角的网站标识，右面就是网站的搜索功能，用户可根据标题或作者搜索作品。标识下面为网站主要的内容链接，包括言情小说、最新更新、全本小说、免费小说、排行榜、包月库、短篇文学、游戏、手机阅读、出版影视、作家福利等。红袖添香网下设言情小说站、幻侠小说网，还有经典站。幻侠小说网成立于 2011 年 7 月，是面向男性读者的专业幻想小说阅读网站。红袖添香还有两个特别推荐的版块：风尚阁、一品红文馆。前者收入清新、文艺、轻松风格的小说，后者收入网站精选优质作品，阅读价格要高于其他 VIP 作品。言情站、幻侠站、经典站、风尚阁、一品红文馆的链接置于上述主要内容版块之下。这些链接之下即是网站各分频道，包括各类别小说推荐及精选、编辑强推、免费专区、全本小说订阅榜、红书月票榜等。不过，较之页面更为简单、清晰的纵横中文网，红袖添香页面稍显拥挤，信息量大，给用户造成了一种紧张感。

红袖添香的注册简单，用户只需填写几项必需的信息即可成为会员，还可通过腾讯 QQ、微博或者盛大通行证登录。红袖添香的一个特色是用户注册时并不区分读者与作者，网站为每个用户都设置了详细的个人中心，里面包括创作、阅读、充值、修改资料等各类服务，且每种服务都非常细致，给用户一种宾至如归之感，也很容易激发用户的创作欲。

二　网站发展现状

内容建设方面，红袖添香堪称目前国内知名文学网站中体裁最全的网站，既有长篇小说，又有短篇文学。如上所言，为适应商业化运营需求，国内文学网站大多放弃了短篇文学，而发展长篇小说，因为诗歌、日记、散文等并不能吸引太多读者付费阅读。但相较跟风严重、创作模式化的长篇网络小说，短篇文学显然包含了更多的文学性，更容易产生精品——这正是红袖添香坚持发展短篇文学的原因，也使该网站在商业气息浓厚的文学网站中独树一帜，于文学的综合性与纯粹性上领先于他者。然而为满足经营需要，红袖添香网站也需要重点发展原创长篇小说。其言情站的小说题材主要有穿越时空、总裁豪门、古典架空、魔法幻情、青春校园、都市情感、白领职场、女尊王朝、玄幻仙侠几类。幻侠站则分为玄幻奇幻、都市情感、悬疑、科幻、网游、武侠仙侠、惊悚、历史、军事几类。众多类型中，红袖添香尤以言情、职场等类型小说闻名于众，创作出了众多读者耳熟能详的作品，如《裸婚》《盛夏晚晴天》《逃婚俏伴娘》《空姐日记》等。截至2013年8月23日晚24时，占据红袖添香网小说总点击榜前五的作品为《百变情人：恶少杠上女家教》《斗罗大陆续集：五行大陆》《暖妻：总裁别玩了》《独宠冷妃》《总裁的温柔乖乖妻》，点击量均在5000万次以上。红袖添香实行的是"以文养文"政策，以向大众休闲阅读的收费所得，培育精品短篇文学、长篇文学的发展。

作家队伍方面。由于红袖添香对注册用户不区分读者与作者，所以很难确切知其作者人数。但确定的是，其囊括了目前国内网络文学女性写作方面的众多一流写手。红袖添香评定作者的最高级别为A签5钻，目前，这一级别作者即有妖千千、南官夭夭、芥末绿、吉祥夜、恍若晨曦、miss_苏、冰蓝纱X、蔚然语风、婉转的蓝、abbyahy等10人，其余从1钻到4钻还有300余人，名写手包括涅槃灰、纳兰静语、明珠还等。红袖添香对签约作者的要求是，将协议有效期内签约作品的信息网络传播权独家、排他地授权给红袖添香照协议使用，红袖添香给作者的稿酬是定价价格/千字×用户订阅次数×销售分成比例，这个比例为税后50%；出版实体书作者的收益为30元/千字；作品改编的收益是作者获得50%。红袖有一系列针对作者的福利，其最新2013年福利体系包括聚新作品扶植计划、月票榜奖励计划、金手指奖励计划、出版基金扶植计划等9种。其中聚新计划是针对新人写手。在培育作家方面，红袖添香专门设有"新人学院"，为其提供网络小说写作、如何成为作者、红袖添香奖励与考核等方面的课程。而且，红袖添香还会推荐优秀作者去中国作协等专业作家机构举办的网络作家培训班学习，尽最大可能培养优秀的原创网络文学作家。

盈利方式上，红袖添香综合利用在线付费阅读，移动阅读，实体出版，影视、游戏、动漫改编等多形态文化产品，进行立体化版权经营。而且，目前其业务已经拓展到电子商务方面，实现了多渠道、多元化的创收。付费阅读方面，红袖添香针对不同级别读者实行差异收费，普通会员阅读收费章节价格为0.04元/千字，初级VIP会员收费0.03元/千字，高级VIP会员和至尊VIP会员则收费0.02元/千字。但在业界具有开创意义的是，红袖添香开创了"按质定价"收费体系，以体现对优秀作者、优秀作品的鼓励。网站内"一品红文馆"的作品，平均每千字价格要高于馆外其他收费作品。面对3G时代迅猛发展的新机遇，红袖添香率先建立了无线互联网领域销售渠道。事实上，在无线阅读方面，红袖添香在国内文学网站中发展很早，早在2005年，网站已经开通了免费的wap站点，具有上网功能的手机都可以访问。2008年开始，红袖添香开始与移动梦网、知名厂商、手持设备厂商合作，寻找网络文学盈利的新模式。2009年，红袖添香又推出国内首个无线版权结算平台红袖"移动阅读版权自助结算平台"，作者可以实时登录，实时结算。红袖添香还不断进行技术更新，以给无线用户更好的阅读体验。利用作品的影视、动漫、游戏改编盈利，这点，红袖添香在业界算得上比较成功。据其原创小说《裸婚》改编的电视剧《裸婚时代》播出后引发了一股强烈的收视热潮；据另一部小说《盛夏晚晴天》改编的同名电视剧亦收视率不俗。红袖添香网有专门的影视改编频道，推介自己的作品，该频道上线月余就售出近 10 部小说的影视改编权。《逃婚俏伴娘》《盛夏晚晴天》等作品的动漫改编权也已售出。现在，红袖添香也已经涉足电子商务领域。利用自身女性用户居多、对女性读者有强大吸引力的特性，红袖添香推出了美妆频道，推出韩国进口美妆产品网购业务，尽可能把自己的人气、流量与电子商务结合，实现多元化创收。

自成立起，红袖添香就非常注重品牌建设。其常与著名杂志社、出版社乃至企业联合举办各种征文、评选活动。如，其曾与中华书局（香港）联手举办新武侠小说大赛，与中华杂文网举办幽默杂文大赛，与 MSN 小说、图书频道举办红袖添香七周年优秀中文原创作家评选活动等。目前，其举办的最具影响力的赛事当为华语言情小说大赛，每年均能吸引大量作者投稿，且获奖作品都在读者中产生较强反响，如《逃婚俏伴娘》《裸婚》等。为使大学生了解、支持、创作网络文学，红袖添香还举办了"走进校园"系列活动，进入北京工商大学、北京外国语大学等知名高校，与大学生畅聊当代文学。这些都进一步增强了红袖添香的知名度与影响力，为其开展品牌营销奠定了坚实基础。

2021 年红袖添香推出了《他与她逆光而行》《首辅娇妻有空间》《嫡长女她又飒又美》《退婚后我成了权臣心尖宠》《太子入戏之后》《将军的病弱美人又崩人设了》《影后她失忆后又热恋了》《穿越后有个皇位等着我继承》《快穿女尊系统之宠夫成瘾》《墨先生，乖乖娶我》等作品。

第五节　七猫中文网(https：//www. qimao. com/)

一　网站基础资料

七猫中文网（原名：梧桐中文网）于 2017 年 5 月正式上线，是七猫旗下面向网络文学作者提供创作指导与版权运营等全方位一体化服务的优质内容孵化平台。经过几年积累，已经培养出了一支擅于选题、包装、运营，拥有广泛作者资源与编辑功底的优秀责编团队。现网站女频、男频均已上线，对外渠道全面铺开，已接入 100 多家知名网络文学平台渠道，并积极拓展影视、有声、动漫、出版改编及网文出海等版权衍生业务。七猫中文网已成功举办首届现实题材征文大赛，并在海南三亚、浙江乌镇、上海浦东新区举办三届作者大会。七猫原创业务正依托自身渠道优势蓬勃发展中，力求打造一个符合读者个性化需求的精品内容生产基地。希望携手广大优秀作者，合作共赢，共创具有影响力的原创网络文学品牌。

七猫是一家深耕文化娱乐行业的互联网企业，公司总部位于上海市浦东新区海阳西路 555 号前滩中心 25—26 层，在北京、武汉设有分部，现有员工 600 余人。公司创始人及核心管理层均来自 A 股互联网上市公司，企业文化诚实踏实，团队有创业拼搏精神。目前，七猫旗下拥有数字阅读平台"七猫免费小说"及原创文学平台"七猫中文网"等产品。

七猫免费小说 App 于 2018 年 8 月正式上线，是七猫旗下重头产品，上线以来专注为用户提供正版、免费、优质的网络文学内容阅读服务。现七猫免费小说服务用户已超 5 亿，规模位列数字阅读行业前列。2019 年 7 月，七猫获得百度战略投资。

2021 年 10 月，七猫并购纵横文学。开启网络文学的新时代，一方面免费阅读兴起，七猫小说、番茄小说、米读小说和连尚文学异军突起，激烈冲击着阅文、书旗小说等传统的在线阅读平台，网络文学产业的发展逻辑已经从付费模式走向了免费＋付费的双格局并行时代。另一方面巨头扎堆入局，引发生态系统竞争。字节跳动全力扶持番茄小说；而腾讯和百度也加入这场升级战中，其中腾讯和百度联手 9 亿元投资中文在线，抢占数字内容版权的制高点，同样构筑了各自的网络文学生态。

在剧烈变化的网文格局中，百度推动了七猫和纵横文学的融合，原本便同属于百度控股的两大平台，七猫在渠道分发方面更擅长，短短 4 年时间里用户规模已达到 3.5 亿，成长为国内领先的在线阅读平台；而纵横文学成立 13 年，在创作者体系搭建，内容生产方面更擅长，这样两个互补的平台合并，实际上是内容生产——分发闭环的构建，提高了产业效率。加上百度自身的生态和流量优势，文娱商业观察发现百度推动两者的合并，很明显是朝着阅文集团的路径去发展，意在打造"下一个阅文集团"。这样的战略规划和实际行动，彰显了百度在网络文学赛道长期投入的决心与魄力。

二 网站发展现状

七猫中文网在作家制度方面拥有签约奖励、分成作品基础全勤、分成作品升级全勤、保底作品全勤、续签奖励等多项措施。签约奖励覆盖七猫中文网上一年的全部签约作品（直接签约作品除外），在签约成功后，要求作品满三十万字，无断更、灌水、抄袭等不良记录即可获得每月 300 元的额外稿酬。分成作品基础全勤则覆盖上一年所有纯分成签约作品（直签作品除外），要求作品无断更、灌水、抄袭等不良记录。分成作品基础全勤涵盖三个等级，分别是 S 级、A 级、B 级，要求日更 4000 字（含）以上，千字奖金分别为 12 元、8 元、4 元。另外，分成作品基础全勤每月允许有 1 天请假不提交正文；同一作者每月内，仅发放一本作品的全勤奖福利，如果作者连载中作品超过一本，按更新量多的作品发放；每日最高统计 6000 字的全勤奖。分成作品升级全勤则涵盖七猫中文网纯分成作品，同样要求作品无断更、灌水、抄袭等不良记录。分成作品升级全勤则分有 10 个等级，均要求不低于 6000 字的日更新要求，当月收入则有 5—200 元以上不等，千字奖金也有 2—30 元不等。保底作品全勤则指的是七猫中文网上一年所有保底签约作品，要求作品无断更、灌水、抄袭等不良记录。保底作品只需要达到日更新字数不低于 4000 字即可，千字奖金可以领取 5 元，要求每月允许有 1 天请假不提交正文；同一作者每月内，仅发放一本作品的全勤奖福利，如果作者连载中作品超过一本，按更新量多的作品发放；每日最高统计 6000 字的全勤奖。续签奖励同样涵盖七猫中文网所有签约作品，要求作品已完结且千字收入大于 30 的作品，新书上架后，将获得对应奖励。续签奖励针对的是完本字数，分为 100

万（含）以上至 150 万字奖励 1000 元、150 万（含）以上至 200 万字奖励 1500 元、200 万（含）以上至 300 万字奖励 2000 元、300 万（含）字以上奖励 3000 元。

从七猫的盈利模式来看，七猫小说 2018 年进行了产品大更名，也就是从那时起，七猫从图书榜千名开外的选手开始一路大跃升，在不到 1 个月的时间内排名飙至排行榜前 3，月活达到千万级别。现在七猫每天的新增下载量稳定在 30 万左右。这样亮眼的成绩七猫主要通过渠道投放和用户传播两方面策略实现。首先在渠道投放上，七猫在主流 App 与线下广告投放都有不小的投入，而且也在 ASO 优化上下了功夫，关键词覆盖上 2 倍好于头条系的同类产品番茄阅读。在用户传播上，七猫复刻了趣头条家的金币师徒制玩法，通过邀请好友获得现金奖励和通过日常任务好友上供获得金币奖励。在新用户首次进入 App 后即通过强弹窗提醒用户领取现金和金币奖励，激活用户进入任务中心，进行拉新和完成日常任务，而大量撸羊毛以及被这种奖励训练出来的用户，利用自己的激活码进行天然裂变传播。而且免费阅读这种模式，在营销角度来说也是对长期"看什么都花钱"的用户们的一种直接刺激，具备天然传播的途径。值得注意的是，与趣头条有所不同，七猫的金币和现金是不打通的，简单来说现金是只针对拉新的奖励，给予用户直观的刺激，而金币奖励更多是激活和留存用户的手段。不打通的这种做法，加上金币提现必须要满额才能提，这种做法一定程度上也降低了产品的拉新成本。

2021 年七猫中文网推出了《一剑独尊》《重返 1988》《雪中悍刀行》《盖世神医》《九星霸体诀》《在他深情中陨落》《惜花芷》《大佬总想跟我抢儿砸》《爹地妈咪又跑了》《神医毒妃不好惹》等作品。

第六节　小说阅读网(http：//www. readnovel. com/)

一　网站基础资料

小说阅读网成立于 2004 年 5 月，是国内成立较晚的一个文学网站，但却发展迅速，目前已经成为国内领先的原创小说阅读网站。在牛华网 2012 年 2 月评选的国内十大文学网站中，小说阅读网超过了潇湘书院、红袖添香等老牌知名文学网站，位列第四。国内知名调查公司艾瑞咨询网络用户行为监测工具 iUser Tracker 的数据统计则显示，2013 年 7 月，小说阅读网的日均覆盖人数达到了 41 万人，日均网民到达率为 0.2%，在国内垂直文学网站中排名第九。2008 年，小说阅读网获中国出版年会小说类综合排名第一的优异成绩。2010 年 2 月，小说阅读网被盛大文学收购，成了盛大文学旗下的子品牌。

目前，小说阅读网分为男生网、女生网、校园网、游戏中心四大版块。网站首页简单、清晰，主要是这四大版块醒目的链接，其下即是网站的"重磅小说推荐榜"及其他的一些推荐作品。各大版块内部之间风格有一些差异，如：男生网标题栏背景色多使用了蓝黑色，更显严肃、大气；女生网则多使用了蓝色与淡蓝色，活泼、清新；校园网使用了翠绿色与蓝色，洋溢着青春的气息；游戏中心首屏背景色使用了富有诱惑力的红色。但它们整体给用户的感觉都非常简单清晰，且注意内容安排得整齐与恰当，并不会给用户带来信息量大的拥挤感，为其营造了舒适的使用环境。无线阅读方面，小说阅读网专门开发了自己的客户端。小说阅读网为用户提供细致、全面的服务。用户申请成为小说阅读网的会员后，点击进入男生版、女生版或校园版，即可发现页面上方的"用户中心"一项。"用户中心"为用户提供了诸如收藏、最近阅读、订约、包月等服务，还为用户推荐了一些折扣与特价作品。如果用户想发表作品或成为小说阅读网的作者，直接点击首频右侧的"作家中心"，里面提供了发表作品以及签约的详细步骤。为加强读者、作者、网站之间的交流，小说阅读网还特别设立了"交流中心"，该中心交流频繁、活跃，吸引了 15 余万会员的加入。舒适、人性化的网站设计为小说阅读网吸引了不少的用户。来自小说阅读网官网的数据称，小说阅读网拥有超过 1500 万的注册用户，每天有 6000 万次的页面浏览量、200 万的独立访客。而其官网报道，2009 年 4 月小说阅读网新版上线，推出了全新的阅读平台与写作平台后，网站的订阅成绩明显上升。

从小说内容上看，小说阅读网可分为男生版、女生版、校园版三类。男生版下的小说类型有武侠仙侠、都市小说、玄幻奇幻、网游竞技、历史军事、灵异推理科幻、乡村幻想几类；女生版分为古代言情、总裁豪门、穿越小说、仙侠魔幻几类；校园版分为校园小说、同人销售、素锦年华、魔幻传奇几类。不过从小说阅读网的用户性别上看，其女性用户占到了70%，侧面反映出小说阅读网的女生版相对而言更为活跃。目前，其网站首页上女生版也是重磅小说推荐的默认版块。且女性言情小说也雄踞了小说阅读网书友总点击榜的前五位，分别为《跨过千年来爱你》《穿越之绝色皇后》《VIP情人》《若爱只是擦肩而过》《绝世王子妃》。这五部作品点击量都过亿，前两部小说的点击量已经超过2亿。从作品数量上看，小说阅读网拥有8万余部热门长篇小说，每天更新字数达到了1000万字。为鼓励作者创作出更优异的作品，并在一定程度上引导作者的创作方向，小说阅读网经常举办高水平的创作大赛。2009、2011年其分别举行了两场网络文学原创大赛，在业内引起了巨大反响。2013年，其女频又进行了以"强势妈咪来袭，宝宝我要打怪"为主题的征稿活动，要求作者主要以架空朝代或玄幻大陆为故事背景，主要内容则是女主角带着宝宝和魔兽一路升级打怪。此外，2013年小说阅读网还举办了"农妇山田有点钱"的征稿活动，要求作者提供乡村修真、乡村生活、乡村种田、励志生涯、乡村官场类的小说。这些大赛均为作者提供了优厚的奖励条件，并且收效显著，吸引了众多作者投稿，产生了很多优秀作品。

二 网站发展现状

据小说阅读网官网的数据显示，目前小说阅读网拥有驻站作者30万人，并且每月还以3万人的速度递增。小说阅读网曾造就出秋夜雨寒、魔女恩恩、安知晓、淡妆浓抹、赵赶驴、燕垒生、三月暮雪、戴日强等知名网络作家。其中赵赶驴的《电梯奇遇记》堪称2006年网络上最火爆的爱情小说，网上点击率很短时间内就突破了1亿次。言情小说作者秋夜雨寒代表作"三生三世"系列——《若爱只是擦肩而过》《跨过千年来爱你》《终难忘》网络点击量达到了 10 亿次，成为网络作家中穿越言情类的一个符号。魔女恩恩创造了小说阅读网单章订约过万速度最快、月稿酬收入过万元最快的两项记录，作品不仅畅销网络，而且实体出版后也广受读者欢迎。另外，还有众多位在读者中人气极高的作者。小说阅读网为作家提供全勤奖、新作保底奖、完本奖、优秀作品买断奖等福利，较之起点中文网、创世中文网等名目并不多，同时对作者的培训方面花费精力亦不如起点中文网、晋江文学城等国内其他知名文学网站。

小说阅读网的收益主要来自广告、VIP 收费阅读、实体出版、影视游戏改编、无线增值几方面，且已经形成了较为成熟的全版权经营盈利模式。小说阅读网页面内有一些植入的广告，但这并不是其收益的主要来源。2009 年 4 月，小说阅读网推出了 VIP 阅读计划，其后又推出了红包榜、催更榜、鲜花榜等，VIP 系统开通后不久，就迅速缔造出月薪过万的作家 150 多人，也给网站带来了可观的收入。线上作品的活跃带动了线下实体出版以及影视、游戏改编活动的兴盛，且小说阅读网有意识地推动这些业务的开展，其举办原创作品大赛时，均邀请悦读纪、魔铁等国内知名出版公司参与，以便让比赛中的优秀作品得到出版机会。小说阅读网也与国内多家知名出版公司以及无线运营商达成合作意向，拓展作品的盈利渠道。

凭借为用户提供的丰富的内容、舒适的使用体验，小说阅读网成功吸引了大批读者，成为国内原创网络文学网站中的佼佼者。2013 年，网络文学市场竞争日益激烈，国内一些大型文学网站纷纷推出了更加吸引优秀作者的优惠政策，并探索网络文学盈利新模式。小说阅读网采取何种做法应对这种形势，无疑对其未来发展有着重要意义。

第七节　纵横中文网(http：//www. zongheng. com/)

一　网站基础资料

纵横中文网成立于 2008 年 9 月，隶属于北京幻想纵横网络技术有限公司。尽管与起点中文网、幻剑书盟等老牌文学网站相比成立时间较晚,纵横中文网却是一枝后起之秀,发展势头非常迅猛。据艾瑞咨询数据显示,2013 年 2 月,在垂直文学网站日均覆盖人数的 1220 万人中,纵横中文网日均覆盖数达到 75 万人,网民到达率为 0.4%,同类网站中居第四;阅读有效浏览时间为 558 小时,同类网站中居于第七。纵横中文网已成为中国网络文学发展中的知名品牌原创中文阅读网站。

纵横中文网坚持原创精品理念,致力于传承、革新,并在全球范围内发扬中国本土优秀文化——因此,其网站设计颇富中国传统文化色彩——打造具有主流影响力与商业价值的综合文化平台,扶助、引导优秀作品的产生,最终推动中国文化软力量的发展。这种发展理念来自其投资方北京完美时空(PWRD)。北京完美时空是国内领先的网络游戏企业,截至 2012 年底,完美时空在国内企业中已经连续 6 年海外游戏出口第一,其经验多次被央视《新闻联播》《经济半小时》《朝闻天下》等报道。完美时空秉持精品化、全球化的发展战略,坚持民族原创,大力拓展海外市场,力图"墙内开花墙外香",创造出著名的"完美模式"。完美时空下的著名游戏包括《诛仙》《赤壁》《神雕侠侣》《倚天屠龙记》《修罗刹》《神鬼世界》《降龙之剑》等。2008 年 6 月,完美时空出资成立北京幻想纵横网络技术有限公司,主要承担完美时空文化战略方向业务。完美时空试图构建线上阅读、线下出版、动漫影视改编、游戏概念等整条文化产业链。经过几年的迅猛发展,纵横中文网一举跃升为国内一流原创阅读网站,为完美时空的网络游戏创作提供了持续的文化支撑,其打造的产业链收获的效果也日益显著。

在页面设置上,较之起点中文网、逐浪网等,纵横中文网尤其显得清晰、干净,以最简单明了的方式于最主要位置展示自己的书籍作品,各栏目间的空隙则插入几款纵横的游戏,相对而言,信息量并不大,不会给用户带来紧张与压迫感。值得称道的是,纵横中文网页面几乎没有广告,使用户能够更快、更直接地到达所需服务,给用户带来非常好的整体直观感觉。纵横中文网的整体页面在设计时偏重传达中国传统文化感觉，古色古香。例如其"排行榜"一栏即用古文竖版的方式排版，并置于这一栏的右边，左边则分栏设置了"百万字精品榜""VIP作品榜""红票、黑票榜"，带给人一种仿佛古书般的缓缓展开卷轴之感，且每一分栏设计得如同一枚书签，底色则与竹简色相似。用户注册纵横中文网也非常简单，从注册到阅览读者所需时间大概为2分钟左右，而且用户也可用完美通行证登录。曾有调查表明，起点中文网、逐浪网、纵横中文网国内三大知名文学网站中，纵横中文网带给读者的阅读体验最好，有利于减少读者阅读时的疲惫感。

二　网站发展现状

内容建设方面，纵横中文网试图走多元化发展道路，旗下作品分为奇幻、玄幻、武侠、仙侠、历史、军事、都市、娱乐、竞技、同人、科幻、游戏、悬疑、灵异几大类。2011年，纵横中文网开设了女生频道"纵横女生网"，女生网下设古代言情、都市言情、幻想时空、耽美同人几类。纵横中文网还特设名著一栏，收入古代经典、近代经典、外国经典作品。然而，纵横中文网众多类别作品中，通过查阅书库发现，截至2013年8月20日，其收入最多的分别为奇幻玄幻（45127部）、武侠仙侠（18744部）、都市娱乐（17738部）、科幻游戏（10381部）几类作品。这既是因为几类作品更能吸引读者眼球，同时也是因为相对而言，奇幻玄幻、武侠仙侠、科幻游戏几类作品更容易改编为游戏，符合完美时空的要求。目前纵横中文网最有名气的作者大多为玄幻奇幻类作者。纵横中文网书库中总收藏排位前五的作品分别为《永生》（梦入神机）、《修真世界》（方想）、《天才医生》（柳下挥）、《星河大帝》（梦入神机）、《圣王》（梦如神机）。需指出的是，纵横中文网下还特设动漫频道，于2009年3月上线。目前纵横动漫拥有数千余部国产原创漫画，推出过诸如《鬼王》《降妖伏魔记》《塔西里亚故事集》等多部重量级作品，成为中国动漫品牌网站，有"中国原创动漫第一站"之称。

作家队伍建设方面。目前，纵横中文网最有名气的写手包括梦入神机、方想、柳下挥、火星引力、无罪、低手寂寞、烽火戏诸侯、更俗、缘分0、流浪的蛤蟆、食堂包子、伟岸蟑螂、半步沧桑、cuslaa、乱世狂刀01、汉隶、沙漠、减肥专家、初恋璀璨如夏花、观众老人、四排长、罗霸道、8难、习惯呕吐、知白等。其中，梦如神机、无罪、柳下挥、方想、烽火戏诸侯、更俗等以前都是活跃于起点中文网的知名写手，后来被"挖角"至纵横中文网。吸引他们的正是纵横中文网相对宽松的签约条件、创作环境和较好的福利待遇等。鉴于起点中文网在国内文学网站中的绝对领先地位，其给作者开出的签约条件较为苛刻，公众作者并不容易获得签约机会，签约也并不意味着能够获取稿酬，只有作品上架后才能获得稿酬，而上架作者在签约作者中的比例只有15%—20%。并且，为了巩固自己的垄断地位，起点中文网要求作者不能在别的网站发文章，作品带来的实体书、游戏电影改编的著作权归起点所有，作者获得的分成项目也很少。纵横中文网的签约条件则较为简单，成立初的发展策略正是针对起点中文网对作者的苛刻制度，尽量为作者营造宽松的创作环境。纵横中文网还在业内首创非独家试用签约制度，签署此项协议后，纵横中文网允许作者在纵横首发某作品的章节1小时后再去其他平台发表。在付费阅读比例设计上，纵横中文网只保留一成，其余九成均归作者。作品以其他形式再次发行得到的收入，或者是改编为游戏、影视等文化资源时，作者得到的收益也要高于纵横中文网。目前，纵横中文网的福利体系包括作品保障、全勤奖、作品买断、签约送礼、完本奖、天道酬勤、无线增值几大类。最近并无更新反而遭遇核心团队离职的起点中文网2013年5月后有了新的福利体系，签约作家的最低保障提到了5200元/4个月，高于纵横中文网的4800元/6个月，其他方面也有所改变。

盈利模式上，纵横中文网尽量挖掘多元化盈利模式。付费阅读标准上，纵横中文网采用了业界普遍的收费模式，VIP会员1级每千字阅读收费3分钱，2级及2级以上VIP会员每阅读千字收费2分钱。读者还可以选取"单本包月"，花3元人民币即可获得品30天的所有章节阅读权。但阅读收费只是纵横中文网收入的很小部分，纵横中文网更重视网络文学产业链的开发。依托完美时空的资源，一部成功的网络文学作品写出后，纵横中文网可将其改编为影视、游戏，并进行无线市场开发。完美时空的优势在于游戏开发、制作上，投资成立纵横中文网一个重要原因即在于从中选择优秀作品改编为游戏。目前，《罗浮》《修真世界》《仙魔传》等都已改编为游戏。2010 年初，纵横中文网被完美时空转交给 178 游戏网运营，178 游戏网创始人及总裁张云帆担任纵横中文网总经理，其中的含义更是不言自明。完美时空旗下还有完美时空影视文化有限公司，近期出品的电影包括《非常完美》《钢的琴》《失恋 33 天》，电视剧《北京青年》《楚汉传奇》《姐姐立正向前走》等，都是热门之作。纵横中文网中的优秀作品同样可以被改编为影视，墨叶铭殇的作品《黑狐》已经被改编为电视剧。无线阅读也是纵横中文网非常看重的一块收益来源，纵横中文网提供 iphone 版、Android 版阅读，方便手机等移动客户端阅读。未来，游戏改编、移动阅读仍将是纵横中文网收益的主要来源。

2021 年纵横中文网推出了《一剑独尊》《刀破仙途》《逆天邪神》《剑来》《渡劫之王》《万相之王》《大宋第一匠户》《重生 2000 年代》《渡劫之王》《雪中悍刀行》《最强狂兵》《将军好凶猛》《天鹰圣君》《我只有两千五百岁》《天灾末世》等作品。

第八节　17K 小说网（https：//www.17k.com）

一　网站基础资料

17K 小说网创建于 2006 年 5 月，隶属于被誉为中国数字出版领跑者的中文在线数字出版股份有限公司，是一家集创作、阅读、版权交易等服务于一体的知名文学网站。该网站以"让每个人都享受创作的乐趣"为使命，以"成就与共赢"为价值观，吸引了大量优秀网络文学写手前来写作，推出过相当多著名的原创网络文学作品，被中宣部认定为中国"网络文学重点园地"，经常在国内网络文学评奖中斩获各类奖项，日均访问量则达到了 5000 万次。据国内知名调查公司艾瑞咨询网络用户行为监测工具 iUser Tracker 数据统计显示，2013 年 7 月，17K 小说网在国内垂直文学网站日均覆盖人数排名方面位列第三，仅次于起点中文网与晋江原创网，日均网民到达率为 0.4%，用户有效浏览时间排名方面位列第六，月度有效浏览时间达到了 473 万小时。网站也曾获得"十大最具影响力文学网站""新闻出版业网站百强"等多个荣誉奖项，是业内公认的顶尖文学网站之一。

17K 小说网提供给用户的服务全面而便捷。目前，该网站主要分为首屏、男频、女频、VIP 小说专区、尾屏等版块，用户选择起来非常便捷、简单。网站标识和首屏的底色主要使用了橙色，醒目而雅致，页面内容则主要使用了黑色、红色，内容排列整齐，彼此间留有一定的间距，并不带给用户一种信息量巨大的拥挤感。主页面主要包括全站热点推荐、强力推荐、频道推荐、排行榜、网站最新动态新闻、网站重要活动专区等内容，用户并不需要点击多次，就能够快速到达所去页面。申请成为 17K 小说网用户也非常便捷，点击页面上方的"注册"栏，按照提示填写几项必要的资料即可，还可使用腾讯 QQ 账号登录。登录到 17K 小说网后，用户可以点击进入"个人中心"，里面有"我的账户""我的书架""我的书评"等各类服务。如果想在 17K 小说网发表原创作品，用户则需要点击首屏上的"成为作者"栏，该栏目为用户提供了非常清晰的操作流程图示。不仅支持在电脑上写作，17K 小说网还支持用户在手机上进行创作。它推出了国内首款手机写作客户端。这一客户端不仅拥有强大的阅读功能，还可使作者使用手机发表原创内容，拥有离线稿件、在线创作、自动保存、创作统计等功能。可以说，17K 用户提供给用户的阅读、创作体验均非常优异。

二 网站发展现状

17K 中文网目前拥有作品近 37 万部，主要收入在主站与女生网两个站点内。其中，主站拥有作品近 26 万部，其内容主要针对男性作者，类型分为玄幻、奇幻、仙侠、武侠、游戏、竞技、都市、历史、军事、科幻、惊悚、同人诸多种类。女生网拥有作品近 10 万部，类型主要有古装言情、都市言情、幻想言情、穿越重生、耽美同人几类。这些类型又被细分为诸多小的种类，如玄幻类分为东方玄幻、异界大陆、异世争霸、异术超能几种，奇幻分成传统西式奇幻小说、领主贵族、魔法校园几种，古装言情分成宫廷贵族、家宅布衣、女生武侠、军史传奇几类，耽美同人分为耽美言情、百合之恋、女生同人几类，等等，读者可以根据自己的兴趣，迅速找到所需作品。事实上，17K中文网吸引众多读者的一个重要原因即在于作品类型丰富，数量众多，且不乏优秀之作。它的很多作品在读者中都拥有相当高的人气。如在历史架空小说方面，酒徒的"隋唐三部曲"《家园》《开国功贼》《盛唐烟云》堪称代表作，广受读者赞誉，不仅在大陆出版，还在中国台湾出版，一举登上了金石堂、诚品、博客来三大书店排行榜。玄幻小说作家烟雨江南的作品《亵渎》被誉为网络小说史上的里程碑式作品，其情节设计、语言风格、艺术手法都达到了很高水准。网游小说作家失落叶的作品《网游之盗版神话》点击率已超过2000万次，另一部作品《网游之天下无双》点击率已经超过了3亿次。骁骑校作品《橙红时代》、鱼歌作品《错惹霸道首席》、匪我思存作品《千山暮雪》、人海中作品《钱多多嫁人记》等都是获得了很高的点击率与赞誉的小说。在2008年由国家版权局和北京市人民政府共同主办的"2008原创网络文学评选"活动中，酒徒小说《家园》与陈峰小说《人事经理》获得了十大优秀作品奖，是所有参评网站中获奖作品最多的网站。截至2013年9月底，17K小说网主站点击率排名前五的作品为《杀手房东俏房客》《网游之天下无双》《我的美女老师》《橙红年代》《暧昧高手》。

17K小说网拥有庞大的作者队伍，目前已有网络作者超过30万人，知名作家2000余人。其中最著名的有历史架空小说"班霸"酒徒，超人气玄幻小说作家烟雨江南，修真鼻祖萧潜，星战小说创始人玄雨，超人气网游小说作家失落叶，作品《橙红年代》久居17K周点击榜首位的骁骑校，网络小说乡土流开创者小农民，入选中国图书商报评选的"十大当红网络女作家"鱼歌、水流云在，被誉为17K女频穿越言情文第一人的冬虫儿，以《后宫·甄嬛传》崛起于网络的女小说家流潋紫，热播电视剧《钱多多嫁人记》的作者人海中以及人气小说《千山暮雪》的作者匪我思存，等等。一些作家的作品经常入围畅销文学排行榜、网络原创作品排行榜等。酒徒、烟雨江南还加入了中国作家协会。2011 年，17K 小说网创办了被誉为"网络文学培训第一品牌"的 17K 商业写作青训营。青训营有由诸多签约编辑、责任编辑组成的"青训课堂"，还有那些超人气作者为新人作者开设的"大神课堂"。青训营充分利用 QQ 群、QQ 单聊、论坛 BBS 评点、站内信等便捷方式对新人展开培训。17K 小说网总编辑刘英（网名血酬）还撰写了《网络文学新人指南》《网络小说写作指南》两部作品帮助新人进行创作。如今，17K 青训营培训作者超过 10000 人，其中近千名作者成功签约，被誉为"业内公认的中国创建时间最早的网络文学培训组织，也是影响最大的网络培训组织，更是品牌认可度最高的网络文学培训组织"。17K 小说网也会推荐作者参加中国作协下的鲁迅文学院培训班，以多种方式提高作者创作素养。17K 小说网还成立了作者顾问中心，为作者提供个性化的人文关怀、生活关怀、心理关怀，同时也有对作者家人的关怀。为了使编辑能够更好地为作者服务，引导、帮助作者创作，2006 年 17K 小说网还成立了网编培训营，这是中国第一家网编培训营，从这里走出去的编辑活跃在国内各大原创文学网站中，被誉为网编的"黄埔军校"。17K 青训营、17K 作者顾问中心与 17K 网编团是 17K 小说网三大特色品牌。此外，17K 小说网提供给作者全面、细致的福利体系，其 2013 年福利体系分为分成奖励、买断保障、全勤奖、特色单项奖励四大体系共 17 项内容，堪称福利保障体系最完善的原创小说门户之一。

17K 小说网通过在线收费阅读、实体出版、影视动漫游戏改编、无线收费等方式获取利润。2006 年 12 月，17K 小说网正式推出了 VIP 系统，对读者进行有偿收费阅读。17K 小说网通行的虚拟货币为 K 币，1 元人民币可兑换 100K 币，作品 VIP 收费章节为 3K 币/千字，包月则收费 30 元。用户可以通过移动短信、网银、财付通、游戏点卡、联通一卡充、神州行充值卡等方式充值，一次性充值达到特定金额还可享受优惠。2008 年 1 月起，17K 小说网陆续开通了千龙网、21cn、迅雷、联众等合作平台，在其上面开辟 17K 小说网阅读专区，使其作品在更多的平台上展示，开创了一种新的运营模式。目前，用户在淘宝电子书上也可以看到 17K 小说网的作品。众多高人气的作品使 17K 小说网的实体出版运营也风生水起。其与人民文学出版社、作家出版社、长江文艺出版社、山东人民出版社等多家知名出版机构成为合作伙伴，酒徒作品"隋唐三部曲"、骁骑校作品《橙红年代》、萧潜《秒杀》、唐川《家里养个狐狸精》等都是成功出版的作品。影视改编方面，17K 小说网与海润影视、小马奔腾、唐德影视为合作伙伴，并在网页上设立了专门的影视改编专区，推介有潜力的作品进行影视改编。目前，其已经成功签约影视改编权的作品有求无欲的《诡案组》、酒徒的《隋乱》、骁骑校的《橙红年代》、仇若涵的《婚前房后》等，此外还有《后宫·甄嬛传》《钱多多嫁人记》等作品成功改编为影视并热播，进一步带动了网络作品的改编热潮。失落叶的《斗神》、无境界的《黑暗帝国》等则已经被改编为游戏。17K 小说网还向中国移动提供内容，在其手机阅读基地平台上进行销售，在扣除中国移动 60% 销售分成后，作者将会与 17K 小说网享受五五分成待遇。

为扩大品牌影响力，吸引更多的人关注 17K 小说网、关注网络文学发展，17K 小说网还与中国作协等权威机构合作，联合举办了"网络文学十年盘点""鲁迅文学院网络作家培训班"等大型文学活动，并举办了 17K 小说网网络文学联赛等重要赛事。凭借雄厚的实力，17K 小说网已经成功吸引了大量的读者与优秀的作者，成为国内首屈一指的文学网站之一。不过，目前，各大文学网站之间的竞争非常激烈，腾讯、百度、新浪等都加大了对文学网站的关注与投入，如何在竞争日益激烈的文学网站中继续保持优势地位，这决定了 17K 小说网的未来发展。

2021 年 17K 小说网推出了《朝仙道》《长生》《西游之开局拒绝大闹天宫》《风起龙城》《大唐之神级败家子》《仙穹彼岸》《盛世宝

鉴》《穿越后，我娇养了反派摄政王》《三国我在许都开酒馆》《宗门里除了我都是卧底》等作品。

第九节　掌阅阅读(https：//ireader. com. cn/)

一　网站基础资料

掌阅科技公司主营业务为互联网数字阅读服务及增值服务业务，以出版社、版权机构、文学网站、作家为正版图书数字内容来源，对数字图书内容进行编辑制作和聚合管理，面向互联网发行数字阅读产品，同时从事网络原创文学版权运营，电子书阅读器硬件产品研发及销售，基于自有互联网平台的游戏联运、广告营销等增值服务。

在功能手机时代，公司数字阅读服务业务主要是通过电信运营商提供数字阅读增值服务，以及基于联发科、展讯等功能机操作系统平台下的阅读 App 定制。公司在 2008 年、2009 年和 2010 年分别发布了三个大版本的定制阅读 App，向功能机用户提供基础的数字阅读服务，形成了"掌阅"数字阅读平台的雏形。随着智能手机的迅速普及和移动互联网行业的快速发展，公司在 2011 年发力基于智能手机操作系统的数字阅读平台 App 的开发推广，并于当年上线了第一个 Android 版本 App。通过自有版权在自主研发的数字阅读平台"掌阅"上的运营分发，公司为智能手机用户提供具备丰富阅读内容、出色阅读体验以及完备阅读功能的数字阅读平台产品。公司在"掌阅"平台稳定迭代更新的基础上，加大技术研发创新力度，精装排版、护眼模式、听书功能等众多人性化功能纷纷上线，用户阅读体验进一步提高。同时，在数字阅读服务业务的基础上，公司基于"掌阅"庞大的用户群体，逐步拓展游戏联运、广告营销等增值服务业务，并根据"掌阅"用户的阅读习惯和文化娱乐需求，在游戏影视改编、文化产品营销、IP 深度运营等方面进行深入探索，将游戏、广告等新业务版块与现有数字阅读服务有机结合，不影响用户使用体验的同时整合产业链上的泛文化娱乐资源，打造以掌阅科技为核心的数字阅读生态圈。

二　网站发展现状

公司提供的主要服务为基于自有数字阅读平台"掌阅"的数字阅读服务和增值服务。"掌阅"平台作为公司主要的运营平台，构成了掌阅科技的业务基础。就充值业务而言，人均充值金额并不高，多在30—50 元之间，当时由于充值用户的基数规模较为庞大（2014、2015 年为 1300 万人，2016 年增长到 2400 余万人次），人均充值的次数为5—6 次，因此总的充值金额及后续的消费金额相当可观。充值金额比例较高的两组用户：0—100 元组，充值金额占比 1/4，充值人数占比83%，应当为轻度阅读用户；200—500 元组，充值金额占比 1/4，充值人数仅占 5.87%，应当为稳定的高端客户。总体上来看，充值金额在 100 元以上的客户组，应当为稳定客户；100 元以内的，流动性较大。

在数字阅读业务上，公司数字阅读服务业务的终端客户是数量众多、高度分散的互联网终端用户，公司数字阅读平台"掌阅"主要通过各充值渠道获得来自终端用户的充值金额。用户充值后获得"掌阅"内的虚拟货币"阅饼"，并在用户实际使用虚拟货币购买数字书籍时确认为收入。版权收入方面，版权产品业务的主要消费群体是数字阅读平台及影视公司等文化娱乐产品制作商，主要为公司版权进行转授权用于影视制作等。随着数字出版行业的不断发展，版权方对出售数字版权的认识理解也在不断发生变化。公司版权采购中分成模式的比例明显提高，在分成模式下公司与版权方能够共同分享数字版权销售所带来的收益，并共同承担风险。在数字阅读行业快速发展的背景下，公司与版权方更倾向于采用分成模式进行合作。在以分成为主的基础上，发行人与部分倾向于采用买断模式的版权方（通常为网络原创文学版权方）经过协商谈判，也存在部分买断模式的版权采购合作。与阅文集团相比，掌阅科技只有阅读平台，没有自己原创的版权库，类似一个贸易商，没有形成数字阅读业务的完整产业链，短板明显。最大的募投项目"数字阅读资源平台升级项目"总投资 93343.36

万元，最主要的投向为版权采购。另一方面，掌阅科技没有腾讯这样的巨量客户背景，导致获客成本较高，这从推广营销成本占所有采购成本的六成就可以看出来。

2021年掌阅阅读推出了《铁骨铮铮》《雷霆突击》《粮战》《高铁追梦人》《全科医生》《深夜儿科室》《长千里》《白衣执甲》等作品。

第十节　咪咕阅读(https：//www.migu.cn/index.html)

一　网站基础资料

咪咕阅读系咪咕数字传媒有限公司开发的一款集阅读、互动等多种功能于一体的全能型阅读器手机软件。咪咕数字传媒有限公司（Migu Digital Media Co. Ltd.，简称咪咕数媒）挂牌成立于2015年4月20日，隶属于咪咕文化科技有限公司，其前身中国移动手机阅读基地于2009年初在中国移动浙江公司启动建设，2010年5月正式推出手机阅读业务。2011年，中国移动与原新闻出版总署签署了战略合作备忘录，实现了与国家政策平台的进一步对接。2013年12月，中国移动发布商业主品牌"和"，手机阅读业务更名为和阅读。2015年4月，中国移动手机阅读基地正式挂牌转型成为咪咕数字传媒有限公司。

2015年10月，"和阅读"正式更名为"咪咕阅读"。

咪咕阅读采取包月收费模式，如果说现在免费阅读的兴起是大势所趋，而在免费阅读还是"胎儿"的时候，有这样一个地方看书不需要订阅。那就是咪咕阅读。咪咕阅读的出现，就是为了服务大众而来的。虽然说移动话费什么的都并不便宜，但是移动旗下的App各个都十分的良心，包括但不限于：咪咕阅读、咪咕视频、咪咕音乐。这就是因为国企的财大气粗，他们需要的是影响力，而不是收入。

二　网站发展现状

中商产业研究院《2017—2022年中国移动阅读行业市场前景及投资咨询研究报告》显示，2016年，中国移动阅读市场规模达90亿元，与 2013 年 46.3 亿元的规模相比增长了 94.4%。预计到 2017 年，移动阅读市场规模将达到 126 亿元。而掌阅、阅文、咪咕等企业在阅读红利的诱惑下，纷纷在移动阅读市场开疆扩土。经历了多年的奋战，国内移动阅读市场形成了以阅文为首，掌阅、咪咕阅读等平台紧随其后的市场格局。中商产业研究院数据显示，阅文集团在自营渠道的月活跃用户总数达 1.753 亿名，其中移动端 1.599 亿人，电脑端 1540 万人，在国内移动阅读市场占据牢不可破的地位。据了解，掌阅平台 2016 年营业收入近 12 亿，净利润 7721 万元。掌阅核心产品 iReader 一直稳居中国阅读类 App 前列，目前"掌阅"移动手机应用月度活跃用户数量已经达到 1 亿人，其覆盖率持续领跑国内数字阅读市场。

咪咕阅读的前身是中国移动手机阅读品牌"和阅读"，作为中国第一大移动通信运营商旗下的电子阅读发行渠道，咪咕阅读在 2010—2014 年一直占据移动阅读榜首。据悉，2015 年，咪咕阅读的全年营收就高达 56 亿元。如今一家独大的阅文集团招股说明书显示，2016 年阅文集团的总营收仅有 26 亿元人民币。然而天有不测风云，由于咪咕阅读在辉煌时刻没有去尝试搭建自己的内容平台，导致其在 IP 经济浪潮来临时错失红利，加上阅文、掌阅等平台越发强大，咪咕在移动互联网时代逐渐被抢走了话语权，目前移动阅读市场格局已定，退居二位的咪咕阅读现在想要奋起直追未为晚也，但需加倍努力。

后　记

　　《文学网站评价研究报告》系欧阳友权教授 2016 年国家社会科学基金重大项目"我国网络文学评价体系的理论与实践研究"（项目编号：16ZDA193）的子课题"文学网站的评价体系及应用"的结项成果。

一　课题申报的基本设想主要包括以下几个方面

　　（一）深入网站调研，了解我国文学网站发展状况。文学网站是网络文学创作、传播和阅读的公共空间，是人们在网络上实施文学实践的虚拟平台和载体。我国文学网站众多，有商业性质的原创文学网站，也有政府和文学文化类社团的公益性文学"官网"，还有门户网站、其他企业类网站的文学版块和文化频道，以及论坛、资源下载类文学网站和一些有影响的个人文学主页，等等。本书的研究对象主要是商业性质的专业文学网站，当然，对于公益性的文学网站来说，本书中有关"文学网站社会效益评价"的部分，也可适用于这类网站的评价。据悉，我国的商业性文学网站不下 500 家，其中能保持经常更新、具有一定经济效益并产生较大影响的原创文学网站有 200 余家，纳入中国作协管理（如全国网络文学重点园地联席会议网站）的 50 余家。本调研首先需要掌握大型专业文学网站的有关信息，也需要对中小型文学网站给予一定的关注，使所要建立的文学评价体系切合我国文学网站发展实际，具备更广泛的适应性和可操作性。通过调研，为构建文学网站评价体系提供第一手资料。

（二）试图建构一个科学的文学网站评价体系。网络文学网站评价是整个网络文学评价的重要组成部分，也是网络文学评价有别于传统文学评价的特殊之处。文学网站评价体系的建构是一项开拓性的工作，具有较大的挑战性。这是因为，与网络作家评价、网络作品评价相比，网站评价有很大的不同。从管理性质上说，文学网站是一个经济实体，属于企业体制，但它不是一般的企业，而是一个传媒性的企业，一个文化企业；并且，文学网站不同于一般的文化企业，它是一个经营原创文学（部分网站兼顾经营传统文学作品）的企业，要以网络文学作为自己的经营对象，通过文学阅读及其衍生市场来实现盈利并扩大再生产。这使得文学网站既具文学性、文化性、传媒性和意识形态性，又具有经济性和产业性，亦即具有文化与经济的二重性。所以，构建文学网站的评价体系既不能单纯按照一般文化性企业去评价，也不能简单归类为纯商业性企业去评价。本书的任务就是选择合适的评价方法，建立科学的网站评价体系，以便为文学网站的社会效益评价、经济效益评价、管理效益评价提供准确可靠的评价工具模型和标准。

（三）运用网站评价体系对文学网站实施评价实践。根据广泛调研构建的评价模型和方法，遴选不同类型的代表性文学网站进行具体评估，对照网站在各指标中的得分情况，经过具体计算以及横向、纵向的比较研究，发现其在社会效益、经济效益、管理运营水平等方面的成功经验，找出带有普遍性、规律性的问题。对成功的做法予以推广，对存在的问题要分析原因、提出应对之策，为政府监管网站、评价网站提供依据，为文学网站建设和运营提供参考，提高我国文学网站的整体水平。最后试图为我国当前运营的知名文学网站提供一个评价榜单。

二 就其研究对象而言，我们试图把主要关注点放在如下几个方面

（一）确立文学网站评估指标。我们认为，建立评价体系第一件大事是确定体系指标。指标是对象的描述要素，既要准确地体现研究对象的独特性，又要覆盖研究对象的各个方面，这直接关系到评价的有效性、合法性。在评价指标的选择上要遵循全面性、科学性、易取性及互补性原则。需要申明的是，首先，文学网站不是文学作品，而是承载和传播文学作品的媒介，文学网站是一家数字出版企业、网络出版商，具有文化传媒企业的性质。其次，文学网站还要利用虚拟网络空间传播文学作品，是网络传媒产业的组成部分，需要运营管理，因而具有技术传媒产业的性质。

（二）确立文学网站的社会效益评价指标。对于一个文化企业来说，不能只看它的经济指标，还要看它的社会责任和社会影响，既看其在政治导向、审美引导、文化传承、文化产品、文化服务及精神文明建设等方面的贡献，还要看其是否为读者提供好的精神食粮；是否让读者得到了阅读的快乐、精神的陶养、审美的愉悦；是否为文学的繁荣发展做出了贡献；是否对有才华的作者进行了挖掘和培养，等等。因此，网站评价体系离不开社会效益方面的评价指标，2015 年 9 月 15 日中共中央办公厅、国务院办公厅印发的《关于推动国有文化企业把社会效益放在首位、实现社会效益和经济效益相统一的指导意见》中，其明确提出，对于文化企业而言"社会效益指标考核权重应占 50% 以上，并将社会效益考核细化量化到政治导向、文化创作生产和服务、受众反应、社会影响、内部制度和队伍建设等具体指标中，形成对社会效益的可量化、可核查要求"，这是我们要遵循的指标设置原则。

（三）确立文学网站的运行管理评价指标。网站的运行首先表现为外在性，指的是网站的运行状态和水平，其次表现为网站的内部管理情况，指的是网站运行要为写手服务、为读者服务。文学网站的内部管理又具有双重性：一是保证网站内部的员工管理，这属于一般企业的内部管理；二是对网站上无数作者、读者的管理，可称之为"非一般性管理"，后一种管理在一般性企业中是没有的。为简化指标，我们将这两种管理放在一起，统一为网站管理指标。其下级指标可根据企业的内部管理要求与文学网站管理的特点予以设置。

（四）确立文学网站的经济效益评价指标。企业要讲求经济效益，在社会效益优先的情况下，参与市场竞争形成可持续的盈利模式达成利润的最大化，这是商业性文学网站的正当要求。一个长期亏损、入不敷出的企业是无法持续经营的，更不用说为广大读者、作者提供优质的服务。"榕树下"的命运就是一个例证，作为最早的商业性文学网站，因为没有找到恰当的盈利模式导致经营不善，该网站随后被多次转卖日渐式微，现归入"阅文集团"名下，从国内独家到寄人篱下，现如今沦为少人问津的二流文学网站（后来被查封当作另论）。所以，网站的经济效益是必须纳入考虑的一个重要指标。

在具体调研过程中，我们研究小组得到了欧阳友权先生的大力支持和悉心指导。他不仅为我们亲自制定了调研计划和编写方案，还为我们提供了大量调研资料和最新研究成果，为我们的调研工作提供了重要的资源支持和学理支撑。他一再强调，网站评价与网络作家作品评价不同，网站评价主要是一种效益评价和管理评价。文学是精神产品，文学网站是承载、传播和经营文学的企业。在他看来，企业体制要遵循市场经济规律，而文化企业则具有经济属性和精神属性的二重性，不能唯利是图，要讲求社会效益、承担社会责任。因而，文学网站提供精神产品，传播思想内涵，担负文化传承的使命，文学网站始终要把社会效益放在首位，实现社会效益和经济效益相统一。在欧阳友权先生的建议下，我们明确了这样一个基本思路，即文学网站评价体系建设要沿着如下三个方面展开。

（1）社会效益评价。具体内容包括政治导向、受众反应、社会影响、文学创作和服务、内部制度和队伍建设等，形成对社会效益的可量化、可核查的评价指标，反对唯票房、唯收视率、唯发行量、唯点击率的现行评价标准，为读者树立正确的价值观念，提供体现中华文化精神、反映中国人民奋斗追求的思想性、艺术性、观赏性俱佳的作品，提供更有意义、有品位、有市场的文化服务，发挥文学网站引领风尚、服务社会的积极作用。

（2）经济效益评价。首先，需要考察文学网站的总资产、年产值、年利润、税收贡献、市场份额；其次，需要考察文学网站作家总数、年度新增作家数、签约作家数；再次，要考察文学网站作品总量、畅销作品量、版权转让作品数量、作品出口数量、作品上榜情况、作品获奖情况；最后，还要考察文学网站年度读者总数、付费读者数量、读者长评数量、媒体关注情况等。应根据文学网站性质，区分商业性文学网站、论坛及资源机构的差异，例如专业性文学网站与门户网站的不同，网站平台的文学频道与论坛的不同，资源下载类文学网站与机构类文学网站的不同，设置相应的评价标准。

（3）管理机制评价。考察文学网站是否建立了内容质量评估、风险管理及控制体系，是否建立了编辑委员会、艺术委员会等专门机构，是否建立了写手最低保障及优秀写手奖励制度，是否建立了版权保护、交易长效机制，是否具有完善的写手培训制度及参加培训人数，是否具有完善的编校人员培训制度，是否具有完善的营销、推广、经纪人员培训制度，是否能将管人、管事、管资产与管导向统一起来等。如果是股份制企业，是否明确股份制分配的范围、股权结构和管理要求，是否实施跨地区、跨行业、跨所有制并购重组，是否注重传统媒体与新兴媒体融合，实现跨媒体、全媒体发展。还有，要评价文学网站的企业文化建设和贯彻执行国家法律法规情况，做到依法经营、诚实守信，塑造网络文化企业的良好形象。

就文学网站评价体系及其方法应用而言，我们的调研工作也有比较系统而深入的设计和考量。在最初的设计中，我们试图通过主观赋权法、客观赋权法、主客组合赋权法，以及网络大数据统计、问卷评估、德尔菲法、实验统计求取等值比重法、大卫·艾克品牌评估系统、interbrand 价值评估模型等评估模型和方法，对文学网站进行系统评估，创设与文学网站相适应的综合评价体系。这个体系需要有评价指标权重的确定，建立判断矩阵；需要对不同指标进行权重差异的确定，包括计算要素层对于目标层的相对权重、计算指标层对于要素层的相对权重、网站效益评价指标权重矩阵等；还需要有文学网站评价指标量化评判，如评价指标量化评判处理、指标隶属度的计算、各评价指标评判等级计算、模糊综合评价计算等。运用这个评价体系，遴选一批文学网站进行评估计算，得出评价结果，一方面验证评价体系，另一方面将其推广应用，为政府决策和文学网站评估提供科学依据。

在过去的五年多时间里，上述研究计划一直在不断调整，由于这样或那样的原因，课题设计的许多设想并没有得到应有的呈现，对此，我们只能深表遗憾，并期望有机会在以后的研究工作中得到弥补。总体上说，我们提交的这份《文学网站评价研究报告》综合了传统文学批评方法、主观赋权法、客观赋权法、主客组合赋权法等多种评价方式，介绍了专家调查法（Delphi 法）、层次分析法（AHP）、主成分分析法、熵值法、多目标规划法等多种方法在网络文学网站评价中的应用和利弊，立足于思想性、艺术性、网生性、产业性和影响力等"五维"评价标准，下设 5 个一级指标、21 个二级指标、69 个三级指标。最终，我们的报告选取了 3 个一级指标、10 个二级指标组成层次分析法（The Analytic Hierarchy Process）的判断矩阵，并分别赋予它们以不同权重系数，让网络作家评价、作品评价、网站评价有了可以依托的批评标准，或将解决网络文学价值判断的基本尺度问题。本报告旨在建构科学评价方法，为网络文学探寻合法性逻辑依据，报告的完成分为两个阶段：第一阶段，由陈定家完成初稿 14 万字；第二阶段，由陈定家教授团队成员孙金琛、赵明两位博士在初稿的基础上完成后续材料的收集、编写、扩充，最终完成书稿近 20 万字。书稿的第一章、第二章、第八章以陈定家初稿为底本，由孙金琛（中国社会科学院大学）润色、补充完成；第三章、第四章由郑薇（黑龙江省社会科学院）完成；第五章及第六章等内容由孙金琛完成；第七章由赵明（中国社会科学院大学）完成，最终由陈定家统稿后，欧阳友权对全书进行了较大篇幅的修订和删改。

中国网络文学网站评价体系的建构需要持续不断的理论拓展与创新，由于网络世界瞬息万变、繁芜丛杂，许多网络资料年久佚失，导致五年来的调查研究仍有缺憾与遗漏，由于我们的能力有限，只有通过后续的工作不断丰富和完善来弥补当前的遗憾，也恳请读者们不吝赐教！

编者谨识